GRUMPY PUCK – EIN GRIMMIGER EISBÄR

MISHA BELL

MOZAIKA PUBLICATIONS

Veröffentlicht von Mozaika Publications, einem Impressum von Mozaika LLC.
www.mozaikallc.com

Aus dem Amerikanischen von Grit Schellenberg
Lektorat: Fehler-Haft.de

Umschlag von Najla Qamber Designs
www.qamberdesignsmedia.com

e-ISBN: 979-8-89796-029-3
ISBN drucken: 979-8-89796-031-6

KAPITEL 1
KALLIOPE

Ich starre in den Badezimmerspiegel. Die verrückten Augen eines Killerclown-Plüschbären-Hybriden blicken mich durch eine riesige rote Brille an.

»In Ordnung, Kalliope«, sage ich mir. »Zeit, in die Rolle zu schlüpfen.« Mit gerunzelter Stirn knurre ich: »Bärenmann. Bären wollen Honig, den süßen Nektar der Bienen, nicht Pookie-Poo mit den großen Brüsten. Brüll. Jetzt will Bärenmann ein Stück von Pookie-Poos Po.«

Unter dem Kopf des Clownbären massieren Wolfgangs kleine Zehen beruhigend meine Kopfhaut. Ich hole ein Rattenleckerli aus meiner Jeanstasche und schiebe es unter meine Kopfbedeckung.

Ja, ich habe eine meiner Hausratten zu diesem neuen Job mitgebracht. Nein, ich habe meine Lektion nicht gelernt, auch nicht, nachdem ich aus allen

Freizeitparks in Orlando verbannt wurde, weil ich auf frischer Tat ertappt wurde.

Aber wie konnte ich Wolfgang nicht mitkommen lassen? Er hat schreckliche Trennungsangst, wenn ich ohne ihn weggehe.

Die Toilettenspülung gibt mir das Signal, das Bad zu verlassen und mich auf die Suche nach der Eisbahn zu machen.

Wo auch immer die ist.

Vielleicht hätte ich die Dame von der Personalabteilung fragen sollen? Oder den Trainer?

Diese Arena ist riesig, viel größer, als ich sie mir für ein Eishockeyteam in Florida vorgestellt habe. Ich wandere einen Gang nach dem anderen hinunter, bis ich auf einen kräftigen Kerl stoße, der mich an ein Känguru erinnert.

»Entschuldigung«, sage ich. »In welcher Richtung liegt die Eisbahn?«

Er sagt es mir, aber als ich seinen Anweisungen folge, lande ich in einem nach Chlor riechenden Raum, in dem das Wasser noch flüssig ist.

»Glaubst du, dass Eisbahnen Schwimmbäder sind, wenn sie nicht ausreichend gekühlt werden?«, frage ich Wolfgang.

Wie immer kann ich mir seine Antwort vorstellen. Sie kommt in einem belehrenden Ton mit starkem deutschen Akzent:

Meine Liebe, die Energie, die benötigt wird, um eine so große Wassermasse einzufrieren, wäre astronomisch. Dieser Strom könnte viel besser für den Betrieb von Pumpen genutzt werden, die an eine Million Kuheuter angeschlossen sind, damit die daraus gewonnene Milch in eine Milliarde Cheddar-Würfel verwandelt werden kann.

Ich seufze. Es scheint, als müsste ich mein Telefon herausholen und …

Höre ich ein Rudel Hyänen hinter mir?

»Mr. Bloom!«, schreit jemand laut, bevor ich mich umdrehen kann. »Bereit, baden zu gehen?«

Mr. Bloom?

Einen Augenblick. Das ist der Name des Maskottchens, was bedeutet …

Jemand schubst mich von hinten.

Scheiße. Meine pelzigen Arme fuchteln wie die einer Vogelscheuche in einem Wirbelsturm, und dann falle ich direkt in den Pool.

Platsch.

Mit einem Adrenalinstoß reiße ich dem Bären den Kopf ab, um sicherzustellen, dass Wolfgang frei schwimmen kann. Dann spucke ich das widerliche Poolwasser aus, das in meinen Mund gelangt ist.

»Was zum Teufel …?«, sagt eine bedrohlich knurrende Stimme vom Beckenrand. »Das ist nicht Ted.«

Meint er den Mann, den ich ersetzt habe? Sollte nicht jeder hier wissen, dass er vermisst wird? Andererseits, vielleicht auch nicht. Der Trainer hat mich zur Verschwiegenheit verpflichtet.

Es ertönt ein lautes Platschen, und dann legt sich ein großer, sexy behaarter Arm unter dem Wasser um meine Taille.

Okay. Das hier ist eine Rettungsaktion. Gott sei Dank.

Ich schnappe mir Wolfgang, der versucht, sich über Wasser zu halten, und lasse mich vom Besitzer des Arms aus dem Becken ziehen und auf die Füße stellen.

»Sie ist klatschnass. Hol sie aus dem Anzug«, sagt der känguruähnliche Typ, der mich mit der Wegbeschreibung in die Irre geführt hat. Er ist einer von mehreren kräftigen Kerlen, die am Eingang des Poolraums stehen und sich offensichtlich hinter mir angeschlichen haben.

»Wenn du sie anfasst, breche ich dir die Finger«, sagt die schroffe Stimme meines Retters.

»Das ist ziemlich gewalttätig«, sage ich und drehe mich um, um ihn anzusehen.

Und ... wow.

Er ist oberkörperfrei und muskulös wie ein Gott. Sein Gesicht ist grimmig, kantig und fast perfekt symmetrisch, abgesehen von seiner aristokratischen Nase, die irgendwann einmal gebrochen und dann leicht unvollkommen verheilt zu sein scheint – was die Perfektion des Rests nur unterstreicht.

Er mustert mich langsam mit einem Paar düsterer Augen, die dunkler sind als das Innere eines schwarzen Lochs.

Oh Mann.

Auf seinen Wangen sind Stoppeln, die ich am liebsten berühren würde.

Aber das tue ich nicht.

Wenn ich mich unangemessen verhalten wollte,

würde ich stattdessen das dichte Haar auf seiner nackten Brust berühren. Körperbehaarung bei Männern ist mein sexuelles Kryptonit, und selbst jetzt, frierend und peinlich berührt, bin ich in mehr als einer Hinsicht nass.

»Geht es dir gut?«, fragt er mit seiner knurrigen Stimme und streicht mir eine nasse Haarsträhne hinters Ohr.

Oh. Mein. Verdammter. Gott. Seine Berührung ist wie der Stromschlag eines Zitteraals … direkt auf meine Klitoris. Und Brustwarzen. Und …

»Ruf einen verdammten Krankenwagen«, knurrt mein Retter den Känguru-Typen an. »Beeil dich, und vielleicht bringe ich dich dann nicht um, weil du mich dazu gebracht hast, sie zu schubsen.«

Moment einmal …

»Du hast mich geschubst?« Ich blicke in sein unglaublich hübsches Gesicht.

»Das war ein Missverständnis«, erwidert der Mann. »Ich dachte, du wärst Ted, und der da«, er deutet entweder auf den Känguru- oder einen der anderen muskelbepackten Typen, »hat mir gesagt, dass Ted mich einen …«

»Sieh mal, Michael«, sagt Känguru verschwörerisch. »Ted hat dich …«

»Ich bin nicht Ted.« Ich schnappe mir den Kopf meines Bären, der am Beckenrand schwimmt, und beobachte eifersüchtig, wie Wolfgang an meinem Arm hochklettert und sein nasses Fell fachmännisch abschüttelt.

Das Arschloch – Michael – starrt meinen kleinen Freund mit seinen dunklen Augen an. »Ist das eine Ratte?«

»Nein, das ist eine Giraffe.« Ich drehe mich auf dem Absatz um und stampfe mit Quietschgeräuschen davon.

»Verdammte Scheiße«, knurrt Michael. »Warte mal.«

»Lass mich dir mit den nassen Klamotten helfen!«, schreit Känguru.

»Erwähn nicht noch einmal ihre Kleidung.« Michaels Knurren wird bedrohlich. »Nicht, wenn du die kleinen Murmeln behalten willst, die als deine Eier durchgehen.«

»Du hast dir seine Eier angeschaut?«, sage ich über meine Schulter und wünsche mir sofort, mein ältester Bruder wäre hier.

Er würde aus dem Nichts einige Schwammbälle auftauchen lassen und mir zu diesem verbalen Tiefschlag gratulieren.

»Kannst du verdammt nochmal langsamer werden?«, brummt Michael und tritt neben mich. »Was glaubst du, wohin du gehst?«

»Zur Eisbahn.« Wo auch immer die sein mag.

»Es ist kalt dort. Du wirst dir den Tod holen. Zieh dir wenigstens vorher trockene Klamotten an.«

»Ja, aber welche?«

Als Ted verschwand, verschwanden anscheinend auch sein Ersatzmaskottchenanzug und alle seine anderen Besitztümer aus seiner Wohnung.

Ich korrigiere: *meiner* neuen Wohnung.

Ja. Einer der Hauptvorteile dieses Jobs ist, dass ich mietfrei wohnen kann, so dass ich nicht mit dem buchstäblichen Zirkus, der meine Familie im wahrsten Sinne des Wortes ist, zusammenleben muss.

»Ich kann helfen«, sagt Känguru, der uns folgt. »Ein paar Klamotten zu finden, meine ich.«

Michaels Knurren wird frostig. »Was habe ich gerade gesagt, Jack? Das ist deine letzte Warnung.«

Känguru Jack? Ich könnte schwören, dass meine Oma vor kurzem einen Film mit genau diesem Titel gesehen hat, während sie ihre Seiltanznummer einstudiert hat.

»Ich soll das Team treffen«, erkläre ich, ohne anzuhalten. »Der Trainer hat mir gesagt, dass es gleich mit dem Training in der Eishalle fertig sein wird.«

Er hat auch gesagt, dass diese erste Woche eine Probezeit ist und ich den Job verliere, wenn ich Mist baue. Oder wenn Ted mit einer *wundersam guten Ausrede für sein Verschwinden* auftaucht.

»Du hast das Team bereits kennengelernt«, informiert mich Michael. »Erinnerst du dich an die Idioten am Pool?«

Oh. Großartig. Ich drehe mich um und sehe ihn an. »Die jetzige Gesellschaft eingeschlossen?«

Er runzelt die Stirn. »Ich bin im Team, aber nur wenige Leute nennen mich einen Idioten und …«

»Du bist ein Idiot«, sage ich.

Känguru Jacks Augen weiten sich.

»Ich habe dich geschubst, also werde ich das

diesmal ignorieren«, knurrt Michael mit so fest zusammengebissenen Zähnen, dass sein Zahnschmelz in großen Schwierigkeiten ist. »Komm morgen wieder. Wenn uns der Trainer fragt, werden wir alle sagen …«

»Gut.« Wolfgang würde sich über eine Sitzung unter dem Föhn freuen. »Es war mir keine Freude, dich kennenzulernen.«

Es sei denn, wir zählen seine Berührungen und das Festmahl für meine Augen mit, bis ich erfahren habe, was für ein Mann er ist.

Michaels Kiefer spannt sich weiter an. »Der Mangel an Freude beruht auf Gegenseitigkeit, das versichere ich dir.«

»Das sind nicht die richtigen Redewendungen«, beschwert sich Känguru Jack.

»Geh zum Schwanz!«, fährt Michael ihn an.

Nach meinem Kenntnisstand ist das auch keine Redewendung – aber ich mag es und werde es vielleicht bei meiner jüngsten Schwester anwenden, wenn sie das nächste Mal versucht, mir eine ihrer verrenkten Brezelposen zu zeigen.

Ich gehe weiter, ignoriere die Männer, die hinter mir herlaufen, und erreiche bald den kleinen Raum, der mir als Umkleidekabine zugewiesen wurde. Bevor ich hineingehen kann, bemerke ich, dass jemand hilfsbereit einen großen, dünnen Spiegel vor die Tür gestellt hat, damit ich beim nächsten Mal nicht mehr ins Bad gehen muss, um das Kostüm anzuziehen.

Mein Spiegelbild lässt mich zusammenzucken. Ich sehe aus wie ein trauriger, durchnässter Bär, der gerade einen ebenso nassen Clown gefressen hat ... und dem jetzt der Bauch wehtut.

Ich kann mich nicht davon abhalten, in die Rolle zu schlüpfen. »Brüll. Bärenmann so wütend. Bärenmann nass, wie Muschi.«

Känguru Jack keucht so laut, dass ich fast erwarte, dass er in Ohnmacht fällt, als ich mich umdrehe, um nachzusehen, was los ist.

Wow. Aus irgendeinem unbekannten Grund starrt mich Michael so bedrohlich an, als hätte ich seinen Welpen ertränkt, sein Kätzchen gegessen und seinen Glückspilz in meinen Hintern gesteckt.

»Weißt du, was mit der letzten Person passiert ist, die ihn so verspottet hat?«, ruft Känguru Jack entsetzt aus. Mit einem nervösen Blick auf Michael erklärt er mir zittrig: »Sie hat vier Zähne verloren.«

»Halt den Mund«, knurrt Michael.

»Oh, richtig. Es waren nicht vier«, sagt Känguru Jack und weicht vor Michael zurück, als wäre er radioaktiv. »Es waren sieben.«

KAPITEL 2
MICHAEL

»Was redest du da?« Das Maskottchenmädchen drückt die Ratte schützend an ihre Brust – als ob ich jemals einer Frau oder einem kleinen Tier etwas antun würde.

Ein aufflackernder Schmerz in meinem Kiefer macht mir klar, dass ich meine Zähne zu fest zusammenbeiße … schon wieder. Ich kann nicht anders, als die Frau finster anzustarren. »Stellst du dich gerade dumm?«

Jeder weiß, dass ich es hasse, ein Bär genannt zu werden. Das ist etwas, womit ich seit meiner Kindheit zu tun habe, dank der Versager-Eltern, die ich nie kennengelernt habe. Bevor sie mich im Stich ließen, machten sie mir zwei zweifelhafte Geschenke: den Nachnamen *Medvedev* und den Vornamen *Mikhail* oder kurz *Mischa*. Medvedev bedeutet aus dem Russischen übersetzt *der Bär*, und Mischa wird auch mit Bären assoziiert – dank eines anderen Maskottchens. Dem der Olympischen Spiele in Moskau. Oh, und als ich in die USA zog, wurde es noch schlimmer, weil Russen generell mit Bären in Verbindung gebracht werden. Ganz zu schweigen davon, dass ich in diesem verdammten Team bin, das …

»Hast du mich gerade dumm genannt?« Die hübschen grünen Augen des Mädchens verengen sich zu kleinen Schlitzen.

»Habe ich nicht, aber ich könnte«, sage ich zu ihm. »Schließlich ist es dumm, einen Bären zu ärgern.«

Verdammte Scheiße. Ich habe mich gerade selbst einen Bären genannt, oder?

»Ja, er hasst es, wenn man ihn einen Bären nennt«, erklärt Jack vorsichtig, und der einzige Grund, warum ich ihm nicht die Fresse poliere, ist, dass ich das Mädchen nicht noch mehr erschrecken will, als ich es ohnehin schon getan habe.

»Ich würde in seiner Nähe Bären nicht einmal erwähnen«, fährt Jack fort. »Wir bieten ihm nicht einmal Berliner an, für den Fall, dass …«

»Warte.« Sie zwinkert jedem von uns mit langen und ablenkend weiblichen Wimpern zu. »Euer Team heißt Florida Bears.«

Der einzige Grund, warum ich ihr – oder irgendjemandem – nicht die Zähne zeige, ist, dass das nur weitere Vergleiche mit verdammten Bären nach sich ziehen würde. »Das Team hieß Orlando Blooms, als ich verpflichtet wurde.« Und jetzt sitze ich verdammt nochmal bei ihnen fest.

»Wow. Das war ein schrecklicher Name.« Sie betrachtet den Clownbärenkopf des Maskottchens, das ich so sehr hasse. »Das erklärt zumindest, warum der hier Mr. Bloom genannt wird.«

»Alles ist besser als der jetzige Name«, stoße ich hervor. Selbst Mother Puckers wäre eine Verbesserung. Oder Ass Puckers. Oder Bloomin' Onions.

Alle schütteln den Kopf, sogar die Ratte, zumindest sieht es so aus.

»Wir sind nicht einmal in Orlando«, sagt das Maskottchen.

»Dann könnten wir einfach die Florida Blooms sein«, entgegne ich.

»Es gibt da noch diesen Schauspieler«, sagt sie.

Ich balle meine Fäuste und löse sie wieder. »Der kann mich mal.«

»Mich auch, aber ich glaube nicht, dass er mich wollen würde«, sagt das Mädchen wehmütig.

Die Welle der Eifersucht, die durch meine Adern fließt, ist ebenso überraschend wie unwillkommen. Ich habe keine Ahnung, was in mich gefahren ist. Randnotiz: Der Schauspieler müsste ein Eunuch sein, um dieses Mädchen nicht ficken zu wollen. Ihr Körper wird zwar von dem hässlichen Anzug verdeckt, aber es ist groß und hat ein auffallend hübsches Gesicht. Mit dem rosafarbenen Haar, den geröteten Wangen und dem zarten Hals erinnert es mich an einen Flamingo. Und Flamingos sind eines der wenigen Dinge, die ich an diesem verdammten Staat mag. Vielleicht die einzigen Dinge.

Die junge Frau ist sogar so hübsch, dass ich ihr fast verzeihen kann, dass sie mich einen verdammten Bärenmann genannt hat. Vor allem, weil ich sie in den Pool gestoßen habe.

»Weißt du was?«, sage ich großmütig. »Wir sind jetzt quitt.«

»Einfach so?« Jack starrt mich an, als hätte ich Federn bekommen.

»Entschuldigung.« Sie richtet sich auf, und in diesem Moment wird mir klar, wie groß sie ist – ihr Kopf reicht fast bis zu meinem Kinn. »Als ich deine zarten Gefühle verletzt habe, wollte ich eigentlich nur meine Rolle spielen und niemanden verspotten. Was ist das im Vergleich dazu, dass du mich absichtlich in den Pool gestoßen hast?«

»In die Rolle schlüpfen?«, fragen Jack und ich unisono.

»Ja.« Sie hebt den Kopf des Bären vor sich und sagt mit übertrieben knurriger Stimme: »Bärenmann wütend. Bärenmann hat eine Frau in sich und nicht umgekehrt.«

Unwillkürlich beiße ich wieder die Zähne zusammen. »Wie ich schon gesagt habe, habe ich dich nicht provoziert. Es war ein Missverständnis.« Ich blicke Jack wütend an, der sich wohlweislich aus meiner Schlag- und Trittweite entfernt. Ich richte meine Aufmerksamkeit wieder auf das Mädchen. »Du hingegen hast mich gerade absichtlich verspottet. Schon wieder.«

»Nein. Bärenmann ist Mr. Bloom.« Sie winkt mit

dem Kopf des Maskottchens vor mir. »Du bist nicht Mr. Bloom ... oder?«

»Dann nenn deinen unsichtbaren Freund Mr. Bloom, wenn du in die Rolle schlüpfst«, stoße ich hervor. »Oder noch besser: Schlüpf in keine Rolle, wenn ich in deiner Nähe bin.«

Die junge Frau fletscht die Zähne – was *sie* nicht im Geringsten wie einen Bären aussehen lässt. Wahrscheinlich, weil diese Zähne klein, weiß und sehr hübsch sind. »Ich habe eine noch bessere Idee«, zischt sie. »Wie wäre es, wenn wir gar nicht miteinander sprechen? Niemals.«

Ich kämpfe gegen den Drang an, sie einfach anzuknurren. »Das ist für mich in Ordnung.« Ich drehe mich auf dem Absatz um. »Lass uns gehen, Jack.«

Als Jack sich mir anschließt, sieht er widerwillig aus – was ihn beinahe einige Zähne kostet.

Ich warte, bis wir außer Hörweite des Maskottchens sind, bevor ich Jack erkläre: »Sie ist tabu.«

Er sieht verblüfft aus. »Für Verabredungen oder Streiche?«

»Tabu.« Ich verbinde die Worte mit dem Versprechen einer Kastration. »Verbreite die Nachricht.«

Jack räuspert sich. »Du weißt, dass das Team ein Ritual hat. Maskottchen hin oder her, sie gehört zum Team und ist neu ...«

»Verdammte Scheiße.« Diese Arschlöcher können auch schnell sein. An meinem ersten Tag haben diese

Wichser meine Klamotten geklaut und das Maskottchenkostüm an ihrer Stelle zurückgelassen. Ich weiß nicht, was sie erwartet hatten, aber ich habe die Umkleide nackt verlassen, und drei von ihnen sind in der Notaufnahme gelandet.

Was zum Teufel werden sie mit *ihr* anstellen?

»Wo sind diese Arschlöcher?«, frage ich wütend, und als er sagt, er wisse es nicht, mache ich mich auf die Suche nach dem Rest des Teams.

Ich finde die anderen vor dem Haupteingang der Arena und sage ihnen, dass sie mir verdammt nochmal ganz genau zuhören sollen, so, als würde ihre Gesundheit davon abhängen. Dann erkläre ich ihnen, dass keine Streiche erlaubt sind, was das neue Maskottchen betrifft.

»Aber jedem wird an seinem ersten Tag ein Streich gespielt«, jammert Isaac, unser sogenannter Kapitän.

Ich ergreife ihn am Kragen seines Shirts und hebe ihn hoch. »Außer ihr. Ist das klar?«

»Eigentlich haben diese Idioten ihren Streich schon in die Wege geleitet«, sagt Dante, unser Torwart, der der kompetenteste Spieler ist und das, was in diesem Team einem Freund am nächsten kommt.

Oh, und wenn es in unserer Liga erlaubt wäre, dass der Torwart Mannschaftskapitän ist, wäre er es und nicht der Arschkriecher, den ich gerade in die Luft halte. Dieser Typ kann das Wort *Anführer* nicht einmal buchstabieren.

Ich lasse Isaac los und wende mich an Dante. »Schon?«

Dante fährt sich mit seiner vampirblassen Hand durch sein tiefschwarzes Haar. »Jeder im Gebäude bekommt gleich einen Handyalarm, der mitteilt, dass das Gebäude zu evakuieren ist.«

Wie aufs Stichwort klingelt mein Telefon, und die Nachricht ist genau die, von der Dante gesprochen hat: irgendeinen Blödsinn über ein Gasleck.

Ich beiße meine Backenzähne wieder fest zusammen. »Ich nehme an, die Neue bekommt diese Nachricht nicht?«

Ein paar von ihnen schütteln den Kopf.

Mein Blick richtet sich auf Isaac. »Und was passiert dann?«

»Nichts Schlimmes«, sagt Isaac und zuckt zusammen. »Als Teil des Notfallprotokolls werden alle Türen automatisch verriegelt. Aber sie werden sich morgen wieder öffnen.«

Ich bin mir nicht sicher, wie, aber Isaac baumelt wieder in meiner Faust. »Sie ist klatschnass von dem Fiasko im Pool, und du willst sie in einem klimatisierten Gebäude einsperren?«

»Es war nicht meine Idee«, sagt Isaac.

Was für ein Arschloch. Angewidert lasse ich ihn los und betrachte die schuldbewusst aussehenden Typen um mich herum. »Wessen verdammte Idee war das dann?«

»Jacks«, sagen sie unisono.

»Was?« Ich balle die Fäuste und drehe mich zu Jack. »Du warst die ganze Zeit bei mir!«

Jack erblasst und weicht zurück. »Ich habe es mir ausgedacht, bevor du gesagt hast, dass sie tabu ist. Der Hausmeister hat geholfen. Ich kann ihn anrufen, um das System früher zurückzusetzen, oder …«

»Wie lange dauert es, bis sich die Türen verschließen?«, fahre ich ihn an.

»Fünf Minuten.«

Ich wende mich der Arena zu, als die ersten Mitarbeiter die Halle verlassen. »Ihr solltet alle besser beten, dass ich es noch rechtzeitig schaffe.«

KAPITEL 3
KALLIOPE

»**D**ieser Kerl hat vielleicht Nerven!« Ich setze Wolfgang auf den kleinen Tisch in meiner provisorischen Garderobe.

Seine Knopfaugen glitzern, als wäre er weise.

Meine Liebe, solche Männer müssen sich in Kiefernwäldern entspannen, warme Bäder nehmen und Unmengen von Käse essen.

»Großartig. Jetzt stelle ich mir vor, wie Michael nackt durch den Wald streift, um Honig zu suchen … und sich dann in einem warmen Bach entspannt.«

Wolfgang reibt sich mit den Vorderpfoten über sein Gesicht, als fühlte er sich durch meine schmutzigen Gedanken unrein.

»Wie auch immer.« Ich suche in dem kleinen Raum nach etwas Trockenem, was ich anziehen kann.

Verstaubte Zeitschriften. Nein.

Abgelaufenes Gatorade. Nein.

Ein Haufen Eishockeytrikots. Treffer.

Ich ziehe mich bis auf die Unterwäsche aus, benutze einige von ihnen als die schlechtesten Handtücher überhaupt und ziehe dann das größte an, das zufällig die Nummer acht ist.

Okay. Das Trikot ist kratzig und viel zu weit, aber es bedeckt alle meine weiblichen Körperteile, also könnte es funktionieren.

Ich gehe einige Schritte und erschaudere. Nackt nur mit einem Trikot bekleidet ist scheiße. Vielleicht ist es besser, eine nasse Unterhose als gar keine zu tragen?

Jemand klopft so laut an die Tür, dass Wolfgang quiekt und vom Tisch auf meinen Arm springt, bevor er zu meiner Schulter huscht.

»Wer ist da?«, rufe ich.

»Michael«, knurrt eine vertraute Stimme auf eine sehr bärige Art und Weise. »Komm raus. Schnell.«

Ich nähere mich der Tür, öffne sie aber nicht. »Ich komme raus, wenn ich bereit bin.« Und wenn ich Unterwäsche anhabe.

»Muss ich diese verdammte Tür aufbrechen?«

»Haben wir nicht gerade beschlossen, nicht miteinander zu reden?« Trotz meiner kämpferischen Worte benutze ich den beruhigenden Tonfall, den mir mein Opa beigebracht hat. Er hat Löwen trainiert, aber seine Techniken funktionieren auch bei Ratten, also denke ich, dass es bei einem Bären nicht viel anders sein sollte.

»Verdammte Scheiße«, knurrt er. »Können wir mit dem Nichtreden anfangen, nachdem ich dich aus diesem verdammten Gebäude gebracht habe?«

Neugier liegt in meiner Familie, also kann ich nicht anders, als die Tür einen Spalt zu öffnen. »Warum willst du mich aus dem Gebäude bringen?«

»Meine dummen Teamkollegen spielen dir gerade einen Streich«, sagt er zähneknirschend. »In fünf Minuten werden alle Türen in diesem verdammten Gebäude verschlossen sein.«

Scheiße. »Warum hast du das nicht gleich gesagt?«

»Ich dachte, es würde reichen, dir zu sagen, dass du schnell rauskommen sollst.«

Der einzige Grund, warum ich mich nicht mit ihm streite, ist der Zeitmangel.

Ich öffne die Tür vollständig. »Geh vor.«

Er schaut mich mit einem seltsamen Gesichtsausdruck von oben bis unten an und geht dann mit Riesenschritten den Korridor hinunter. Trotz meiner überdurchschnittlich langen Beine muss ich joggen, um Schritt zu halten, und umklammere dabei Wolfgang, damit er nicht von meiner Schulter fällt. Anscheinend jogge ich nicht schnell genug, denn er bleibt an der ersten Kurve stehen und starrt mich finster an. »Verstehst du das Konzept von Beeilen nicht?«

»Ich sprinte praktisch«, schnaufe ich. Ich bin sogar so eilig aus der Umkleidekabine gerannt, dass ich barfuß bin. Außerdem habe ich ganz vergessen, die Unterwäschefrage zu klären, und jetzt spüre ich einen Luftzug an meinem Unterleib, der durch die Feuchtigkeit, die von Michaels T-Shirt, das an seinem muskulösen Rücken klebt, noch verschlimmert wird.

Auf meiner Schulter macht sich Wolfgang bemerkbar.

Meine Liebe, normalerweise bevorzuge ich Weibchen, und zwar Rattenweibchen, aber selbst ich muss zustimmen – dieser Mann sieht gouda aus.

»Was zum Teufel bedeutet, dass du *praktisch sprintest*?«, fragt Michael. »Lauf, als wolltest du nicht die ganze Nacht in diesem Gebäude festsitzen.«

Da ich nicht bereit bin, laut zuzugeben, dass er recht hat, beginne ich, zu rennen, und Michael beschleunigt sein Tempo, bis wir durch die Gänge sprinten und zwei Treppenstufen auf einmal nehmen.

Trotz der Eile klingelt etwas, gerade, als wir bei den Türen ankommen, die unser Ziel sind, und die dummen Dinger verriegeln sich direkt vor unserer Nase.

»Verdammte Wichser.« Michael schlägt mit der Faust gegen die Tür – vergeblich. Dann fängt er an, in Fremdsprachen zu sprechen, oder besser gesagt in einer bestimmten Sprache, die so klingt wie die, die in Filmen aus der Zeit des Kalten Krieges gesprochen wird.

»Fluchst du etwa auf Russisch?«, frage ich.

Er bricht seinen Monolog ab. »In welcher anderen Sprache würde ein Typ mit dem Nachnamen Medvedev fluchen?«

Ich rolle mit den Augen. »Ich kannte deinen Nachnamen nicht einmal.«

»Oh.« Er holt tief Luft und atmet langsam aus, dann

streckt er seine Hand aus. »Ich bin Michael Medvedev.«

Ich weiß, dass es klug wäre – wenn auch unhöflich –, die angebotene Hand zu ignorieren. Aber irgendetwas bringt mich dazu, sie zu schütteln.

Wow. Sein Griff ist fest, und seine Handfläche ist herrlich schwielig. Und warm. Und stark.

Das Kribbeln an meiner Klitoris ist dieses Mal noch stärker, was ich auf mein fehlendes Höschen zurückführe.

Unter Anstrengungen lasse ich seine Hand los und reiße mich zusammen. »Ich bin Kalliope Klaunbut«, sage ich und spreche den Namen so aus, wie ein Deutscher ihn sagen würde. »Und, wie ich schon sagte, ist es *keine* Freude, dich kennenzulernen.«

»Die mangelnde Freude beruht immer noch auf Gegenseitigkeit.« Er wendet sich wieder der Tür zu und schlägt erneut mit der Faust dagegen.

»Versuch es mit deinem Kopf«, schlage ich vor.

Er wirbelt auf mich zu. »Warum bist du so verdammt ruhig? Ist dir nicht klar, dass wir hier festsitzen?«

»Was sollte ich denn deiner Meinung nach tun?«

Er schaut mich von oben bis unten an. »Dir Gedanken darüber machen, dich zu erkälten oder zu unterkühlen?«

Obwohl ich nichts anhabe, ist mir heiß ... und ich mache mir Sorgen, aber das sage ich ihm nicht. »Gibt es hier einen Kleiderschrank oder etwas anderes, woher ich mehr Kleidung bekommen kann?«, frage ich stattdessen.

»Eine Sekunde.« Er dreht sich zur Tür und schlägt so heftig dagegen, dass ich fast erwarte, dass sie aufspringt.

Aber nein. Die schwere Tür hält dem brutalen Angriff stand.

Michael dreht sich zu mir um und sieht aus wie ein Bär, dem es nicht gelungen ist, einen leckeren Lachs zu fangen.

»Wenn es dich beruhigt«, sage ich, ohne zu wissen, warum ich das Arschloch beruhigen will, »sie sieht aus, als würde sie einem Orkan standhalten können.«

Er grunzt etwas Unverständliches als Antwort, bevor er auf dem Absatz kehrtmacht und in die Richtung stürmt, aus der wir gekommen sind.

Wolfgang und ich tauschen einen Blick aus.

Meine Liebe, glaubst du, dass er zurückkommen wird?

Achselzuckend folge ich dem Bären – und muss schon wieder rennen, um mit ihm Schritt zu halten. Als Michael im zweiten Stock plötzlich stehen bleibt, renne ich direkt in ihn hinein.

Es ist, als würde man auf eine Wand aus puren, sexy Muskeln treffen.

»Hier hinein.« Er deutet auf die Tür vor uns.

Ich schaue auf das Schild darüber. »Der Umkleideraum der Mannschaft?«

»Es ist niemand darin.« Er öffnet die Tür und hält sie erwartungsvoll auf.

Oh, na gut.

Ich trete ein, und das Erste, was mir auffällt, ist der moschusartige, aber nicht unangenehme Geruch von verschwitzten Männern. Das Zweite, was mir auffällt, ist die große Unordnung.

»Was jetzt?«, frage ich. »Du erwartest, dass ich etwas von deinen Teamkollegen stehle?«

Wenn er vorschlägt, dass ich mir etwas von der schmutzigen Unterwäsche schnappe, die hier herumliegt, werde ich ihm eine Ohrfeige verpassen.

»Nicht stehlen.« Er geht auf eine Art Apparat zu. »Diese Maschine ist dafür gedacht, die Feuchtigkeit aus der Badebekleidung zu pressen. Du kannst sie benutzen, um deine nasse Kleidung zu trocknen.«

Hm. »Warte hier.«

Ich eile zurück in meine Garderobe und komme mit meinen Klamotten zurück.

»Schau weg«, befehle ich ihm.

»Warum?«, knurrt er.

»Weil ich gerade dabei bin, einige intime Kleidungsstücke zu trocknen.«

Hat er sich gerade zu schnell abgewandt? Was hat er denn erwartet, ein Oma-Höschen aus einem Horrorfilm?

Wie auch immer. Ich stecke meine Unterhose in die Maschine und drücke den Knopf.

Das Ding klingt wie ein verhungertes Nilpferd, während es tut, was es tut. Danach kontrolliere ich mein Höschen.

Nein. Noch zu feucht, um es zu tragen.

Scheiße.

Ich lasse das Ding noch einmal laufen und erhalte das gleiche Ergebnis.

Ich ziehe mein Handy aus der Tasche meiner Jeans und danke dem Himmel, dass es wasserdicht ist. Dann teste ich die Maschine an der Jeans, und sie funktioniert ein wenig besser, denn sie ist danach nicht mehr klatschnass, sondern nur noch unangenehm feucht.

Hmm. »Das funktioniert so nicht«, sage ich zu Michaels Rücken. Ich beiße mir auf die Lippe, überlege und entscheide mich dann, es zu tun. »Hast du zufällig eine brandneue Unterhose?«

Seine Schultern spannen sich an, und einen Moment lang denke ich, er könnte mich anfahren. Stattdessen geht er zu dem Spind, auf dem eine große Nummer acht steht, und kramt darin herum. Er dreht sich zu mir um und reicht mir einen Herrenslip und einen Pullover, bevor er sich wieder abwendet.

Ich ziehe die Unterhose an. Interessant. »Sie passt perfekt«, sage ich zu ihm. Und kann ich hoffen, dass ich jetzt, wo ich meine intimsten Teile verpackt habe, weniger erregt bin?

»Tut sie das?«, fragt er, ohne sich umzudrehen. »Ich schätze, wir haben gleich große Hintern.«

Da er größer und kräftiger ist als ich, hat er also gerade angedeutet, dass ich einen dicken Hintern habe? Ich meine, ich weiß, dass ich den habe, aber es ist nicht höflich, wenn ein Mann einfach …

»Kann ich mich jetzt wieder umdrehen?« Die Worte triefen vor Irritation.

»Wie auch immer.« Ich gehe hinüber zu einem Bereich der Umkleidekabine, der mit weißen Kacheln bedeckt ist. Aber alles, was ich dort finde, sind Duschen, Toiletten und Pissoirs.

»Wonach suchst du?«, fragt er.

»Einem Trockner.« Sogar ein Händetrockner könnte hilfreich sein, aber hier gibt es nur die verschwenderischen Papiertuchspender.

»Wenn es einen Trockner gäbe, hätte ich dich zu ihm gebracht«, murrt er. »Ich meine, das Reinigungspersonal muss einen haben, um unsere Handtücher und den Rest zu trocknen, aber ich habe keine Ahnung, wo.«

»Oh.« Ich sehe ihn aufgeregt an. »Können wir nach ihm suchen?«

»Es gibt kein Wir. Jetzt, wo du nicht mehr erfrieren wirst, kannst du tun, was du willst.«

»Arschloch«, murmele ich vor mich hin.

Er tut so, als hätte er es nicht gehört, und geht zum Ausgang.

Die Neugierde packt mich wieder, und ich renne ihm hinterher. Ich hole ihn gerade noch rechtzeitig ein, um zu sehen, wie er eine Axt aus der Feuerlöschstation zieht.

Scheiße. Habe ich ihn so sehr verärgert, dass er mich umbringen will?

Aber nein. Er tut so, als gäbe es mich nicht, läuft zurück zum Haupteingang und schlägt mit der Axt gegen die Tür.

Das bringt nichts. Ich meine, es bleibt ein Kratzer in der Tür zurück, aber sie gibt nicht nach.

Er schlägt erneut dagegen.

Sexy Holzfäller-Vibes im Überfluss, aber immer noch nichts.

Also noch einmal.

Und noch einmal.

»Hey«, sage ich und zucke zusammen, nachdem er besonders hart zugeschlagen hat. »Du bereitest mir nur Kopfschmerzen damit.« *Und machst mich wieder viel zu feucht.*

Er lässt die Axt mit einem lauten Klirren fallen und dreht sich zu mir um, wobei sich seine Nasenflügel aufblähen. »Du musst nicht hier sein.«

»Ach, wirklich nicht?« Ich gehe einen Schritt auf ihn zu und recke mein Kinn vor. »Der einzige Grund, warum ich hier bin, ist der dumme Streich, den du und dein Team von Arschlöchern abgezogen habt.«

Er verengt seine tiefschwarzen Augen. »Ich hatte nichts mit dem Scheißstreich zu tun.«

»Ist das so?« Ich versehe die Frage mit so viel Sarkasmus, dass er ein extrem starkes Pferd töten könnte. »Habe ich mich etwa selbst in den Pool geschubst?«

»Ich habe dir gesagt, dass das ein verdammtes Missverständnis war.«

»Ja, klar. Wie auch immer.« Und dann kann ich nicht widerstehen, hinzuzufügen: »Bärenmann.«

Der Laut, der seiner Kehle entweicht, hört sich wie ein unmenschliches Knurren an, aber aus irgendeinem

Grund habe ich keine Angst. Wenn überhaupt, dann bin ich noch wütender darüber, dass er nicht vorzuhaben scheint, sich zu bewegen oder etwas darauf zu antworten. Als ob ich nicht wichtig genug dafür wäre, selbst wenn ich ihn reize.

Ich mache einen weiteren waghalsigen Schritt auf ihn zu und drücke gegen seine unglaublich harte Brust – wovon er sich kein bisschen bewegt, was mich nur noch wütender macht. Ich stelle mich auf die Zehenspitzen und beuge mich vor, um ihm direkt ins Gesicht zu sagen: »Hast du mich gehört? Oder hast du dich in den Winterschlaf begeben?«

Seine Augen werden noch dunkler, und ein weiteres tiefes, wütendes Knurren entweicht seiner Kehle. Und ich weiß nicht, warum mich das so verdammt feucht macht, aber genau das ist der Fall, und plötzlich, anstatt ihn wieder wegzuschieben, greifen meine Hände fest nach seinem Gesicht, und ich presse meine Lippen auf seine.

Weil ich so verdammt wütend bin. Aus keinem anderen Grund, ich schwöre.

Er muss genauso wütend sein, denn er küsst mich zurück. Unerbittlich. Bestrafend. Seine Arme umgeben mich wie die eines Bären, und dann liefern wir uns einen regelrechten Zungenkampf.

Und, oh mein Gott ... ich könnte einfach so kommen.

KAPITEL 4
MICHAEL

Fuuuuuuck.

Sie küsst mich.

Und ich küsse sie zurück.

Alles verblasst. Ich vergesse die Lage, in der wir uns befinden. Ich vergesse, wie ich hierhergekommen bin oder wo ich sein muss. Dieser Kuss wird alles, auch wenn ich in einer entfernten Peripherie meines Gehirns Geräusche und dann Lichtblitze wahrnehme.

Verdammte Scheiße. Ist es möglich, so hart zu werden, dass man einen Krampfanfall bekommt? Ist es das, was die Lichter in meinem Sichtfeld bedeuten?

Ich weiß nur, dass das hier nicht passieren sollte, aber es ist unglaublich. Sie ist vollkommen weich und schmeckt nach Zuckerwatte. Ihr zarter, weiblicher Duft ist verrückt und schwer zu bestimmen – aber es sind definitiv Noten von etwas Leckerem darin, wie in Honig getauchte geröstete Cashews.

Nach einem besonders hellen Lichtblitz zieht sie sich zurück und starrt auf die Türen hinter mir.

Was auch immer sie gestört hat, die Ratte auf ihrer Schulter zischt es an.

Ich drehe mich um.

Die verdammten Türen stehen weit offen. Unzählige Menschen starren uns an, darunter mein Team und einige Feuerwehrleute, aber mein Zorn richtet sich auf die Paparazzi, die dort stehen und Fotos machen.

Natürlich. Kameras. Das waren die Blitze.

Ich stürze mich auf den nächstbesten Kameramann, reiße ihm das Gerät aus der Hand und zerschmettere es auf dem Boden.

Als sie das sehen, zerstreuen sich die anderen Wichser wie Kakerlaken, und als ich versuche, einen zu verfolgen, versperren mir Dante und der Trainer den Weg.

»Einen Journalisten zu töten ist keine gute PR«, warnt mich Coach.

»Aber ich verstehe den therapeutischen Nutzen«, fügt Dante mitfühlend hinzu.

Ich starre auf die Telefone in den Händen einiger Feuerwehrleute. »Alle haben Fotos gemacht«, knurre ich.

»Wahrscheinlich auch Videos«, sagt Dante. »Was erwartest du?«

Ich erwarte, dass ich noch mehr Kameras und einige Knochen zerbrechen werde. »Dann lasst mich vorbei.« Nur aus Respekt vor dem Trainer dränge ich mich nicht durch sie hindurch.

»Alles ist in der Cloud«, sagt Coach. »Wenn du Dinge zerstörst, machst du die Situation nur noch schlimmer.«

Er hat verdammt nochmal recht. »Verdammte Cloud.«

Ich hasse Clouds, sowohl die nerdigen als auch die Wasserdampfschwaden am Himmel, alias Wolken.

»Außerdem …«, Dante deutet zu den Türen, »hast du nicht etwas vergessen? Oder jemanden?«

Ich drehe mich gerade noch rechtzeitig um, damit ich sehe, wie Kalliope sich durch die Menge der Gaffer drängt.

»Geh ihr nach«, sagt Dante.

Ich runzele die Stirn. »Was? Warum?«

»Ich weiß, dass du nicht viel Erfahrung mit Frauen hast«, sagt Dante, »und deshalb weißt du das vielleicht nicht, aber Frauen mögen es nicht, von ihrem Freund stehengelassen zu werden … besonders nach dem Beischlaf nicht. Stimmt's, Coach?«

Der Trainer sieht mich fest an. »Meiner Frau würde das nicht gefallen. Und das ist eine Tatsache.«

Ich starre sie mit offenem Mund an. »Was zum Teufel …? So ist es nicht.«

Ehefrau? Freundin? Was ist in dem Wasser dieser Stadt? Sie wissen, dass ich mich nie an eine Frau binden werde. Es reicht schon, dass meine Eltern mich im Stich gelassen haben, da werde ich nicht irgendeinem Mädchen diese Macht über mich geben.

Es sei denn, die beiden reden von einer lockeren Affäre? Die hatte ich nur selten, aber selbst dafür würde ich nicht jemanden wie sie wählen.

Jemand, der danach kuscheln möchte.

Jemand, mit dem sogar ich in Versuchung geraten könnte, kuscheln zu wollen … und ich hasse Kuscheln.

»Wie, so?« Dante grinst und zeigt dabei blendend weiße Zähne mit Eckzähnen, die nicht so spitz sind, wie man es von jemandem mit einer so blassen Hautfarbe erwarten würde.

Ich beiße die Zähne zusammen. »Es war nur ein Kuss. Und ein spontaner noch dazu.«

»Weiß *sie* das auch?«, fragt der Trainer.

Scheiße. Er hat recht. Vielleicht habe ich ihr einen falschen Eindruck vermittelt. Das muss ich korrigieren, pronto.

Während Coach und Dante wie zwei katholische Schulmädchen tratschen, renne ich Kalliope hinterher – aber als ich auf dem Parkplatz ankomme, fährt ihr kleiner Käfer schon los.

Ich renne davor und schlage mit den Händen auf die Motorhaube. »Verdammt, warte!«

Scheiße. Sie sieht aus, als wolle sie mich überfahren, aber dann kurbelt sie ihr Fenster herunter und streckt den Kopf heraus. »Was?«

Ich gehe zu ihr, aber jetzt, wo ich ihr gegenüberstehe, fehlen mir seltsamerweise die Worte. »Ich …« Scheiße, was ist nur los mit mir? Ich zwinge mich dazu, etwas zu sagen, irgendetwas. Was dabei herauskommt, ist: »Was zum Teufel war das?«

»Ein großer Fehler.« Sie unterstreicht ihre Worte, indem sie das Gaspedal durchdrückt. Ihr kleiner Käfer rauscht mit quietschenden Reifen vom Parkplatz und fährt mir dabei fast die Zehen platt.

Verdammte Scheiße.

Ich stehe da und starre ihr nach, bis eine blasse Hand auf meiner Schulter landet. »Ich nehme an, das Gespräch ist nicht so gut gelaufen?«, fragt Dante, als ich mich umdrehe.

Ich schüttele den Kopf.

»Willst du etwas trinken und darüber reden?« Er deutet auf die andere Seite des Parkplatzes, wo der Rest des Teams gerade in unseren Mannschaftsbus einsteigt. »Alle sind auf dem Weg in die Kneipe.«

»Verdammt, nein!« Ich hasse Teambuildingveranstaltungen – fast so sehr wie den übermäßigen Sonnenschein, der alle blendet, Hautkrebs verursacht und Dante trotzdem nicht einmal einen Hauch von Bräune verleiht.

»Wie du willst.« Dante eilt zum Bus, und sie fahren weg.

Gut, dass ich sie los bin.

Leider bin ich immer noch nicht ganz mit dieser Sache durch, denn Coach ist auf dem Weg zu mir, zweifellos mit ermutigenden Worten und Weisheiten.

»Ich muss los!«, rufe ich in seine Richtung und steuere auf mein Auto zu.

KAPITEL 5
KALLIOPE

Ich wiederhole auf dem Weg zum Zirkusparkplatz in meinem Kopf, was gerade passiert ist. Der Kuss steht natürlich im Vordergrund, vor allem, wie leidenschaftlich, heftig und völlig verrückt er war.

Mit Wolfgang auf der Schulter knalle ich die Autotür fest zu und gehe in das bunte, kreisrunde Gebäude. Was hat mich dazu gebracht, so etwas zu tun? In der einen Sekunde wollte ich den Bären schlagen, und dann, bumm, gehe ich auf ihn los … aber mit meinen Lippen.

Hey. Wenigstens war es nicht meine Muschi. Aber trotzdem … Warum ausgerechnet dieser Typ?

Vielleicht hatte mein Ex recht. Meine Familie und ich sind vielleicht etwas verrückt.

Wie zur Veranschaulichung sehe ich meinen Vater in der Küche mit unserem Toaster, einem Brot und einer Avocado jonglieren.

»Hey, Papi«, sagt er, während er nach dem Messer

greift und dabei die restlichen Gegenstände in der Luft hält. »Wie war dein erster Tag?«

Sollte ich ihm von diesem neuen Versuch eines Spitznamens für mich abraten? Wenn wir Deutsch sprechen würden, wäre es sinnvoller, wenn ich *ihn* so nennen würde. Andererseits werden diese Spitznamen immer schlimmer, also sollte ich mich vielleicht damit abfinden. Soweit ich weiß, könnte der nächste schon Mini-Me sein.

»So schlimm, was?«, fragt er und jongliert jetzt auch mit dem Messer.

Er lässt alle Gegenstände gekonnt in der Luft kreisen und wirft einen skeptischen Blick auf meine Kleidung, oder das Fehlen derselben, sagt aber nichts dazu. Nicht, dass ich das von ihm erwartet hätte. Er nimmt wahrscheinlich einfach an, dass alle Maskottchen in ihrer Freizeit ein Trikot und sonst nichts tragen. Ich wette, der Rest der Familie wird dasselbe annehmen.

Knappe Kleidung und Zirkus gehen Hand in Hand.

»Die ersten Tage sind immer hart«, sagt Moms Stimme von irgendwo weit unten.

Was zum Teufel …? Wo versteckt sie sich?

Ich gehe um die Küchentheke herum, um Mom zu suchen, und finde sie im Spagat auf dem Boden sitzend vor, während sie Avocado-Toast isst. Wie erwartet, scheint sie von meiner Kleidung nicht im Geringsten beunruhigt zu sein.

»Mein Tag war gut«, lüge ich. »Ich bin hier, um meine Sachen zu holen.«

Papa lässt beinahe den Toaster fallen. »Du willst immer noch ausziehen?«

Ich nicke. »Die Wohnung, die sie mir angeboten haben, ist näher an der Arbeit.« Und sie ist doppelt so groß wie mein jetziges Zimmer, und ich muss sie mit niemandem teilen.

»Wirst du trotzdem weiterhin zum Familienessen nach Hause kommen?«, fragt Mama besorgt.

»Natürlich.« Ich weiß, dass ich alle schrecklich vermissen werde. Außerdem könnte ich nicht einmal kochen, wenn mein Leben davon abhinge, also ist selbst gekochtes Essen immer willkommen.

»In Ordnung«, sagt Mama großmütig. »Such deine Sachen zusammen.«

Ich gehe in das Zimmer, das ich mit meiner ältesten Schwester teile, und natürlich erwische ich sie dabei, wie sie kopfüber wie eine Fledermaus hängt. Ihr ganzer Körper wird von einem Fuß an einem Trapez gehalten, das über der obersten Etage unseres gemeinsamen Bettes befestigt ist.

»Hey«, sagt sie, und ihr Atem geht unnatürlich gleichmäßig, wenn man ihre Position bedenkt. »Wie war's?«

»Gut.«

Sie verengt ihre Augen. »Nur gut?«

»Hör zu, Seraphina«, sage ich. »Wenn du ein ausführlicheres Gespräch führen willst, komm auf meine Augenhöhe. Sonst fängt mein Nacken an zu schmerzen.«

Wie ich es mir dachte, ist sie offensichtlich nicht

sonderlich interessiert, denn sie bleibt weiter dort hängen.

Ich ziehe mir normale Kleidung an und gehe zu meinem Rattenhabitat, einem Objekt, das die gesamte Fläche des Raumes einnimmt, der offiziell mir gehört.

»Hallo, ihr alle«, sage ich und pausiere Beethovens *Für Elise*, eine Komposition, die meine kleinen Freunde sehr mögen.

Alle begrüßen mich mit fröhlichem Quieken und Hüpfen. Als Wolfgang wieder zu der Gruppe stößt, ist die Freude groß, zumindest bis Marco versucht, Wolfgang zu bumsen, aber dann von Polo verjagt wird.

»Hast du ihnen in letzter Zeit etwas Neues beigebracht?«, fragt Seraphina von ihrem hohen Platz aus.

Ich weiß, dass sie nur aus Höflichkeit fragt, aber ich kann nicht widerstehen, ein kleines Einrad herauszuholen und Lenin daraufzusetzen.

»Wow«, sagt Seraphina, während Lenin Kreise auf dem Tisch fährt. »Das kann er auf jeden Fall gut.«

Ja. Lenin ist der Klügste und derjenige, der am schnellsten lernt, wenn er mit Essen motiviert wird. Als ich ihn vom Einrad nehme und ihm sein Leckerli gebe, schaut er mich nachdenklich an:

Towarischtsch, dafür sollte ich eine größere Belohnung bekommen. Das ist nur fair, denn ich, das Rattenproletariat, habe die ganze Arbeit hier gemacht.

»Weißt du, du könntest deine alte Nummer wiederaufleben lassen«, sagt Seraphina.

Sie spricht von den dunklen Tagen, als ich Einrad

gefahren bin, eine Aktivität, die mir ungefähr so viel Spaß gemacht hat wie eine Wurzelbehandlung, und Letzteres wird wenigstens unter Betäubung durchgeführt.

»Du könntest eine runde Plattform in deinen Händen halten«, fährt meine Schwester fort, »und die Ratten auf ihren Einrädern fahren lassen, während du auf deinem fährst.«

Ich schüttele den Kopf. »Zu gefährlich.«

Sie schnaubt. »Ach, bitte. Eine Einradnummer ist zu gefährlich für Ratten, aber auf einem Drahtseil zu laufen ist nicht zu gefährlich für Oma?«

Ich rolle mit den Augen. »Du weißt, dass niemand sie davon abhalten kann.« Gibt es eine Möglichkeit, Seraphina selbst davon abzuhalten, zwölf Meter hoch in der Luft hin und her zu springen?

»Touché«, sagt Seraphina.

»Leute«, sage ich zu den Ratten, »macht euch bitte keine Sorgen. Ich werde euch euer Spielzeug nicht wegnehmen. Wir ziehen nur um.« Damit packe ich die verschiedenen Tunnel, Laufräder, Gruppen- und Einzelhäuser und nicht zuletzt die verschiedenen Spielzeuge zum Klettern, Kauen, Schreddern, Schieben, Tragen und Futtersuchen ein.

Sobald alles in meinem Auto verstaut ist, fahre ich zur neuen Wohnung, wo ich meine Babys wieder einrichte.

»Möchtest du mitkommen, um den Rest meiner Sachen zu holen?«, frage ich Wolfgang.

Er krabbelt auf meine Schulter, und ich kehre in

den Zirkus zurück, um den Rest meiner Besitztümer einzusammeln, der im Vergleich zu dem meiner niedlichen Schützlinge mickrig erscheint.

Sobald ich alles in meiner neuen Wohnung habe, schaue ich sie an, als wäre es das erste Mal.

Sie ist geräumig und hat einen fantastischen Blick auf den See, wo sich ein riesiger Alligator am Ufer wärmt und mich daran erinnert, dass wir immer noch in Florida sind.

»Siehst du?« Ich zeige auf den Alligator. »Das ist einer von einer Million Gründen, warum ihr besser im Haus leben solltet.«

Wolfgang quiekt.

Meine Liebe, der Hauptgrund, im Haus zu leben, ist nicht die Sicherheit, sondern dass es dort das Manna vom Himmel, auch bekannt als Käse, gibt.

Lenin knirscht besonders laut mit den Zähnen.

Wenn Religion das Opium der Menschen ist, ist Käse das für die Proletarier-Ratte.

»Wir haben endlich Platz für einen Fernseher«, sage ich allen. Bis jetzt haben wir Filme und Serien auf dem winzigen Bildschirm meines Laptops angeschaut.

Die Ratten scheinen von der Aussicht darauf nicht begeistert zu sein, aber ich bin es auf jeden Fall.

Aber wo soll ich ihn hinstellen?

Ich schaue mich um und stelle fest, dass am Wohnzimmer heute irgendwie etwas anders ist als damals, als ich es mir zum ersten Mal angesehen habe. Die Wände sind verschmiert, und einige Dielen sehen aus, als wären sie entfernt und dann wieder zurückgelegt worden.

Wie merkwürdig. Das scheine ich davor nicht bemerkt zu haben.

Wie auch immer. Ich mache nette Musik an und setze mich an meinen Laptop, um nach meinem Traumjob zu suchen – der natürlich nicht darin besteht, mich als eine Mischung aus Clown und Bär zu verkleiden. Nein, was ich wirklich will, ist, eine Live-Show mit Ratten zu produzieren, die ich *Rattenfänger* nennen würde.

Im Moment ist das Beste, was ich tun kann, meine Show an jedem Ort aufzuführen, der auch nur im Entferntesten in Betracht ziehen würde, meinen Traum zu verwirklichen.

Oh, und ich bin realistisch genug, um zu wissen, dass eine Show mit Ratten keine traditionelle Form der Unterhaltung ist. Der *Rattenfänger* ist höchstwahrscheinlich ein Wunschtraum, vor allem jetzt, da die Zirkusse in den USA ihre Tiernummern generell reduziert haben. Ein Beispiel: Der Zirkus, in dem der Großteil meiner Familie arbeitet, bat Opa vor einigen Jahren, seine Löwenshow aufzugeben.

Ich lächele. Opa ging mit seiner Show in den Ruhestand und nutzte dann seine Freizeit, um mir sein Handwerk beizubringen – mit dem Hintergedanken, dass ich entweder mit Löwen arbeiten würde wie er – oder mit Bären wie mein Urgroßvater. Als Opa von den Ratten erfuhr, sagte er, und ich zitiere: »Schlimmer wäre es nur, mit

Kakerlaken, Zecken oder deiner Großmutter zu arbeiten.«

Trotzdem verschicke ich E-Mails, bis meine Augen vom Starren auf den Bildschirm müde werden, und dann gehe ich in meinen Lieblingsbereich in dieser Wohnung: mein eigenes Schlafzimmer.

Verdammt. Es gibt kein Etagenbett und keine schnarchende Trapezkünstlerin. Ich freue mich darauf, wie ein Baby zu schlafen, das eine Schlaftablette genommen hat … aber das passiert nicht, als ich tatsächlich ins Bett gehe.

Ich werde von Bildern dunkler Augen, seltsam sexy finsterer Blicke und von Haaren auf kräftigen Armen wach gehalten.

Pfui Teufel. Stört der Bär jetzt etwa meinen Schlaf?

Nein. Ich bin einfach nur geil, ohne einen bestimmten Grund – und jetzt, wo ich meine Privatsphäre habe, kann ich auch etwas dagegen tun.

Ich lecke meine Finger an und schiebe sie nach unten.

»Pass nur auf, dass du nicht an ihn denkst«, erinnere ich mich, während ich meinen Kitzler umkreise. »Was auch immer du tust, denk nicht an ihn.«

Ja, nein. Das Mantra funktioniert nicht, und Michael ist genau derjenige, an den ich denke, als ich komme.

Aber hey. Es hätte schlimmer sein können.

Ich hätte seinen Namen schreien und meine Ratten erschrecken können.

KAPITEL 6
MICHAEL

Nachdem ich nach Hause gekommen bin und gegessen habe, kümmere ich mich um den schwierigsten Teil meines Geheimprojekts: das Anwerben von Investoren. Das Problem ist wie immer, dass man herzlich sein muss, wenn man mit reichen Wichsern zu tun hat, aber Herzlichkeit ist nicht meine Stärke. In der schriftlichen Kommunikation ist es jedoch einfacher, höflich zu sein. Ich streue einfach jede Menge *Bitte* und *Danke* ein. Bei den wirklich großen Investoren sind persönliche Treffen leider unvermeidlich ... und von mir sehr gefürchtet.

Aber ich werde alles tun, was nötig ist.

Sobald ich alle E-Mails verschickt habe, gehe ich zu meinem Teleskop und richte es auf den höchsten Baum in dem Waldgebiet vor meinem Fenster.

Puh. Die Falkenfamilie ist immer noch da, einschließlich Eye, dem kleinen Baby, das erst kürzlich geschlüpft ist. Angesichts der Adler, Schlangen, Eulen und Waschbären in der Gegend mache ich mir immer Sorgen um die Küken – was ich bei einem Hobby wie der Vogelbeobachtung nicht erwartet hätte.

Sie sollte verdammt nochmal entspannend sein.

Nun, sie ist immer noch entspannend, verglichen mit der Suche nach Geldmitteln, aber früher, als es nur die beiden Falkeneltern Ethan und Mo waren, die ihr Nest mit Zweigen und Blättern verstärkt haben, war es das mehr. Aber dann legte Mo nur ein Ei, und sie brüteten das Ei fast einen Monat lang aus, bewachten das Nest und so weiter, und ich habe mich ein wenig engagiert. Als ich dann sah, wie sie stündlich Futter für den jungen Eye jagten und wiederkäuten, hätte ich mir fast ein Scharfschützengewehr zugelegt, um ihnen zu helfen, Raubtiere in Schach zu halten.

Mo und Ethan verdienen es, Eye aufwachsen zu sehen. Trotz ihres sogenannten *Vogelhirns* sind sie viel bessere Eltern als meine menschlichen.

Mein Telefon klingelt.

Hmm.

Wer könnte das sein?

Wie sich herausstellt, ist es Coach – und er ruft per Video an, was er selten tut.

»Hi, Coach«, sage ich und nehme den Anruf entgegen.

»Hey«, sagt er. »Ich wollte nur nach dir sehen.«

»Warum?« Hat er den verdammten Hinweis auf dem Parkplatz nicht bekommen?

»Du wurdest in der Arena eingesperrt«, sagt er. »Und dann gab es da diesen Kuss mit …«

»Mir geht es gut.« Oder das wird es, sobald die Leute aufhören, mich verdammt nochmal an Kalliope zu erinnern. »Wie geht es dir? Wie geht es den Kindern?«

Zu meiner Überraschung klappt der Ablenkungsversuch tatsächlich und Coach erzählt mir von den neuesten Streichen seines Sohnes auf dem College, und dass seine Tochter gerade zum Assistant Manager befördert wurde. Während er spricht, kann ich nicht anders, als neidisch auf die Kinder zu sein. Obwohl sie anständige Menschen sind, scheinen sie undankbar zu sein – oder zumindest nicht zu wissen, wie toll ihr Vater ist. Er ist wahrscheinlich der beste ethanähnliche Vater, der ein Mensch sein kann.

»Bist du sicher, dass es dir gut geht?«, fragt Coach, und mir wird klar, dass ich vielleicht einige Details über seine Tochter verpasst habe.

»Mir geht es verdammt gut, aber ich muss los.« Ich will nicht unhöflich sein, aber das wird passieren, wenn er sich nicht zurückzieht.

»Klar. Wir sehen uns morgen beim Training«, sagt er und legt auf.

Richtig. Verdammtes Training. Ich sollte mich lieber ausruhen.

Ich nehme meine Kamera und befestige sie am Teleskop, um ein Foto von den Falken zu schießen, dann gehe ich unter die Dusche, um mich bettfertig zu machen.

Als ich unter der Dusche stehe, muss ich an den Kuss denken, und mein Schwanz wird schmerzhaft hart – also streichele ich ihn und fantasiere über jede Pornodarstellerin, die ich jemals gesehen habe. Ich denke definitiv nicht an Kalliope mit ihren grünen Augen, rosa Haaren und ihrem Zuckerwattegeschmack. Nein, ihr zierlicher Hals und die Art und Weise, wie ihre glatten Beine in diesem Trikot aussahen, kommen mir überhaupt nicht in den Sinn. Oh, und vergessen wir nicht … ich meine, ich habe die Tatsache vergessen, dass sie neben mir nur ein Trikot ohne Höschen trug. Oder dass …

Ich stöhne, als ich komme und mein Verstand angenehm leer wird, was toll ist, denn jetzt bin ich bereit für den Schlaf.

Als ich am frühen Morgen an der Eisbahn ankomme, ist Dante der Einzige, der schon da ist. Sein blasser Teint wird von seiner Torwartausrüstung verdeckt.

»Hey«, sage ich. »Willst du einige Übungen machen?«

Er nimmt seine Maske ab, und seine Augen sind groß. »Du hast es noch nicht gehört, oder?«

Ich runzele die Stirn. »Was gehört?«

»Du und das neue Maskottchen seid viral gegangen.«

KAPITEL 7
KALLIOPE

Ich wache auf, weil mein Telefon klingelt. Immer und immer wieder.

Seltsam. Es dämmert gerade erst. Wer würde so früh anrufen, und warum?

Als ich das Telefon in die Hand nehme, wird der erste Teil meiner Frage beantwortet.

Es ist Seraphina.

»Hey«, sage ich. »Du benimmst dich schon sehr wie eine Fledermaus. Übernimmst du jetzt auch noch ihren Zeitplan?«

»Wie konntest du mir nicht sagen, dass du einen heißen Hockeyspieler geküsst hast?«, fragt sie. »Ich habe dich gestern Abend gesehen – also nachdem es passiert ist.«

Ich starre das Telefon an. »Woher willst du das wissen?« Habe ich schon wieder laut mit mir selbst geredet? Und das vor ihr? Ich kann mich nicht erinnern, das getan zu haben, aber …

»Wie kann das jemand nicht wissen?«, erwidert sie. »Es ist überall in den sozialen Medien.«

Oh. Mist. Die Kameras von gestern. Aber … »Wen würde es interessieren, dass wir uns küssen?«

»Das Internet. Sie haben euch beide Honey und Boo Boo getauft.«

»Was? Warum?«

»Es hat etwas damit zu tun, dass ihr beide Bären seid«, sagt sie. »Du, weil du das Maskottchen bist, und er wegen seiner Persönlichkeit und seines Vor- und Nachnamens.«

Hm? Was hat sein Name damit zu tun?

»Zuerst ist es in den russischsprachigen Ländern viral gegangen«, fährt sie fort. »Dort hat er die meisten Fans. Aber dann begann es, bei den Eishockeyfans im Allgemeinen ein Trend zu werden, und schließlich sind alle darauf angesprungen. Wenn das so weitergeht, könntet ihr beide so berühmt werden wie Baby Shark.«

»Scheiße.« Ich gehe zu meinem Computer, um nachzusehen, wovon sie spricht.

»Bist du verrückt?«, fragt sie. »Das ist unglaublich.«

»Nein. Ich brauche diesen Job, und das ist ein sicherer Weg, ihn zu verlieren.« Ganz abgesehen davon, dass ich nicht für immer mit dem Maskottchenanzug in Verbindung gebracht werden will – ich will für meine Rattenshow bekannt sein.

»Du könntest das für deine Show nutzen«, sagt Seraphina, als hätte sie meine Gedanken gelesen. »Ich meine … irgendwie.«

»Wohl eher nicht.«

»Hey, entschuldige«, sagt sie. »Ich wusste nicht, dass ich der *Übärbringer* schlechter Nachrichten sein würde.«

»War das ein Bärenwortspiel?«, frage ich.

»Das ist nichts im Vergleich zu den Kommentaren, die du online siehst«, sagt sie. »Nachdem du sie gelesen hast, brauchst du eine Minute, um dich zu *bärappeln*.«

Ich stöhne.

»Du könntest auch einige der Internet-Trolle erwürgen wollen«, sagt sie. »Mit deinen Bärenhänden.«

»Ernsthaft?«

»Der Typ, den du geküsst hast, hat einen Ruf, ein *Bärserker* zu sein«, sagt sie. »Außerdem heißt es, dass ihr beide *polar* gegensätzlich seid.«

»Hör. Auf.«

»Warum? Wird das *bärschämend*?«

»Das ist nicht lustig.« Ich suche nach *Honey und Boo Boo* und staune, wie viele Aufrufe das Video hat.

»*Übärwinde* dich«, sagt Seraphina. »Nach einigen weiteren könntest du vor lauter Lachen *zerbärsten*.«

Ich lege auf, als sie etwas über *übärreagieren* und *verbärgen* sagt.

Das Video, das ich aufgerufen habe, ist mit dem Song *Bi-Polar Bear* von den Stone Temple Pilots unterlegt. Es zeigt unseren Kuss, aber es ist auch mit einem Haufen anderer Videos durchsetzt. Die meisten zeigen Michael, wie er jemandem auf dem Eis ins Gesicht schlägt oder ein Tor schießt, aber es gibt auch ein Video von mir von vor einigen Wochen, das zeigt, wie ich dabei erwischt wurde, Wolfgang unter meinem Freizeitpark-Outfit versteckt zu haben.

Verdammt. Bis heute hatten mich nur Freizeitparks wegen des *Rattenvorfalls* auf die schwarze Liste gesetzt, aber jetzt weiß die ganze Welt davon. Wenn ich meinen jetzigen Job verliere – was wahrscheinlich der Fall ist –, werde ich keinen Job mehr in einer Branche finden, in der man keine Ratten mag, was bei den meisten der Fall ist.

Oh, und ich kann nicht umhin, den Fehler zu machen, die Kommentare zu lesen.

Ganz oben stehen die Bärenwitze, von denen die meisten Seraphinas Wortspiele im Vergleich harmlos erscheinen lassen. Aber darunter gibt es auch gemeine persönliche Angriffe. Die schlimmsten unterstellen mir, dass ich eine Schlampe bin, und machen sich über mein Aussehen lustig, während die harmlosesten über unsere Namen lachen. Sie nennen mich *Clown-Butt-Bär*, wegen meines Nachnamens und meines Maskottchenanzugs. Michael wird *Grimmiger Bär* genannt, weil sein russischer Nachname *Bär* bedeutet und sein Vorname zu Mischa abgekürzt wird, was ebenfalls mit einem Bären assoziiert wird.

Ist das der Grund, warum er so empfindlich auf Bärenvergleiche reagiert?

Das muss er sein. Das könnte auch erklären, warum er das Maskottchen so sehr hasst, genauso wie den Namen seiner – ich meine unserer – Mannschaft. Wenn ich in einem Team landen würde, das Clown Butts hieße und ein Maskottchen hätte, das wie ein riesiger Clownsarsch aussieht, wäre ich auch nicht glücklich. Wenn ich für jedes Mal, wenn ich im Laufe der Jahre mit Clown-Butt-Witzen gehänselt wurde, einen Penny bekommen hätte, könnte ich mir inzwischen eine Armee von Clowns leisten. Eine Armee, der ich befehlen würde, die Arschlöcher, die mich gehänselt haben, ausfindig zu machen und ihnen Ballontiere in den Hintern zu stecken.

Oh, und mehr als einige Leute stellen Theorien auf, warum Wolfgang auf meiner Schulter sitzt, mit zu vielen Sodomiespekulationen, sogar für das Internet.

Aber hey, nicht alle Kommentare sind böse. Viele Leute wünschen sich, dass Honey und Boo Boo heiraten und viele pelzige Kinder bekommen.

Ja, nein. Nach meiner letzten Trennung habe ich kein Interesse an einer Beziehung, geschweige denn einer Ehe. Was bringt es, jemanden kennenzulernen und sich zu verabreden, wenn er mit dir Schluss macht, sobald er deine Familie kennenlernt? Und Ehe? Auf keinen Fall. Kein vernünftiger Mensch würde freiwillig ein Teil des Klaunbut-Clans werden. Meine einzige Option könnte sein, einen entfernten Cousin aus dem Klaunbut-Clan zu heiraten, von denen ich unzählige habe. Wenn ich mich nicht für einen Cousin entscheide, wäre der letzte Nicht-Klaunbut, den ich in Betracht ziehen würde, natürlich Mr. Mürrischer Bär.

Vor allem, wenn ich wie durch ein Wunder meinen jetzigen Job behalte. Mein Ex war ein Arbeitskollege, und ich musste den Park wechseln, nachdem wir uns getrennt hatten, also werde ich diesen Fehler nicht wiederholen.

Aber als ich sehe, wie wir uns küssen, kribbelt mein Magen.

Blödes Innenleben.

Wahrscheinlich ist es nur der Hunger. Oder Durst. Echter Durst, meine ich, kein Euphemismus.

Ich betrachte mich im Spiegel. »Vielleicht sollte ich mir einen großen Obstsalat machen, um beide Bedürfnisse zu befriedigen?«

Dann antworte ich mir: »Klar, aber nur für den Fall, nimm keine Banane.«

Als ich das Essen zubereitet habe, teile ich etwas Obst mit meinen Ratten und esse dann den Rest.

Hmm. Selbst so gestärkt bin ich nicht davor gefeit, mir diesen Kuss immer und immer wieder anzusehen.

Pfui Teufel. Ich muss damit aufhören.

Es ist ohnehin an der Zeit, zur Arbeit zu gehen.

Ich nehme Wolfgang und steige für die kurze Fahrt zu meinem Arbeitsplatz in mein Auto. Ich bin mir nicht sicher, was mich erwartet, als ich dort ankomme, aber kaum habe ich geparkt, werde ich vom Coach, der Frau von der Personalabteilung, mit der ich gesprochen habe, und zwei der Spieler von gestern überfallen.

»Hallo«, sage ich, während mir das Herz in die Hose rutscht. »Wem verdanke ich diesen Willkommensgruß?«

Aber ich weiß natürlich schon, was sie sagen werden. Sie sind hier, um mir mitzuteilen, dass ich gefeuert bin, und die beiden Spieler dienen als Sicherheit, falls ich versuche, mir den Weg nach drinnen zu erkämpfen.

Da sowieso jeder über Wolfgang Bescheid weiß, versüße ich ihm den Tag, indem ich ihn auf meiner Schulter sitzen lasse, anstatt ihn wie sonst in meiner Tasche oder Hosentasche zu verstecken, bis ich mein Outfit angezogen habe.

»Wir dachten uns, dass du Hilfe brauchst, um in das Gebäude zu kommen«, sagt Coach, scheinbar unbeeindruckt von der Ratte auf meiner Schulter.

Ich blinzele ihn an. »Sie wollen, dass ich in das Gebäude gehe?« Findet dort das Entlassungsgespräch statt?

»Nun, ja«, sagt er. »Du fängst heute offiziell an, nicht wahr? Und wir duzen uns hier alle.«

»Okay.« Ich bin dabei, eine Art Rekord aufzustellen, wenn es darum geht, gefeuert zu werden.

»Dann komm. Tut mir leid wegen des Zirkus.«

Zirkus? Ist meine Familie hier?

Nein. Es ist noch schlimmer. Ein Mob von Journalisten drängt sich vor dem Eingang des Gebäudes, und den auf mich gerichteten Kameras nach zu urteilen, könnte das etwas mit dem viralen Video zu tun haben.

»Geht uns verdammt nochmal aus dem Weg«, sagt einer der Spieler und schiebt ein Dutzend Presseleute auf einmal zur Seite.

Ah. Die Spieler haben die Rolle der Rausschmeißer übernommen, aber *für* mich, nicht *gegen* mich.

Interessant.

Als wir endlich drin sind, bittet die Frau von der Personalabteilung – die mich daran erinnert, dass ihr Name Linda ist – Coach und mich, ihr in den Konferenzraum in der Nähe ihres Büros zu folgen.

Also werde ich gefeuert?

»Ist Michael schon da?«, fragt der Trainer.

Warum sollte er bei meiner Entlassung dabei sein?

»Er ist da drin«, sagt Linda. »Genauso wie Adam von der PR und Eva von der Finanzabteilung.«

PR? Finanzen? Kurioser und kurioser. Vielleicht werden sie mich bitten, nach meiner Entlassung kein schlechtes Wort über sie zu verlieren, und wollen mir dafür eine großzügige Abfindung zahlen?

Das würde mich überhaupt nicht stören.

Als wir den Konferenzraum betreten, warten Adam und Eva bereits – in Geschäftsanzügen, nicht in Feigenblättern. Außerdem wartet Michael, und ihn wiederzusehen ist wie ein Tritt in die Eierstöcke. Er trägt ein Muskelshirt, aus dem köstliche Brusthaare herausschauen, und einen Dreitagebart – und jeder weiß, dass das die sexyeste Art von Bart ist. Oh, und aus irgendeinem Grund starrt er die Spieler finster an, die uns hereinbegleitet haben.

»Ihr könnt gehen«, sagt der Trainer zu den besagten Spielern.

Die beiden scheinen nur allzu froh zu sein, dass sie verschwinden können, denn sie haben sicher auch bemerkt, dass Michaels Augen, die so schwarz sind wie seine Seele, ihnen tödliche Blicke zuwerfen.

Niemandem scheint es etwas auszumachen, dass Wolfgang auf meiner Schulter sitzt. Deshalb mag ich sie alle, mit Ausnahme des Bären natürlich, der mich wahrscheinlich einfach nicht genug beachtet, um überhaupt etwas zu bemerken.

»Willst du da sitzen?« Der Trainer zeigt auf den Stuhl neben Michael.

Ich verenge die Augen. »Warum sollte ich neben ihm sitzen wollen?«

Der Trainer zuckt mit den Schultern. »Was wir zu sagen haben, betrifft euch beide, also wird es die Sache ein wenig einfacher machen.« Er deutet auf einen Stuhl gegenüber von Michael. »Du kannst dich dort hinsetzen, wenn du willst.«

»Nein. Schon in Ordnung.« Ich lasse mich auf den Stuhl neben Michael fallen und verfluche sofort meine Entscheidung. Genau wie gestern riecht er verlockend gut: nach Kräutern, Pilzen und Honig.

»Was zum Teufel soll das alles?«, knurrt Michael, sobald alle Platz genommen haben.

»So hätte ich es vielleicht nicht ausgedrückt, aber ja«, sage ich. »Warum sind wir hier?«

Eva räuspert sich. »Ich habe einen Anruf von meinem Pendant bei den Yetis bekommen. Die Karten für das Freundschaftsspiel sind ausverkauft.«

Alle außer mir starren sie mit mehr oder weniger schockierten Gesichtern an.

Adam kratzt sich am Hinterkopf. »Dasselbe Spiel, das abgesagt werden sollte, weil die Yetis keine Karten verkaufen konnten?«

Eva nickt triumphierend.

»Wer oder was sind die Yetis?«, frage ich in den Raum.

Auf meiner Schulter putzt Wolfgang seine Schnurrhaare.

Meine Liebe, Yeti ist ein anderes Wort für Bigfoot, und Bigfoot klingt wie ein Wesen, das stark nach Füßen riecht, was – da Füße nach Käse riechen – mir sagt, dass, was oder wer auch immer die Yetis sind, sie köstlich riechen.

»Die Yetis sind ein New Yorker Hockeyteam«, sagt Coach. »Michael war für kurze Zeit bei ihnen und hat diese Verbindung genutzt, um ein Auswärtsspiel mit ihnen zu vereinbaren, eine große Sache, weil sie viel stärker sind und …«

»So viel stärker sind sie nicht«, knurrt Michael. »Wir haben nur …«

»Meine Herren«, sagt Eva mit Nachdruck, »ich war noch nicht fertig.«

Alle hören auf zu reden und sehen Eva an, sogar Wolfgang.

»Wie ich schon sagte«, fährt Eva fort, »alle unsere anderen Spiele sind ebenfalls ausverkauft, sogar das gegen die Pineapple Ice Surfers.«

Wieder einmal klappen allen die Kinnladen herunter, und wieder sind Wolfgang und ich die Ausnahmen.

»Wer sind die Pineapple Ice Surfers?«, frage ich.

»Das hawaiianische Team«, sagt Michael. »Sie sind die Schlechtesten in der DHL, und niemand kommt, um zu sehen, wie sie live abgeschlachtet werden. Es sei denn, das Spiel findet auf Hawaii statt.«

»Und das ist dieses Mal nicht der Fall«, sagt Coach. »Dafür kommen sie hierher.«

»Das ist richtig«, sagt Eva. »Die finanziellen Auswirkungen sind enorm.« Sie sieht Adam bedeutungsvoll an. »Ich nehme an, bei dir sieht es genauso gut aus?«

Er nickt. »Zum Glück hat Michael die Kamera nicht zerstört«, sagt er. »Das Team hat gestern auch nicht die Bar demoliert. Oder …«

»Warum zum Teufel sind wir hier?« Michael gestikuliert in meine Richtung. »Kann mir das mal jemand erklären?«

Der Trainer, Adam und Eva schauen Linda bedeutungsvoll an.

»Warum muss ich es erklären?«, will Linda wissen.

»Weil es heikel ist?«, sagt der Trainer etwas zögerlich.

»Und du bist in der Personalabteilung«, fügt Adam hinzu.

»Gut.« Linda sieht uns an. »Dieses Treffen dient dazu, die Auswirkungen von Honey und Boo Boo zu besprechen.«

Oh.

»Was zum Teufel ist Honey und Boo Boo?«, fragt Michael.

»Wir«, sage ich und erschaudere. »Ich bin mir allerdings nicht sicher, wer von uns beiden wer ist.«

Michael stöhnt frustriert. »Dieses verfickte Video.«

»Nein, es ist ein Kussvideo«, sagt Adam. »Aber wenn du denkst, dass ein weiteres Video mit einer anderen Aktivität auftauchen könnte, würde es mir die Arbeit erleichtern, wenn du es mir jetzt sagst.«

»Welches andere Video könnte es geben?«, frage ich, aber in Wirklichkeit meine ich: »Für wie nuttig hält mich Adam?«

»Ich dachte, wir hätten vereinbart, dass ich das Reden übernehme?«, sagt Linda eisig zu Adam, und man merkt, dass sie ihm eine Ohrfeige verpassen will, sich aber aus Gründen der Personalpolitik zurückhält.

»Bitte«, sagt Adam verlegen. »Fahr fort.«

»Danke«, sagt Linda. »Wie ich schon sagte, hat das Video einen sehr positiven Einfluss auf das Team, und angesichts der finanziellen Probleme, mit denen wir zu kämpfen haben«, sie zeigt auf Eva, »hätte diese Entwicklung nicht zu einem besseren Zeitpunkt kommen können.«

Alle außer Michael, Wolfgang und mir nicken.

»Gern geschehen«, sage ich zögernd.

»Jetzt komm endlich auf den Punkt«, knurrt Michael.

Linda seufzt. »Richtig. Der Punkt.« Sie legt ihre Hände in eine betende Haltung und berührt ihre Nase. »Mit eurer Hilfe möchten wir das öffentliche Interesse aufrechterhalten.«

»Und sind bereit, euch zu entschädigen«, mischt sich Eva ein. »Für die Unannehmlichkeiten, die diese Zusammenarbeit verursachen könnte.«

»Hm?« Ich schaue Michael an, um zu sehen, ob er dem folgen kann.

Das kann er nicht, zumindest denke ich das, denn er drückt die Frage viel eloquenter aus als ich, als er ruft: »Was zum Teufel sollen wir verdammt nochmal tun?«

»Nichts Schlimmes«, sagt Linda ein wenig zu schnell. »Nur einen kleinen PR-Gag inszenieren, das ist alles.« Sie wendet sich an Adam. »Möchtest du weitermachen?«

Adam blickt besorgt zu Michael. »Ich dachte, du wolltest das Reden übernehmen.«

»Um Himmels willen«, sagt Eva. »Das Wichtigste zuerst: Seid ihr beide zusammen?«

»Verdammt, nein«, sagt Michael und schüttelt den Kopf so heftig, dass der Windstoß Wolfgang fast von meiner Schulter weht.

Hey. Muss er so tun, als wäre es so undenkbar, dass wir uns daten?

»Ich bin gerade erst dem Team beigetreten«, sage ich. »Wann hätten wir denn die Zeit gehabt, uns zu verabreden?«

Eva zuckt mit den Schultern. »Ihr hättet euch vorher treffen können, aber ja, wir hielten es für unwahrscheinlich. Ich musste trotzdem nachfragen.« Sie sieht Linda eindringlich an. »Willst du, dass ich es sage, oder machst du das?«

»Könntest du?« Linda sieht aus, als wollte sie unter den Tisch klettern.

Eva seufzt. »Wir möchten, dass ihr die Scharade aufrechterhaltet.«

»Was?«, fragen Michael und ich unisono.

»Alle denken, ihr seid ein Paar«, sagt Eva. »Oder wollen glauben, dass ihr es seid. Deshalb wäre es toll, wenn ihr euch daten würdet. Also so tun würdet, meine ich.«

Oh nein. Nein. Nein. Nein. Ich kann nicht glauben, dass ich nicht gesehen habe, wohin das führt, aber jetzt …

Michael springt auf. »Ich werde verdammt nochmal so tun, als ob du das nicht gesagt hättest.«

Ernsthaft, warum tut er so, als wäre ich eine Aussätzige?

»Michael, bitte«, sagt der Trainer beruhigend. »Die Mannschaft braucht das.«

Mit einem mürrischen Blick setzt sich Michael wieder hin. »Das ist völlig verrückt.«

»Nun«, sagt Eva. »Wir wissen, dass dies eine unkonventionelle Bitte ist, deshalb die zusätzliche Entschädigung.« Sie räuspert sich und sieht Linda eindringlich an.

»Und die Personalabteilung gibt natürlich ihren vollen Segen.« Linda spielt mit den Händen an einem Ordner vor ihr herum. »Wir haben keine Regel, die es einem Maskottchen verbietet, mit einem Spieler auszugehen, also …«

»Unkonventionell?«, rufe ich aus. »Unkonventionell wäre es, wenn ihr mich bitten würdet, in meinem Maskottchenanzug auf dem Einrad zur Arbeit zu fahren. Oder Michael hier zu bitten, zehn Minuten lang höflich zu sein. Was ihr verlangt, ist …«

»Ein großer Gefallen«, mischt sich Eva ein. »Dafür sind wir bereit, am Ende eures Gehalts eine zusätzliche Null zu setzen.«

Ich weiß nicht, woher ich das weiß, aber bei der Erwähnung von so viel Geld spannt sich Michael neben mir an. »Bekommen wir beide diesen Bonus?«, fragt er.

»Ja«, sagt der Trainer bedeutungsvoll. »Und als Zeichen unseres guten Willens bekommt ihr einen Vorschuss auf den Bonus.«

»Wie viel?«, frage ich und kann nicht glauben, dass ich das überhaupt in Erwägung ziehe.

Eva schreibt etwas auf zwei Visitenkarten, dann gibt sie die eine mir und die andere Michael.

Als ich meinen Betrag sehe, lasse ich das Papier fast fallen. Für so viel Geld würde ich vorgeben, einen echten Bären zu daten, und vielleicht in Betracht ziehen, ihn bis zur zweiten Base kommen zu lassen.

»Ihr könnt den Bonus behalten, wenn ihr bis zum Yeti-Spiel den Schein wahrt«, erklärt Linda. »Und die Gehaltserhöhung bleibt so lange bestehen, wie die gute PR der Beziehung anhält.«

»Verdammte Scheiße«, sagt Michael, den Blick auf sein Papier gerichtet. »Wir werden es tun.«

»Wie bitte?« Ich wirbele zu ihm herum. »Wir werden nichts tun, bis wir beide einverstanden sind.«

Sein Kiefer zuckt. »Ich bitte um Entschuldigung,

ptichka. Machst du bei dieser verdammten Scharade mit oder nicht?«

Ich verenge meine Augen. »Was bedeutet *ptichka*?«

»Aus dem Russischen übersetzt bedeutet es Vögelchen«, sagt er. »Ich denke, wenn wir zusammen sind, brauchen wir Kosenamen füreinander – und der Tag, an dem ich jemanden Honey oder Boo Boo nenne, ist der Tag, an dem ich mir eine verdammte Kugel in den Kopf jage.«

Hmm. Vögelchen ist besser als Honey oder Boo Boo, aber das werde ich ihm nicht sagen. »Gut, Puuh, ich werde an der Scharade teilnehmen.«

Seine Pupillen bekommen Stecknadelgröße. »Puuh wie in *Winnie Pu...?*«

»Ah, richtig.« Ich klimpere unschuldig mit den Wimpern. »Tut mir leid, Paddington, ich habe vergessen, wie sensibel du bist, wenn es um ... Teddys geht.«

Michael ballt seine Hände. »Das wird niemals funktionieren.«

»Das muss es«, sagt Eva. »Ich bin mir sicher, sie kann dich auch anders als Paddington nennen.«

»Und da wir gerade dabei sind«, sagt Adam. »Sind wir sicher, dass Honey und Boo Boo keine Option sein kann?«

Michael knallt mit der Faust auf den Tisch. »Erwähne diese Namen noch einmal, und ich bin raus.«

»Wie wäre es mit Zar?«, fragt Linda. »Das ist russisch, wie *ptichka*.«

»Bedeutet das nicht König?«, frage ich.

»Imperator.« Ein süffisantes Lächeln umspielt Michaels Lippen, und ich erinnere mich daran, wie es sich angefühlt hat, als ich sie geküsst habe.

»Auf keinen Fall«, sage ich, sowohl zu meiner verräterischen Erinnerung als auch zu dem Zar-Vorschlag. »Und bevor jemand fragt: Wörter wie Sir, Master und Daddy sind ebenfalls tabu.«

»Wie wäre es mit Bunny oder eben Häschen?«, fragt Linda. »Wie hört sich das auf Russisch an?«

»Wie in Honey Bunny?«, fragt Eva nach.

»Kein verdammter Honig.« Michael brüllt den Satz praktisch wie ein Bär auf Honigentzug.

»Kann ich mich aus der Russisch-Nummer heraushalten?«, frage ich. »Ich spreche es nicht, also wäre es komisch, wenn…«

»Verdammt«, knurrt Michael. »Na schön, nenn mich Boo.«

»Boo Boo?«, fragt Adam im Flüsterton.

»Nein«, antwortet Michael bedrohlich. »Ein einziges verdammtes Boo.«

»Beruhige dich, Boo«, sage ich. »Adam denkt nur an die PR der ganzen Sache und versucht nicht, deine flauschigen Gefühle zu verletzen.«

Adam sieht mich dankbar an, und ich merke, dass er die Debatte über Boo Boo und Honey fortsetzen möchte, aber Angst davor hat.

Michael holt tief Luft und atmet sie dann mit einem genervten Zischen wieder aus. Seine Stimme ist etwas weniger knurrig, als er sagt: »Ich glaube, wir haben uns mit den Spitznamen verzettelt, und ich übernehme die Verantwortung dafür. Was wir wirklich besprechen sollten, ist, wie wir die Leute glauben machen können, dass wir ein Paar sind.«

Ich drehe mich zu ihm um, und meine Hand ist bereit, ihm eine Ohrfeige zu verpassen. »Willst du damit sagen, dass ich nicht wie jemand aussehe, mit dem du dich verabreden würdest?«

»Nein.« Michael schaut an die Decke, als hoffe er, dass ein Blitzeinschlag ihn von seinem Elend erlöst. »Was ich meinte, war … Ich hatte seit Jahren kein Date mehr. Jeder weiß das.«

Warum mag ich diese Tatsache? Stimmt etwas nicht mit mir?

Adam wird munter. »Dein Mangel an Verabredungen ist der Grund, warum das Video überhaupt erst die Aufmerksamkeit deiner Fans erregt hat. Mach dir keine Sorgen darüber, wie du die Leute dazu bringst, es zu glauben. Ihr könnt sogar offiziell sagen, dass ihr nur Freunde seid. Ihr müsst so oft wie möglich zusammen gesehen werden, den Paparazzi zufällig erlauben, mehr Fotos zu machen, und strategisch einen weiteren Kuss inszenieren.«

Bevor ich heftig protestieren kann, räuspert sich Linda. »Ihr müsst euch nicht küssen und auch sonst keine Intimitäten zur Schau stellen.«

»Okay, okay«, sagt Adam und sieht sehr enttäuscht aus. »Verbringt einfach Zeit miteinander, und was Berührungen und so weiter betrifft, tut, was euch nicht unangenehm ist.«

»Oder gar nichts«, sagt Linda eindringlich.

Bei dem Gedanken, dass Michael mich berührt *und so weiter*, erröte ich von den Zehen bis zum Scheitel. »Wo sollen wir hingehen, um gesehen zu werden?«

Adam zuckt mit den Schultern. »Kranke Kinder besuchen? Nach seinen Spielen für Michael da sein?«

»Ich bin das Maskottchen der Mannschaft«, sage ich. »Ich werde auf jeden Fall bei den Spielen dabei sein.«

Adams Augen leuchten auf. »Richtig. Entschuldigung. Aber hier ist noch eine Idee: Wenn du als Maskottchen verkleidet bist, solltest du dich mehr mit Michael beschäftigen als mit dem Rest des Teams.«

Dieser letzte Vorschlag gefällt mir, vor allem, weil er Michael dazu bringt, ein Geräusch zu machen, als wäre er in einer Bärenfalle gefangen.

Der Trainer rutscht auf seinem Sitz hin und her. »Ich habe eine Idee.«

Wir alle sehen den Mann an, der gerade Michael anschaut. »Du solltest einigen deiner klatschfreudigeren Teamkollegen sagen, dass du sie datest und sie tabu ist.«

»Das habe ich schon getan«, fährt ihn Michael an. »Ich meine den Teil, dass sie tabu ist. Ich habe es Jack gesagt und ihn beauftragt, es den anderen auszurichten – nicht, dass es geholfen hat …«

Er hat ihnen gesagt, dass ich tabu bin? Der Kerl hat vielleicht Nerven.

Aber es ist auch irgendwie schön, das zu wissen.

»Gut«, sagt der Trainer. »Füg einfach hinzu, dass

ihr datet, und erwähn, dass es ein Geheimnis vor der Personalabteilung ist oder so ähnlich. Das garantiert, dass sie darüber tratschen werden.«

Man könnte meinen, er würde über einen Strickkreis sprechen und nicht über einen Haufen Macho-Typen.

Plötzlich kommt eine keuchende Frau im Laufschritt in den Konferenzraum. Ihr Lippenstift ist verschmiert und ihre Haare sind zerzaust, so als wäre sie erst vor einigen Minuten ordentlich gefickt worden. »Tut mir leid, dass ich zu spät bin«, sagt sie. »Habe ich etwas verpasst?«

»Sie haben gerade zugestimmt«, sagt der Trainer. »Und wir sind dabei, die Sitzung zu vertagen. Das Training beginnt gleich …«

»Das ist so toll.« Sie schaut in meine Richtung. »Hallo, ich bin Amelia, die Geschäftsführerin des Teams. Nochmals Entschuldigung. Ich war in einer Besprechung mit Mr. Ironside, dem Besitzer.« Ihre Augen weiten sich plötzlich. »Ist das die Ratte?«

Ich erwarte fast, dass sie auf den Tisch springt und quiekt – eine erstaunlich häufige Reaktion unserer weiblichen Spezies –, aber sie läuft tatsächlich auf Wolfgang zu und grinst wie eine Verrückte. »Sie ist in echt so viel süßer als auf dem Video.«

»Es ist ein Er«, sage ich und kann mir ein Grinsen nicht verkneifen.

»Ah«, sagt sie. »Ich bitte um Entschuldigung. Natürlich. Jetzt, wo du es erwähnst, wird mir klar, wie schön er ist.«

Wolfgang bläht sich auf.

Meine Liebe, gib diesem Menschen etwas Käse – so gutes Verhalten muss belohnt werden.

»Was ist das für eine Ratte?« Amelia berührt vorsichtig Wolfgangs Kopf, und er lässt sie großzügig ihren Finger behalten.

»Er ist eine Dumbo-Ratte«, sage ich. »Daher die runden Ohren, der große Kopf, der kleine Kiefer und die großen Augen.«

»Wie heißt er?«, fragt Amelia. »Warte, lass mich raten: Remy?«

Ich grinse breiter. »Das ist meine Lieblingsfigur aller Zeiten, aber eine meiner Dumbo-Ratten so zu nennen, würde eine Unterlassungsaufforderung von Disney mit sich bringen. Aber du bist nah dran. Sein Name ist Wolfgang, nach Wolfgang Puck, einem anderen berühmten Koch.«

»Puck, hm? Das ist eine Verbindung zum Hockey.« Sie schaut Linda und den Trainer anerkennend an. »Ihr hättet mir sagen sollen, dass ihr uns zwei Maskottchen zum Preis von einem besorgt habt.«

Interessant. »Du weißt schon«, sage ich lässig. »Ich könnte Wolfgang auf meine Schulter setzen, während ich in Mr. Bloom bin.« Moment, klang das so, als ob ich vorhätte, das Maskottchen zu ficken?

»Die Idee gefällt mir.« Amelia schaut sich autoritär im Raum um. »Bitte tut, was nötig ist, damit das passiert.«

Linda sieht Wolfgang an, als würde sie ihn zum ersten Mal sehen. »Es könnte einige Bedenken von ...«

»Wir können einfach sagen, dass er ihr emotionales Hilfstier ist«, wirft Eva ein. »Das habe ich bei Lucie, meinem Waran, auch gemacht.«

Wolfgang sieht mich besorgt an.

Meine Liebe ... warum habe ich bei dem letzten Satz das Gefühl, dass ich plötzlich zu einer köstlichen Scheibe Käse geworden bin?

Adam erblasst. »Du hast nicht zufällig Lucie bei dir, oder?«

»Was? Nein«, sagt Eva mit verengten Augen. »Lucie ist ein großes Mädchen, also in welcher Körperöffnung könnte ich sie wohl verstecken?«

»Bitte nicht darauf antworten«, sagt Linda mit panischer Stimme. Etwas ruhiger fügt sie hinzu: »Ich denke, ich spreche für alle, wenn ich dieses Meeting als erfolgreich abgeschlossen betrachte.«

KAPITEL 8
MICHAEL

Abgeschlossen? Was soll der Scheiß? Wie sieht es mit der Logistik aus? Wenn ich angeblich mit Kalliope zusammen bin, gibt es …

Alle springen auf, und der Raum leert sich schneller, als man *Feiglinge* buchstabieren kann. Die Einzige, die nicht wegrennt, ist Kalliope, aber ich vermute, das hat mehr mit der Ratte auf ihrer Schulter zu tun als mit Mut.

»Wir sollten reden«, sage ich zähneknirschend zu ihr.

Sie dreht sich zu mir um und zieht eine perfekt geformte Augenbraue hoch. »Ach? Warum?«

Ich seufze. »Wie sollen wir das hinbekommen?«

»Ah. Das.« Sie fährt sich mit der Hand durch die Haare, und ihre Nägel glänzen genauso wie der Rest von ihr. »Wer kümmert sich schon um die lästigen Details, nicht wahr?« Sie zeichnet Anführungszeichen in die Luft. »Das Treffen wurde erfolgreich abgeschlossen.«

Ich zucke mit den Schultern. »Linda wollte wahrscheinlich, dass wir die Details unter uns besprechen, wie Erwachsene.«

»Wie Erwachsene? Was soll das denn heißen?«

Verdammt. »Bist du immer so leicht reizbar?«

Sie starrt mich mit offenem Mund an. »Leute, die in einem Glashaus sitzen, sollten nicht mit Pucks werfen.«

Ich beiße die Zähne zusammen und bemühe mich, die wenige Geduld aufzubringen, die ich besitze. »Ich verstehe. Du musst das alles verarbeiten. Vielleicht können wir nach dem Training reden?«

»Vielleicht kannst du mich mal?« Sie macht auf dem Absatz kehrt und schreitet aus dem Konferenzraum.

»Das ist vielleicht keine schlechte Idee«, sage ich, ohne nachzudenken – obwohl ich zu meiner Verteidigung anmerken muss, dass ich zum ersten Mal Zeuge des Wunders, das ihr Po ist, geworden bin. Ich meine, Hintern waren schon immer meine Schwäche, vor allem solche, die man bei der Hündchenstellung gut anfassen kann, aber *ptichkas* Po ist eine andere Klasse. Wenn es einen Wettbewerb um den saftigsten Hintern gäbe, würde sie ihn gewinnen, ohne sich bücken zu müssen. Und wenn sie sich bücken würde …

Sie knallt mir die Konferenztür fast ins Gesicht.

Ich verlasse den Raum und folge ihr schweigend,

wobei mein Schwanz aufgrund der Aussicht schmerzhaft hart wird. Als wir in der Umkleidekabine ankommen, runzele ich die Stirn, und als sie versucht, hineinzugehen, ergreife ich ihre Schulter – eine feste, wohlgeformte Schulter, um genau zu sein.

»Was zum Teufel machst du da?«, fragt sie und starrt auf meine Hand, als wäre sie eine Kobra.

»Das wollte ich dich gerade fragen.« Ich nehme meine Hand weg. »Das Training fängt gleich an. Dort drinnen sind nackte Arschlöcher.«

»Oh.« Sie verlagert ihr Gewicht von einem Fuß auf den anderen. »Ich habe mein Kostüm darin vergessen.«

»Richtig. Ich weiß. Es war schon da, als ich heute Morgen hereinkam. Ich habe es für dich in meinem Spind versteckt.« Und klar, vielleicht habe ich an dem Kopf des körperlosen Bären gerochen, um zu überprüfen, ob *ptichka* wirklich nach Zuckerwatte riecht, und das tut sie, aber das war nur ein kurzer Aussetzer. »Du hast auch deine anderen Sachen vergessen.« Darunter auch ihr Höschen, an dem ich nicht geschnüffelt habe, so verlockend der Gedanke auch war. »Ich habe alles weggepackt.«

»Wirklich?« Sie schaut mich an und dann zu ihrer Ratte, als ob sie sich von ihr bestätigen lassen will, dass sie mich richtig verstanden hat.

»Das ist keine große Sache«, antworte ich schroff. »Wenn ich das nicht getan hätte, hätten die Arschlöcher darin etwas mit deinen Sachen machen können.« Und dann hätte ich einige Knochen brechen müssen, was bedeutet hätte, dass wir mit einem Spieler weniger nach New York geflogen wären, um gegen die Yetis zu spielen.

»Danke.« Sie klimpert hübsch mit den Wimpern. »Kannst du sie in meine Umkleidekabine bringen?«

»Klar.« Ich gehe in die Umkleidekabine der Mannschaft und werde mit Jubelrufen begrüßt.

»Was zum Teufel …?«, will ich von all den anzüglich grinsenden Gesichtern wissen.

»Das Video«, sagt Isaac in einem seltenen Anflug von Führungspersönlichkeit für alle. »Du bist berühmt.«

Scheiße. Aber ich denke, das ist ein guter Einstieg. »Es ist gut, dass ihr das alle gesehen habt. Das spart mir die Zeit, zu erklären, was mit den Eiern von jedem passiert, der Kalliope auch nur falsch ansieht.«

Jack wird so blass, dass seine Haut fast so alabasterfarben ist wie Dantes. »Ich habe schon allen gesagt, dass sie tabu ist.«

»Das war gestern«, knurre ich. »Ab jetzt ist sie mehr als tabu. Sie gehört mir.« Ich begegne dem Blick eines Spielers nach dem anderen, um sicherzustellen, dass mich alle gehört haben. »Jeder, der sich ihr nähert, wird ein Eunuch.«

So. Nicht ganz so subtil, wie Coach es vorgeschlagen hat, aber sie wissen alles, was sie wissen müssen, und können tratschen … es sei denn, ich habe sie abgeschreckt, das zu tun. Oder dass sie sich an die ungeschriebene Regel halten, die besagt: *Was in der*

Umkleidekabine passiert, bleibt in der Umkleidekabine. Ich weiß nur, dass es keine Anzeichen von Jubel oder Grölen gibt, als ich das Maskottchenkostüm aus meinem Spind ziehe, und die Stille hält auch an, als ich Kalliopes Klamotten heraushole – einschließlich ihres Höschens.

Gut. Diese Arschlöcher müssen schlauer sein, als ich ihnen zugetraut habe.

Ich verlasse unsere Umkleidekabine, gehe dorthin, wo Kalliope sich umzieht, und finde die Tür weit offen stehend vor. Kalliope steht in dem kleinen Raum und betrachtet bestürzt ihre Umgebung.

»Was ist los?«, knurre ich.

»Als ob du das nicht wüsstest!« Sie starrt mich finster an. »Finden du und die anderen Rohlinge es lustig, meinen Raum so zu durchwühlen?«

Scheiße. Sie hat recht. Es sieht so aus, als hätte jemand den ganzen Kram darin durchwühlt und danach nicht aufgeräumt.

»Wer immer das getan hat, war niemand aus dem Team«, sage ich kalt.

Sie sind nicht selbstmordgefährdet.

»Wer dann?«, fragt sie.

Eine verdammt gute Frage. »Ich weiß es nicht, aber wir können damit anfangen, mit dem Sicherheitsdienst zu sprechen.«

»Oh.« Ihr Gesicht erhellt sich. »Glaubst du, dass die Tür von einer Kamera überwacht wird?«

»Das sollte sie besser.«

Gemeinsam machen wir uns auf den Weg zum

Büro des Wachdienstes, wo wir erfahren, dass es keine Kameras an der Tür zu ihrer Umkleidekabine oder in einem der Gänge in der Nähe gibt.

»Ab heute wird es sie geben«, sage ich dem Wachmann.

»Wie?«, fragt er. »Das Budget …«

Ich werfe ihm einige hundert Dollar zu. »Es ist mir egal, ob du selbst zu RadioShack gehen musst. Erledige es. Ich werde zurückkommen und es überprüfen.«

»RadioShack?«, sagt Kalliope, als wir auf dem Rückweg sind. »Soll er in eine Zeitmaschine springen und zurück ins Jahr 2014 reisen?«

Ich runzele die Stirn. »Das ist nicht lustig. Jemand ist in deine Umkleidekabine eingebrochen.« Und wenn ich herausfinde, wer, dann wird die Hölle los sein.

»Könnte es mit dem Zeug im Internet zu tun haben?«, fragt sie. »Vielleicht habe ich einen übereifrigen Fan gewonnen?«

Ich bleibe abrupt stehen. »Du meinst einen Stalker?«

»Nun, ich denke schon. Meine jüngste Schwester ist eine … Künstlerin, und sie hatte einmal einen. Er war ziemlich harmlos, und nachdem einer meiner Brüder mit ihm gesprochen hatte, hat er sie in Ruhe gelassen.«

Sicher, ihr Bruder hat mit dem Stalker *gesprochen*. Ich kann mir eher vorstellen, dass Hämmer oder Zangen im Spiel waren. »Stalker sind nicht harmlos«, sage ich fest. »Wenn es einen gibt, werde ich ihn finden und dafür sorgen, dass das nicht noch einmal passiert.«

Wenn mich das Aufwachsen in einem russischen

Waisenhaus etwas gelehrt hat, dann den richtigen Umgang mit Menschen, die mir in die Quere kommen.

»Es ist wahrscheinlich kein Stalker«, sagt sie. »Ich glaube immer noch, dass es eher ein Streich von deinen Teamkollegen ist.«

Hmm. »Ich werde die Jungs sofort fragen«, sage ich zu ihr. »Wir sehen uns auf der Eisbahn.« Ich drehe mich um, um zu gehen, aber diesmal ist sie es, die mir eine Hand auf die Schulter legt, und das Gefühl ihrer zarten Finger macht mich sofort hart.

»Was?«, frage ich, ohne mich umzudrehen.

»Wie komme ich zur Eisbahn?«

Oh. Ich sage es ihr und gehe dann zurück in die Umkleidekabine, gerade rechtzeitig, um meine Teamkollegen beim Anziehen zu erwischen.

»Ist jemand in ihrer Garderobe gewesen?«, frage ich. »Gebt es jetzt zu, dann bin ich vielleicht gnädig.« Damit meine ich, dass ich nur die Hälfte der Knochen brechen werde, die ich sonst brechen würde.

Sie erinnern mich alle daran, dass Jack ihnen gesagt hat, dass sie tabu ist und sie deshalb natürlich nicht dorthin gehen würden.

»Dann hat sie vielleicht einen Stalker«, sage ich grimmig. »Wenn ihr etwas Verdächtiges seht, sagt mir sofort Bescheid.«

»Das werden wir«, antwortet Isaac ernst.

»Ja«, stimmen alle zu.

Dann machen sie sich fertig und verlassen die Kabine, und ich folge ihnen dicht auf den Fersen.

Sobald wir auf dem Eis sind, lasse ich meine

Frustration in das Training einfließen, und das erfolgreich, denn Coach ruft mich zu sich und sagt mir, dass wir die Yetis in New York vielleicht sogar schlagen können, wenn ich so weitermache.

Als ich ein gedämpftes Lachen höre, stelle ich fest, dass alle eine Pause eingelegt haben, um Kalliope zu beobachten, die mit ihrer Ratte auf der Schulter und etwas, was wie ein Kuchen aussieht, auf einem Einrad über das Eis fährt – zumindest nehme ich an, dass es Kalliope ist. Sie hat den Kopf des Maskottchens auf.

Wie kann sie ihr Gleichgewicht halten? Besonders in diesem Anzug? Bemerkenswert.

»Boo!«, schreit sie und macht ihre Stimme tiefer. »Bist du fertig mit dem Training?«

Jetzt geht das Lachen in lautes Gelächter über, und alle sehen mich an.

»Oh ja«, antwortet Dante ihr. »Boo war heute eine Bestie, aber jetzt ist er fertig und gehört dir.«

Sie fährt mit dem Einrad zu uns, parkt es in unserer Nähe und legt dann wackelig die restliche Strecke zurück.

»Boo«, sagt sie eifrig.

»*Ptichka*«, sage ich mit viel mehr Zurückhaltung. »Wenn du vorhast ...«

Bamm.

Der Kuchen knallt mir ins Gesicht, wie ich es schon vermutet habe.

Auf der Eisbahn herrscht betretenes Schweigen, und der Trainer legt mir beruhigend die Hand auf die Schulter, was ich sehr beleidigend finde.

Selbst wenn sie mich umbringen wollte, würde ich keiner Frau wehtun. Besonders nicht *dieser* Frau.

Ich nehme einen Finger, kratze etwas Sahne von meinem Gesicht und stecke mir den Finger in den Mund.

»Danke«, sage ich laut. »Nächstes Mal bitte mit Zuckerwatte-Geschmack.«

Wie eine Seifenblase, die platzt, lachen alle schallend – und meiner Meinung nach im Verhältnis zur Lustigkeit der Situation zu sehr.

Dante kommt zu uns und nimmt seine Torwartmaske ab. »Boo, es sieht so aus, als könntest du deine tägliche Gesichtspflege auslassen.«

Kalliope lacht.

»Verpiss dich, Nosferatu.« Ich wische mir mit meinem Ärmel die Reste der Sahne aus dem Gesicht.

Kalliope grüßt den Trainer. »Mr. Bloom meldet sich zum Dienst, Coach«, sagt sie, als hätte sie mich nicht gerade mit einem Kuchen überfallen. »Soll ich heute irgendetwas üben?«

In den Augenwinkeln des Trainers bilden sich Fältchen. »Dein Job ist ziemlich ungebunden. Das Einzige, was du tun musst, ist, zu lernen, wie man ein Autogramm als Mr. Bloom gibt, damit es der Art und Weise entspricht, wie Ted und seine Vorgänger es gemacht haben. Ansonsten kannst du deine eigene Kreativität nutzen, wenn du möchtest. Es sei denn, du willst meine Hilfe?«

»Nein, danke«, sagt sie. »Ich habe mir einige Videos von den Streichen angesehen, die Ted früher gemacht hat, und ich glaube, ich kann sie verbessern.« Sie deutet mit ihrer flauschigen Pfote auf das Einrad. »Eine Frage, die ich hatte, war: Muss ich skaten, wenn ich nicht auf meinem Einrad sitze? Ich weiß, wie man Rollerblades fährt, aber …«

»Das kann helfen, klar«, sagt Coach. »Für beides brauchst du Gleichgewicht, aber da du Einrad fahren kannst, bin ich sicher, dass du das im Überfluss hast. Die Vorwärtsbewegung ist ähnlich. Auf dem Eis sind die Drehungen einfacher. Das Anhalten ist die einzige Sache, die ganz anders sein wird.«

»Also werde ich am Bremsen arbeiten«, sagt sie. »Aber mit diesem Anzug kann ich einfach gegen etwas oder jemanden stoßen, wenn ich anhalten muss.«

Wenn es *jemand* ist, sollte er besser ich sein.

»Habt ihr zufällig Schlittschuhe in meiner Größe?«, fragt Kalliope. »Ich möchte das jetzt unbedingt ausprobieren.«

Der Trainer sieht mich verstohlen an, und ich nicke ihm unmerklich zu – vor allem, weil ich neugierig bin, wie schnell sie das Schlittschuhlaufen lernen wird.

»Welche Schuhgröße hast du?«, fragt der Trainer.

»Neun«, sagt sie.

»Das ist siebeneinhalb in Kindergröße, richtig?«, fragt der Trainer.

Sie wackelt mit ihrem riesigen Clownbärenkopf. »Woher soll ich das wissen?«

»Tut mir leid«, sagt der Trainer. »Wenn du erstmal Kinder hast, machst du diese Art von Umrechnung ständig.« Er dreht sich in meine Richtung. »Michael, weißt du zufällig, wo wir Schlittschuhe in dieser Größe herbekommen?«

Er weiß, dass ich das weiß, und anstatt zu antworten, mache ich mich auf den Weg, um ein Paar Schlittschuhe in dieser Größe zu suchen – obwohl ein Teil von mir sich wünscht, ich hätte zuerst Kalliopes Fuß vermessen. Denn das ist die Art und Weise, wie man die Größe von Schlittschuhen bestimmt.

Nein. Natürlich ist es nicht so, dass ich nur ihre Füße sehen und anfassen möchte. Oder nachschauen, ob sie passend zu ihren Fingern einen glitzernden Nagellack auf den Zehen hat. Oder ob sie einen Zehenring trägt. Oder eine Fußfessel. Nein. Sie müssen nur gemessen werden, um die richtige Schlittschuhgröße herauszufinden, das ist alles.

Als ich zurückkomme, hat Kalliope ihren Maskottchenkopf abgenommen, und als ich ihr das erste Paar Schlittschuhe zum Anprobieren gebe, verengt sie ihre Augen auf mich. »Warum hast du die hier?« Sie mustert meine Teamkollegen. »Ich bezweifele, dass einer deiner Mitneandertaler so zierliche Schlittschuhe trägt.«

Ich stoße einen tiefen Seufzer aus. »Ein Dankeschön wäre vielleicht eine angemessenere Antwort.« Ich werde jetzt auf keinen Fall über mein geheimes Projekt sprechen.

Sie beugt sich zu mir und flüstert mir ins Ohr: »Benutzt du die, um Puckhäschen zu verführen?«

Ihre Lippen streifen mein Ohr, und ich danke den Eishockeygöttern für meinen Tiefschutz. Ohne ihn könnte sie meine steile Erektion sehen, und alle anderen auch.

»Warum?«, flüstere ich zurück. »Bist du eifersüchtig?«

Sie schnaubt entrüstet. »Wenn wir schon so tun, als würden wir daten, müssen wir auch so tun, als wären wir nicht mit jemand anderem zusammen.«

Mein Kiefer zuckt. »Das ist absolut richtig, *ptichka*. Ich werde niemanden mehr ansehen, und niemand außer mir darf sich dir auf einen Meter nähern.«

Sie nickt und probiert die verschiedenen Schlittschuhe an, bevor sie sich für ein rosafarbenes Paar mit aufgenähten Glitzersteinen entscheidet – natürlich.

Sobald sie das Eis betritt, kann sie sich anmutig bewegen, oder so anmutig, wie es einem riesigen Plüschbären nur möglich ist. Als ich sehe, dass meine Teamkollegen sie zu neugierig beobachten, schlage ich dem Trainer vor, das Training abzubrechen, und weise ihn darauf hin, dass ihm sonst einige Spieler fehlen könnten.

Der Trainer bläst in seine Pfeife und schickt die Arschlöcher in die Umkleidekabine.

In der Zwischenzeit läuft Kalliope immer besser, aber sobald ich auf dem Eis bin, knallt sie in mich hinein – das könnte ein Streich sein, ist aber wahrscheinlich die einzige Möglichkeit, die sie kennt, um anzuhalten.

»Ich muss jetzt gehen«, sagt der Trainer. »Michael,

kannst du mir einen Gefallen tun und Kalliope zeigen, wie man bremst?«

Kalliope stößt sich von mir ab. »Ich brauche seine Hilfe nicht.«

Der Trainer grinst. »Ihr zwei seid ein süßes Paar.«

Damit geht er, und wenn er nicht Coach wäre, würde ich ihm sagen, dass er mich mal kann.

KAPITEL 9
KALLIOPE

Ungeachtet meiner Beteuerungen, dass seine Hilfe nicht gebraucht wird – oder erwünscht ist –, erklärt mir Michael etwas, was man Schneepflugstopp nennt.

Ich setze Wolfgang auf eine Bank in der Nähe und versuche das Manöver. Es stellt sich heraus, dass es ziemlich einfach ist. Als Nächstes bringt Michael mir eine andere Art des Anhaltens bei, bei der ich den Skate zurückziehen und abwinkeln muss, was etwas schwieriger ist, aber ich schaffe es.

»Du lernst schnell«, sagt er anerkennend, als ich die vierte Technik beherrsche, die er mir zeigt.

»Und du bist ein herablassender Idiot«, antworte ich. »Zeig mir einfach, wie man das am besten macht, und dann lass uns von hier verschwinden.«

Mit einer hochgezogenen Augenbraue fährt er davon, nimmt an Geschwindigkeit zu und hält dann so plötzlich an, dass ich meinen Augen kaum traue. »Du meinst, so wie das hier?«

Scheiße. »Ja. Genau. Alles, was du kannst, kann ich viel besser.«

Großartig. Ich klinge wie aus dem Musical, in dem Annie ihre Waffe bekommt – was hier in Florida trivial ist.

»Okay«, sagt er skeptisch. »Dreh deine Schlittschuhe senkrecht zu deiner Fahrtrichtung und benutz die Kanten der Kufen, um Reibung zu erzeugen. Das nennt man einen Hockeystopp.«

Sagt er Worte wie Reibung, um mich anzutörnen? Weil es nicht funktioniert. Es führt mich nicht in Versuchung, meinen Arm aus dem Ärmel meines Kostüms zu ziehen, um mich selbst zu berühren – alles unter dem Schutz von Schichten aus falschem Bärenfell. Nein. Überhaupt nicht.

»Hast du das alles verstanden?«, fragt er.

Scheiße. Vielleicht war ich kurz abgelenkt. »Zeig es mir noch einmal.«

Er tut es, und mir wird klar, dass ich eine Art Eislauffetisch – oder Kompetenzfetisch – haben muss, denn ich hätte nie erwartet, dass mich der Anblick von jemandem, der auf dem Eis plötzlich zum Stehen kommt, so sehr erregen und heiß machen würde.

»So?« Ich beschleunige, versuche seine Methode – und falle prompt hin, wobei der Anzug dafür sorgt, dass nur mein Stolz verletzt wird.

Er skatet zu mir und hebt mich mit einer Sanftheit

hoch, die ich ihm nicht zugetraut hätte. »Geht es dir gut?«

»Ja. Gut.« Ich versuche, mich loszureißen. »Ich muss das nur noch einige Male üben.«

»Nein«, sagt er herrisch und lässt mich nicht los. »Lass uns sicherstellen, dass du nicht verletzt bist.« Er hebt mich hoch wie einen Sack Teddybären und trägt mich irgendwohin, während ich lautstark protestiere.

Als ein Hausmeister uns entdeckt, zwinkert er Michael zu, was mich fast genauso wütend macht wie gegen meinen Willen irgendwo hingetragen zu werden.

Schließlich setzt er mich neben einer Tür mit der Aufschrift *ARZT* ab.

Drin im Raum erzählt mir eine Frau, dass sie orthopädische Chirurgin ist, und auf Michaels Bitte hin besteht sie darauf, dass ich den Anzug ausziehe, damit sie mich untersuchen kann.

»Nein.« Ich stampfe mit meinem wuscheligen Fuß auf, um das Wort zu unterstreichen. »Ich muss Wolfgang holen.«

»Ich hole ihn«, sagt Michael und geht, bevor ich irgendeinen Einwand erheben kann.

»Das ist eine tolle Idee«, sage ich zu der Ärztin. »Sie werden gleich zwei Patienten haben.« Denn Wolfgang wird das Arschloch sicher beißen. Ich bin der einzige Mensch, dem er so sehr vertraut, um sich hochnehmen zu lassen.

»Ist Wolfgang ein Hund?«, fragt die Ärztin.

»Nein.« Ich sage aber nicht, dass er eine Ratte ist,

falls die gute Ärztin eine von diesen Frauen ist, die auf die Möbel springen, wenn sie Angst bekommen. In diesem winzigen Raum gibt es nicht viele Möglichkeiten dazu.

»Kannst du das Ding ausziehen?« Mit einem Grinsen sticht sie mit ihrem Finger in meinen kostümierten Bizeps.

Das kann ich – und bin dankbar, dass ich meine kurzen Shorts und ein Tanktop darunter trage und nicht nur meinen BH und mein Höschen.

Sie untersucht mich schnell und sagt mir, dass ich völlig in Ordnung bin.

»Ich weiß«, sage ich. »Es war Michael, der …«

Wenn man vom Teufel spricht. Er kommt herein, und ein überraschend zufrieden aussehender Wolfgang sitzt auf seiner Schulter.

Der kleine Verräter quiekt sogar so aufgeregt, als hätte er ein Stück Käse ergattert.

Wenigstens springt Wolfgang auf meine Schulter, sobald Michael in Sprungweite ist. Ich weiß nicht, was ich sonst getan hätte.

»Oh«, sagt die Ärztin. »Wolfgang ist deine Ratte. Das hätte ich mir denken können.«

»Ach ja?«, frage ich. »Wie oft denken Sie denn, dass Menschen Ratten haben?«

»Honey, jeder hat das YouTube-Video gesehen«, sagt sie.

»Ich nenne sie *ptichka*«, knurrt Michael. »Nicht Honey.«

Die Ärztin sieht unbeeindruckt aus. »Schön für Sie ...«

»Ist sie verletzt?«, fragt Michael.

»Boo, ich bin vollkommen in Ordnung«, sage ich mit zuckersüßer Stimme.

Die Ärztin nickt, und Michael sieht so erleichtert aus, dass es mir in der Brust wehtut.

Moment einmal. Was? Ich bin albern. Er war nur besorgt, weil ich vor der Stunde keine Haftungsverzichtserklärung unterschrieben habe. Ich bin ihm völlig egal, da bin ich mir sicher.

»Hast du vor, das jeden Tag unter diesem Outfit zu tragen?«, fragt Michael, dessen schwarze Augen aus einem unbekannten Grund gefährlich glitzern.

»Manchmal«, sage ich. »Manchmal sogar weniger.«

»Weniger?« Seine Nasenlöcher blähen sich auf.

»Was geht dich das an?«, frage ich und erinnere mich erst danach wieder daran, dass wir eigentlich zusammen sein sollten.

»Verdammte Scheiße«, knurrt er und stürmt aus dem kleinen Büro, wobei er die Tür zuschlägt.

»Alle Eishockeyspieler sind Hitzköpfe«, sagt die Ärztin weise. »Ich bin mir sicher, er wird sich später dafür entschuldigen.«

Heißt das, sie denkt immer noch, dass wir zusammen sind? »Danke«, sage ich, während ich meinen Anzug nehme.

»Du ziehst ihn nicht wieder an?«, fragt sie.

»Warum?«

Sie zuckt mit den Schultern. »Jemand könnte dir nachpfeifen, und Michael könnte es hören und ...«

»Das ist lächerlich.« Aber ich ziehe den Anzug trotzdem an. »Sind Sie jetzt zufrieden?«

»Ich habe dir das nicht meinetwegen gesagt«, sagt die Ärztin. »Bitte pass auf dich auf.«

Hocherhobenen Hauptes verlasse ich das Büro und kehre aufs Eis zurück.

Zu meiner Erleichterung sind keine aufdringlichen Arschlöcher in der Nähe, also konzentriere ich mich darauf, das Anhalten so zu meistern, wie Michael es mir gezeigt hat. Gerade als die Zamboni-Maschine auftaucht, um die Eisfläche zu erneuern, gelingt mir ein perfekter Stopp, aber meine Freude wird durch ein langsames Klatschen hinter mir unterbrochen.

Ich mache eine eiskunstlaufähnliche Drehung, um zu sehen, wer dort ist.

Surprise, Surprise, es ist Michael. Ich meine, wer wäre sonst hier, um mir den Spaß zu versauen?

»Spionierst du mir nach?« Ich skate zu ihm und halte noch einmal perfekt an.

Er zuckt mit den Schultern. »Jemand muss aufpassen, dass du dir nichts brichst.«

»Ich komme auch ohne dich hervorragend zurecht«, sage ich und falle dabei natürlich fast auf meinen Hintern, völlig grundlos.

»Das sollte ein deutlicher Hinweis darauf sein, dass du übertrainiert hast«, knurrt er. »Kannst du dich jetzt endlich umziehen gehen?«

Ich beiße die Zähne zusammen. »Was geht dich das an?«

Er seufzt. »Ich bin am Verhungern.«

»Dann geh etwas essen«, fahre ich ihn an. »Was hat das mit mir zu tun?«

Es sei denn, ich bin diejenige, die er essen will. Es ist unheimlich einfach, sich diese maskulinen Lippen auf meiner …

Besagte Lippen vibrieren, als er frustriert ausatmet. »Der Trainer hat mich gebeten, dich zu deinem Auto zu begleiten. Diese Geier sind immer noch da draußen.«

Oh. Das hatte ich vollkommen vergessen.

»Will der Trainer, dass sie uns zusammen sehen?«, frage ich. »Oder ist er tatsächlich um meine Sicherheit besorgt?«

»Verdammt nochmal, ist das wirklich wichtig?« Michael zeigt auf den Ausgang. »Können wir gehen?« Sein Magen knurrt laut.

»Gut.«

Ich erinnere mich nur vage an meinen Urgroßvater, aber ich bin mir ziemlich sicher, dass eine seiner Weisheiten, die er an mich weitergab, lautete: »Es gibt nichts Gefährlicheres als einen hungrigen Bären.«

Als Michael mich zu meiner Umkleidekabine begleitet, achte ich darauf, nicht zu sprechen, und er bricht das Schweigen auch nicht.

Drinnen angekommen, ziehe ich das Maskottchenkostüm aus und überlege, ob ich die knappe Kleidung anbehalten sollte, nur um ihn zu ärgern.

Aber nein. Ich will meine Tageskleidung nicht hierlassen, damit der hypothetische Stalker sich daran zu schaffen machen kann, aber wenn ich sie bei mir tragen würde, wäre mein Trick durchschaubar.

Ich ziehe mich also um, und als ich meinen Raum verlasse, ertappe ich ihn dabei, wie er mich wieder von Kopf bis Fuß betrachtet und zufrieden nickt – was mich wütend macht.

Ich gehe auf ihn zu und stoße meinen Finger in seine Brust – ein Fehler, denn als ich sein Haar berühre, löst das etwas in mir aus. Unangemessene Dinge. »Lass uns etwas klarstellen. Ich trage, was ich will.«

»Sicher, *ptichka*. Wer sagt, dass du das nicht kannst?«

Ist das ein Scherz? »Du. Oder zumindest hast du es angedeutet.«

Seine Augen werden heiß. »Du kannst nackt herumlaufen, wenn du willst. Ich kümmere mich nur um jedes Arschloch, das es wagt, dich anzustarren.«

Ist *kümmern* ein Euphemismus für *das Genick brechen?*

»Warum versuche ich überhaupt, mit einem Höhlenmenschen zu diskutieren?«, frage ich in den Raum.

Wolfgang knirscht fröhlich mit den Schneidezähnen.

Meine Liebe, ich stehe lieber auf deinen Schultern,

wenn sie nicht von Kleidung bedeckt sind. Dann fühlen sich meine Pfoten an, als stünde ich in warmem Mozzarella.

Ich wende mich von Michael ab und eile den Korridor hinunter. Er lässt mich vorangehen, bis wir die Ausgangstüren erreichen, dann geht er voraus und brüllt die Medienleute an – zumindest hört es sich so an.

Die Journalisten geben einen Weg frei, der breit genug ist, um eine Marschkapelle hindurchmarschieren zu lassen.

Michael grunzt etwas Unverständliches, nimmt meinen Ellenbogen und führt mich weiter, während ich mein Bestes gebe, um nicht vor all den Kameras in Ohnmacht zu fallen, weil er mich berührt.

Oder sollte ich vielleicht in Ohnmacht fallen? Schließlich sollen wir die Welt denken lassen ....

»Das ist doch deiner, oder nicht?« Er rümpft die Nase und deutet auf meinen Käfer.

Ich starre ihn finster an. »Jetzt magst du mein Auto nicht?«

»Es sieht nicht sehr sicher aus«, sagt er. »Außerdem bin ich mir ziemlich sicher, dass es Hitlers Idee war, ihn zu entwickeln.«

Was? Ich habe ihn gebraucht von meinem Cousin bekommen, der ein Clown ist – im wahrsten Sinne des Wortes –, und ich habe diese Art von Auto immer mit Clowns in Verbindung gebracht. Und sicher, manchmal wirken sie etwas böse, aber nicht so böse wie Hitler.

»Was für ein Auto fährst du?«, frage ich herausfordernd.

Er zeigt auf ein schnittiges Muscle-Car in der Nähe. »Ein Ford Mustang Shelby GT 500.«

Verdammt. Das ist das coolste Auto, das ich je gesehen habe, und mir fällt nichts Negatives ein, was ich darüber sagen könnte. Andererseits … »Es sieht wie die Art von Auto aus, die Männer kaufen, um etwas zu kompensieren.« Ich lasse den kleinen Finger meiner rechten Hand erschlaffen.

»Oh, ich muss nichts kompensieren.« Er lächelt gefährlich. »Möchtest du dich selbst davon überzeugen?«

War das ein Angebot? Mein Blick wandert zu der Beule in seiner Hose, und ich schlucke hörbar. »Dieses Gespräch ist vorbei.«

Er neigt seinen Kopf. »Sollten wir nicht etwas für die Kameras tun?«

Ich schlucke wieder. »Was zum Beispiel?«

Er schließt die Lücke zwischen uns. »Das hier.« Er nimmt mein Gesicht in seine Hände und küsst mich, unbarmherzig, als würde ich ihm gehören.

Mein Höschen macht es wie die böse Hexe des Westens, wenn sie mit einem Eimer Wasser übergossen wird – es schmilzt, und ich auch.

In der Ferne höre ich Kameras klicken und die Geräusche erinnern mich daran, dass das hier nur Show ist.

Ich schiebe ihn wütend weg.

»Wir sehen uns morgen«, sagt er.

»Go suck a dick, wie man so schön sagt. Du musst auch nicht wirklich einen Schwanz lutschen gehen, mir reicht es, dass du verschwindest.«

Er lächelt tatsächlich darüber, und sein Lächeln ist genauso zum Dahinschmelzen wie sein Kuss. »Die russische Redewendung lautet: *Geh zum Schwanz. Nicht lutsch einen Schwanz.*«

»Und der Unterschied ist?«

»Geh zum Schwanz heißt fast wörtlich übersetzt *fahr zur Hölle.*«

Ich ziehe eine Augenbraue in die Höhe. »Du sagst also, dein Schwanz ist die Hölle?«

»Nein, *ptichka*«, murmelt er. »Für dich wird mein Schwanz der Himmel sein.«

KAPITEL 10
KALLIOPE

Als ich in meinem von Hitler inspirierten Auto nach Hause komme, vereinige ich als Erstes Wolfgang wieder mit dem Rest des Rattenrudels. Dann mache ich uns allen etwas zu essen.

Sobald Lenin eine gefrorene Weintraube gegessen hat, fängt er an, durch die ganze Wohnung zu rennen.

Towarischtsch, das ist die Nahrung der Bourgeoisie, und sie hat ihren verderblichen Einfluss auf die Proletarier-Ratte.

Ich ignoriere seine Mätzchen und betrachte mich lange und intensiv im Spiegel.

»Der Kuss war nur für die Fotos«, erinnere ich mich.

»Aber warum hat er sich dann so gut angefühlt?«, fragt mein Spiegel-Ich sehr vernünftig.

»Weil du ein Dummkopf bist. Weil du nicht vorsichtig bist mit …«

Mein Telefon klingelt, und das ist auch gut so, denn

wenn ich noch länger mit mir selbst rede, werden mich meine Ratten einweisen lassen.

Es ist ein Videoanruf von Seraphina.

Ich nehme ihn mit einem Lächeln an. Zur Abwechslung hängt sie einmal nicht von der Decke.

»Hey, ehemalige Mitbewohnerin«, sage ich. »Vermisst du mich schon?«

»Ja, klar. Ich muss mich nicht nur auf den neuesten Stand bringen lassen, weil alle deine anderen Geschwister mich mit Fragen über dich und deinen Hockeyspieler überhäufen.«

»*Meine* anderen Geschwister?« Das mit dem *Eishockeyspieler* lasse ich weg. »Meinst du nicht *unsere*?«

Sie zeigt ihre supergesunden Zähne, die sie angeblich von unserem Ururgroßvater geerbt hat, der dafür bekannt war, Rasierklingen zu kauen und Schwerter zu schlucken. »Wortklauberei. Los, spuck es schon aus.«

»Es gibt nichts auszuspucken«, sage ich.

»Ja. Richtig. Du wirst rot. Hast du ihn schon gevögelt?«

Ich rolle mit den Augen. »Selbst du bist nicht so schlampig.«

»Sag es mir einfach.« Sie macht Welpenaugen. »Ich kann die Spannung nicht mehr ertragen.«

Soll ich ihr von der Vereinbarung erzählen, zu der wir gezwungen wurden? Niemand hat gesagt, dass wir es vor unseren Familien geheim halten müssen. Ich will nämlich nicht, dass meine Familie denkt, dass das hier echt ist, und Seraphina die Wahrheit zu sagen, ist dasselbe, als wenn ich ihnen allen eine E-Mail schicke, in der ich erzähle, was los ist.

Ich atme tief durch. »Gut. Wir haben uns wieder geküsst, aber …«

Sie quiekt so laut, dass alle meine Ratten aufhorchen. »Ich wusste, dass das Löchern nach Informationen *subär* klappen würde.«

»Wie ich gerade sagen wollte, war das nur für die Kameras.« Marco und Polo huschen herbei und ich streichele beide.

Sie neigt ihren Kopf. »Warum solltest du ihn für die Kameras küssen?«

Ich erkläre ihr, dass das virale Video ein finanzieller Segen für die Florida Bears ist und Michael und ich dafür bezahlt werden, dass wir das Interesse der Öffentlichkeit aufrechterhalten. Ich weiß nicht, warum, aber ich erwähne auch die kleinen Schlittschuhe, die er zur Hand hatte, offensichtlich für die zierlichen weiblichen Füße seiner vielen Puckhäschen.

»Bist du sicher, dass die Florida Bears für diesen Kuss verantwortlich sind und nicht dein bärenartiger Boo?«

Bin ich sicher? »Dieses Gespräch ist vorbei.«

»Warum?«, fragt sie. »Weil du meine Bärenwortspiele nicht mehr *bäreichernd* findest?«

»Nein, aber sie helfen auch nicht«, murmele ich.

»Genieße sie *liebär*«, sagt sie. »Früher oder später werden sie mir ausgehen.«

»Ich bezweifele, dass sie dir ausgehen werden.«

»Du hast recht. Dann werde ich jetzt *koobärieren*.«

»Ich muss auflegen.« Ich bewege meinen Daumen zum Anruf-beenden-Button.«

»Warte«, sagt sie eindringlich. »Benutz ein Kondom, wenn du ihn bumst. Du bist im gebärfähigen Alter.«

Ich beende den Anruf gerade, als sie mir sagt, dass ich andernfalls darauf achten soll, ob meine Tage *übärfällig* sind.

———

Am nächsten Tag fange ich an, den Trick zu üben, den ich bei meinem ersten Spiel als Bears-Maskottchen vorführen will – dem Freundschaftsspiel der Yetis in New York.

Inspiriert von dem Hass, den ich für die Presse zu entwickeln beginne, wird meine Hauptpriorität das Photobomben sein. Das heißt, sobald eine Kamera auf einen Spieler oder einen Fan zoomt, springe ich ins Bild, mache eine lustige Pose, und wenn alles gut geht, macht Wolfgang eine ähnliche Pose wie ich. Das Problem beim Photobomben ist, dass es schwer zu üben ist, also konzentriere ich mich auf etwas Einfaches: Mr. Blooms neuen Eistanz.

Bisher besteht der Tanz – und ich verwende diesen Begriff sehr locker – darin, so zu tun, als sei Mr. Bloom ein T-Rex, Leute mit einem unsichtbaren Lasso zu fesseln und sich wie ein Oktopus zu verhalten, der von einem Sushi-Koch getötet werden soll. Oh, und gelegentlich mache ich die klassische

Clownsbewegung, bei der er auf einer Bananenschale ausrutscht, und gegen Ende schlurfe ich wie ein Zombie.

Als ich den Tanz beende, ertönt hinter mir ein vertrautes, langsames Klatschen, mit dem ich eigentlich hätte rechnen müssen, es aber nicht habe.

Während ich mich elegant auf dem Eis drehe, nutze ich die Tatsache, dass er wegen meines Maskottchenkopfs nicht sehen kann, wohin ich schaue, um meinen Blick frei über sein Gesicht schweifen zu lassen. Verflucht sei er. Warum ist ausgerechnet er so verdammt heiß? Es sind nicht nur die wogenden Muskeln oder seine stechenden Augen.

Es sind seine Haare. Von den verstreuten Brusthaaren, die durch sein Hemd schauen, bis zu den dunklen, zerzausten Locken auf seinem Kopf. Oh, und nicht zuletzt – was meine Libido betrifft – seine Gesichtsbehaarung. Als wollte er mich verhöhnen, hat er sich nicht rasiert, seit ich ihn gestern gesehen habe, und aus dem Dreitagebart ist ein Vollbart geworden.

Moment einmal. Sosehr ich die Augenweide auch schätze, warum sollte er sich einen wachsen lassen? Schließlich ist ein Bart quasi nur einen Buchstaben und zwei Punkte von Bär entfernt.

»Ich habe mir Sorgen um deine geistige Gesundheit gemacht«, sagt Michael.

Ich nehme die Bärenmaske ab, damit ich ihm einen richtig bösen Blick zuwerfen kann. »Meine geistige Gesundheit geht dich nichts an. Nichts an mir tut das.«

Er atmet hörbar aus. »Ich habe nur einen Witz gemacht.«

»Das war kein Witz. Aber das hier ist einer: Welche Sockenfarbe trage ich?«

Er wirft einen Blick auf meine Füße. »Das ist schwer zu sehen.«

»Falsch«, sage ich. »Ich bin heute *übärmütig* und trage keine.« Ja, Seraphina hat auf mich abgefärbt.

Er lacht nicht einmal – wahrscheinlich, weil das verbotene Bärenthema angesprochen wurde. »Ich finde es schlau, dass du dich vorbereitest. Ted hat immer nur improvisiert, und bei ihm sah es nie so professionell aus wie dieser Tanz.«

»Warte. War das ein Kompliment?« Ich schaue zu Wolfgang. »Wird das Universum bald implodieren?«

Wolfgang macht ein klapperndes Geräusch, indem er mit den Schneidezähnen knirscht.

Meine Liebe, im Moment rasen die Galaxien voneinander weg, was bedeutet, dass das Universum für eine Weile nicht implodieren sollte, wenn überhaupt. Ich stelle die Theorie auf, dass die Galaxien supermassive schwarze Löcher jagen, die aus dem köstlichsten Käse bestehen.

»Bist du bereit, dich von mir hinausbegleiten zu lassen?«, fragt Michael schroff.

»Gut. Lass uns gehen«, sage ich mit einem Augenrollen und halte kurz in meiner Umkleidekabine inne, bevor ich wieder hinausgehe und seine Augen auf meinem Rücken spüre.

Mit jedem Schritt beschleunigt sich mein

Herzschlag in Erwartung dessen, was auf dem Parkplatz passieren könnte.

Schließlich haben wir uns gestern für die Kameras geküsst, also sollten wir das heute auch wieder tun, oder?

Natürlich nur, um die Konsistenz zu gewährleisten. Das hat nichts mit dem Bart zu tun.

Die Medienleute sind immer noch da, als wir hinausgehen, und sie schreien uns Fragen entgegen, die durch Michaels Vorschlag, dass alle zum verdammten Schwanz gehen sollen, unterbrochen werden.

Sobald die Journalisten erschrocken sind und uns den Weg freigeben, nimmt Michael meinen Ellenbogen, führt mich zum Parkplatz – und ich habe das Gefühl, zu schweben.

Als wir uns meinem Käfer nähern, lässt er meinen Ellenbogen los.

»Wir sehen uns morgen«, murmelt er.

Ich blinzele ihn an. »Hast du nicht etwas vergessen?«

Er wölbt eine seiner sexy dicken Augenbrauen. »Was habe ich vergessen?«

Ich zeige auf die Journalisten. »Einen Kuss?«

Er sieht so aus, als hätte er gerade alle Bienenabwehr umgangen und wäre dabei, erstklassigen Honig zu probieren. »Glaubst du nicht, dass sie gestern ausreichend Kussbilder gemacht haben?«

Ich befeuchte meine trockenen Lippen. »Diesmal geht es nicht um die Bilder. Es geht darum, dass sie sehen, dass wir vertraut sind, oder nicht?« Ja. Deshalb sollten wir es tun. »Wir wollen nicht, dass jemand eine Geschichte darüber schreibt, dass wir uns bereits getrennt haben.«

Er beugt sich vor, seine Lippen sind verlockend nah. »Bist du sicher, dass es für sie ist? Vielleicht willst du einfach nur, dass ich dich küsse.«

Ich verwandele mich fast selbst in einen knurrigen Bären. »Nicht, wenn du der letzte Mensch auf Erden wärst.«

Er zuckt mit den Schultern. »Ich schätze, wir können ihnen einen Kuss vortäuschen.« Er dreht den Journalisten den Rücken zu und umarmt mich, aber seine Lippen sind wenige Zentimeter von meinen entfernt – was genauso gut eine Meile sein könnte. »So werden sie denken, dass wir uns küssen«, flüstert er. »Aber wir tun es nicht.«

Mein Herz klopft viel zu schnell, und ich fühle mich trotz der Hitze in Florida seltsam fröstelnd. »Aber was ist, wenn jemand ein Objektiv mit langer Brennweite hat und sich genau im richtigen Winkel versteckt?«, flüstere ich und gebe mir einen Tritt in den Hintern.

Er wird mich nur wieder ärgern. Ich weiß es einfach.

»Wenn jemand ein Foto davon macht, hat er ein Bild von uns, wie wir uns umarmen«, murmelt er. »Warum sollte man dann denken, dass wir uns getrennt haben?«

Wie kann er es wagen, gesunden Menschenverstand

und Logik anzuwenden? Ich schiebe ihn weg. »Ich fahre nach Hause.«

Er wirft mir einen spöttischen Luftkuss zu. »Angenehme Träume, *ptichka*.«

———

Mitten in der Nacht wache ich auf und bin nass. Nein, das ist eine Untertreibung. Ich brauche ein neues, besseres Wort dafür, wie verzweifelt ich eine sexuelle Entladung brauche.

Grr. Mistkerl. Es ist, als hätte er mich verflucht, als er mir angenehme Träume gewünscht hat – und schon träumte ich von seiner nackten Brust, und davon, mit meinen Fingern durch sein Haar zu fahren. Und das war noch nicht das Schlimmste. In diesem Traum spürte ich seinen Bart, als wir uns küssten und als er hinuntertauchte – ein herrliches Erlebnis, wenn auch nur in meiner Fantasie.

———

Während ich zur Arbeit fahre, ruft meine Mutter an und erzählt mir, dass die Journalisten den Zirkus beobachten und hoffen, mich dort zu entdecken.

»Das ist gut fürs Geschäft«, sagt sie. »Dank dir werden wir wahrscheinlich alle eine Gehaltserhöhung bekommen.«

»Ich bin froh, dass ich nützlich bin. Ich hoffe nur,

dass sie nicht herausfinden, wo ich zurzeit wohne, und mich dort nerven.«

Wenn sie das tun, will Michael mich vielleicht bis zu meiner Tür begleiten, und dann besteht die Möglichkeit, dass ich ihn versehentlich hereinbitte und sein Schwanz versehentlich in mir landet.

»Also«, sagt Mama verschwörerisch. »Hast du schon Kochunterricht genommen?«

Was? »Warum?«

»Du hast einen neuen Freund«, sagt sie. »Jeder weiß, dass der Weg zum Herzen eines Mannes durch seinen Magen führt.«

Das klingt wie etwas, was ein Serienmörder sagen würde. »Hat Seraphina dir nicht alles erzählt?«, frage ich. »Er ist nicht mein Freund. Das ist nur zur Show.«

»Ja, klar«, sagt sie. »Ich habe das Video und die Bilder gesehen. Wenn du so eine gute Schauspielerin wärst, würdest du nicht im Zirkus arbeiten. Stattdessen wärst du am Broadway.«

»Ich arbeite nicht im Zirkus«, erinnere ich sie. »Und ich versichere dir, dass nichts davon echt ist.«

»Einigen wir uns darauf, dass wir uns nicht einig sind«, sagt Mama.

»Das ist keine Situation, in der du diesen Satz verwenden kannst.«

»Einigen wir uns darauf, dass wir uns zweimal nicht einig sind.«

Ich überfahre fast eine Ganterschildkröte, die gerade die Straße überquert. Zum Glück kann ich rechtzeitig bremsen. »Ich habe vergessen, dir zu sagen, dass ich gerade Auto fahre«, sage ich zu Mama, während ich darauf warte, dass die Schildkröte die Straße überquert. »Es ist nicht sicher, auf diese Weise Multitasking zu betreiben.«

»Darin sind wir uns einig«, sagt sie und legt auf.

Darin sind wir es? Sie denkt also immer noch, dass Michael und ich zusammen sind? Ich meine, ich weiß, dass sie und Papa sich Enkelkinder wünschen, aber ich wusste nicht, dass der Wunsch so verzweifelt ist, dass er sie dazu bringt, die Realität zu verleugnen.

Wie auch immer.

Als ich endlich bei der Arbeit ankomme, verzichte ich darauf, meinen Bärenanzug anzuziehen. Ich brauche einige Freiwillige aus dem Team, die mir bei einer Idee helfen, die ich für meine Performance habe, und ich hoffe, dass sie mich in Straßenkleidung ernster nehmen werden.

Also mache ich den Fehler, ihnen beim Training zuzusehen. Oder genauer gesagt mache ich den Fehler, Michael bei seinem Training zuzusehen. Sein Bart ist heute noch deutlicher zu sehen, und es ist nur allzu leicht, sich vorzustellen, wie er in mich eindringt, sein Schwanz hart wie ein Hockeyschläger und sein Bart angenehm kratzig an meiner …

»Hi Kalliope«, sagt der Trainer und erschreckt mich zu Tode.

»Hallo Coach.« Ich wische mir den Mund ab, um nicht zu riskieren, dass mir etwas von dem vielen Sabber, den ich produziere, entweicht.

»Kann ich dir irgendwie helfen?«, fragt er.

»Ja. Michael soll sich rasieren«, platzt es aus mir heraus.

Auf diese Weise wird es leichter für mich sein, in seiner Nähe meinen Verstand zu benutzen – und die Produktion von Körperflüssigkeiten zu reduzieren.

Der Trainer grinst. »Tut mir leid, aber das geht nicht. Sie rasieren sich nie vor einem wichtigen Spiel, und da will ich ihnen nicht in die Quere kommen. Vor allem nicht Michael, denn als er zum ersten Mal dabei war, hat er sich über diesen Aberglauben lustig gemacht, mit der Begründung: ›Das machen doch schon zu viele Leute, wie kann es dir also einen Vorteil verschaffen?‹ Die Tatsache, dass er sich ihnen angeschlossen hat, zeigt mir, dass er das kommende Spiel wirklich gewinnen will.«

Hat er gerade *ihnen* gesagt? Ich schaue mir den Rest der Spieler an. Ja. Es sind tatsächlich alle unrasiert, aber Michael schafft es, seinen Bart schneller und buschiger wachsen zu lassen.

Apropos Michael. Ich ertappe ihn dabei, wie er mich grundlos anglotzt, also zeige ich ihm den Mittelfinger und wende mich wieder dem Trainer zu. »Das war ohnehin nur ein Witz, aber ich könnte etwas Hilfe gebrauchen.«

»Was kann ich tun?«, fragt der Trainer.

»Ich weiß nicht, ob ich dir das antun will«, sage ich. »Es ist besser, wenn ich einige Freiwillige aus dem Team bekomme.«

»Klar.« Er pfeift, und alle schauen in unsere Richtung.

Der Trainer fordert mich mit einer Geste auf, zu sprechen.

»Ich brauche einige Freiwillige«, verkünde ich.

Die bärtigen Gesichter sehen mich an, als könnte ich beißen.

»Das ist für meine Performance«, erkläre ich weiter. »Ich würde gerne eine Nummer machen, bei der ich ein imaginäres Seil über das Eis spanne, und dann stolpern einige von euch darüber, als ob es echt wäre.«

Viele der Jungs nicken zustimmend – bis sie ein leises Knurren hören.

»Ich melde mich freiwillig«, sagt Michael. »Und sonst niemand.«

Ich starre ihn ungläubig an. »Verstehst du nicht, wie Freiwilligenarbeit funktioniert?«

Er skatet zu mir. »Willst du, dass ich mein Angebot zurückziehe?«

»Nein. Ich treffe dich gleich hier.« Ich rolle mit meinen Augen, während ich mich umdrehe, und gehe dann in meine Garderobe, um mich umzuziehen.

Sobald ich in dem Kostüm stecke, setze ich Wolfgang auf meine Schulter und betrachte mich im Spiegel, um in die Rolle zu schlüpfen.

»Bärenmann geil wie ein Hirsch. *Brüllen.* Bärenmann will für die Kameras auf großen Titten seiner Pookie-Poo kommen.«

Wolfgang wäscht sein Gesicht mit seinen Pfoten.

Meine Liebe, dieser Bärenmann hört sich an, als bräuchte er nur regelmäßig eine Ration Käse.

Ich fühle mich zu allem bereit und kehre zur Eisbahn zurück, wo Michael und der Trainer auf mich warten.

Als ich ihm erkläre, was ich vorhabe, grinst Coach, aber Michaels Gesicht ist völlig teilnahmslos, so als würde ich über meine Einkommenssteuer sprechen und nicht über einen lustigen Streich.

Nachdem ich eine große Sache daraus gemacht habe, das unsichtbare Seil über das Eis zu spannen, fährt Michael mit Schlittschuhen hinein und fällt ganz bewusst.

»Das war schrecklich«, sage ich. »Es muss natürlich aussehen. Das war offensichtlich ein absichtlicher Sturz.«

Seine Nasenlöcher blähen sich. »Wie zum Teufel kann ich natürlich fallen?«

»Als ob es ein Unfall wäre.« Ich schaue Coach hilfesuchend an.

»Hey, Michael«, sagt Coach, und seine Augen funkeln. »Wenn dir das zu kindisch ist, hilft Dante Kalliope sicher gerne.«

»Nur über seine Leiche«, knurrt Michael und dreht sich zu mir um. »Zeig mir einfach, wie du willst, dass ich falle, und ich werde es genau so machen.«

Hm. »Genau so.« Ich skate auf das unsichtbare Seil zu und tue dann so, als wäre es ein Laser, der mir die Fußsohlen abgetrennt hat. Ich heule vor Schmerz, fuchtele mit den Armen herum, als wäre ich von einem Bienenschwarm angegriffen worden, dann greife ich mir an die Brust und lasse mich auf das Eis fallen, wobei ich zucke, während ich so tue, als würde ich sterben.

»Das war natürlich?« Michael schaut von mir zu Coach.

»Es war inspirierend«, sagt dieser. »Die Kinder werden es lieben.«

»Und seit wann ist Eishockey ein Sport für Kinder?«, grummelt Michael.

»Hast du nicht mit etwa vier angefangen?«, entgegnet der Trainer.

Michaels Gesicht wird außergewöhnlich düster, selbst für ihn. »Lass mich den verdammten Fall versuchen.« Er knirscht entschlossen mit den Zähnen, läuft zum *Seil* und wiederholt die lächerliche Herausforderung, die ich ihm gestellt habe – nur dass er es mit einer raubtierhaften Anmut schafft, die eher für eine Katze typisch ist.

»Wie?«, frage ich in den Raum.

»Seine kinästhetische Intelligenz ist überragend«, sagt Coach.

Ich tausche einen verwirrten Blick mit Wolfgang aus. »Heißt das, Michael kann Gedanken lesen?«

Meine Liebe, meine Gedanken sind leicht zu lesen. Käse.

»Nein.« Der Trainer lacht. »Das bedeutet, dass er seinen Körper mit großer Präzision einsetzen kann.«

War es seine Absicht, mir einen Ansturm von schmutzigen Bildern zu liefern, in denen Michael seinen Körper mit großer Präzision einsetzt? Moment einmal. Das hört sich so an, als ob meine Löcher schwer zu treffen wären oder so, was sie …

»Wie war das?«, knurrt Michael.

»Sehr ... präzise«, sage ich. »Aber überhaupt nicht lustig.«

»Aber das Potenzial ist da«, sagt Coach schnell. »Kannst du es noch einmal machen, aber dabei so tun, als wärst du sehr betrunken?«

Michael murmelt etwas davon, dass alle zu den Schwänzen gehen sollen, versucht es noch einmal, und diesmal ist sein Sturz urkomisch.

»Sehr gut«, sagt der Trainer. »Ich wusste, dass du das hinbekommen würdest.«

»Und du bist ein guter Trainer, Coach«, füge ich hinzu.

Michael streckt seine Arme, die wahrscheinlich vom vielen Um-sich-Schlagen wehtun. »Wer hätte gedacht, dass es so eine Herausforderung ist, wie ein Idiot auszusehen?«

»Aber du machst das so natürlich«, sage ich und klimpere ihm ganz unschuldig mit den Wimpern zu.

»Den habe ich mir selbst eingebrockt, was?«, knurrt er.

»Du musst das positiv sehen«, sagt der Trainer. »Ich habe dir gesagt, dass du deine Teamkollegen mehr unterstützen sollst, und das hier war eine hervorragende Hilfe.«

Eine Frau räuspert sich hinter uns. Es stellt sich heraus, dass es Linda aus der Personalabteilung ist. »Ich hoffe, ich störe nicht.«

»Wie viel davon hast du gesehen?«, frage ich.

Sie erschaudert. »Fragst du mich gerade, ob ich

gesehen habe, wie unser teuerster Spieler sich fast das Genick gebrochen hat?«

Der teuerste? Werden Eishockeyspieler proportional zu ihrer Griesgrämigkeit bezahlt?

»Was willst du?«, fragt Michael sie.

Sie verlagert ihr Gewicht von einem Fuß auf den anderen und wieder zurück. »Ich wollte mit euch beiden reden. Über eine Idee der PR-Abteilung.« Sie zuckt zusammen. »Es hat mit euren Unterkünften in New York zu tun.«

»Was ist mit ihnen?«, frage ich.

Linda wischt sich eine Schweißperle von der Stirn. »Sie … wir wollten wissen, ob es für euch in Ordnung wäre, euch ein Hotelzimmer zu teilen.«

Ich habe das Gefühl, dass mein Gehirn gerade über ein unsichtbares Seil gestolpert ist und mit seinem Hippocampus und Hypothalamus herumfuchtelt, während es auf seiner Amygdala landet. »Er und ich?« Ich zeige auf Michael. »Oder er und Coach?«

Der Trainer hebt die Hände, als hätte ich eine Waffe auf seine Brust gerichtet. »Ich bleibe bei meiner Frau. Tut mir leid.«

»Warum zum Teufel …?«, fragt Michael.

»Um die Gerüchte weiter anzuheizen«, sagt Linda. »Sonst könnte die Presse anfangen, zu fragen, ob ihr wirklich zusammen seid. Man hat euch beide bisher nicht oft zusammen gesehen, also …«

Ich starre sie finster an. »Ich werde das nicht tun.«

»Ich auch nicht«, sagt Michael, und seine schwarzen Augen glänzen vor Wut.

»Es wird ein Zimmer mit zwei Betten sein«, quiekt Linda. »Auch mit einer Trennwand dazwischen.«

»Sind diese Trennwände nicht aus Papier und Holz?« Ich werfe grundlos einen Blick auf Michaels Schritt. »Ich bin nicht gerade beruhigt.«

Michael antwortet nicht, aber sein Gesichtsausdruck lässt Linda einen Schritt zurücktreten.

»Mr. Ironside, der Teambesitzer, ist bereit, euch beiden einen Bonus für die Unannehmlichkeiten zu zahlen«, sagt sie laut flüsternd. »Zwanzig Prozent eurer Jahresgehälter.« Sie sieht Michael an. »Er sagte auch, er würde das Hundertfache spenden, für dein …«

»Abgemacht«, knurrt Michael und dreht sich zu mir um. »Ich werde natürlich ein perfekter Gentleman sein.«

»Gut«, sage ich, wahrscheinlich weil mein Gehirn weiterhin nicht ganz auf der Höhe ist. »Ich werde es tun.« Mit dem Geld kann ich meinen Traum von der Rattenshow verwirklichen.

Als Linda wegläuft, schaue ich Michael mit verengten Augen an. »Wofür spendet er Geld?«

»Ich muss mich umziehen«, sagt er und ignoriert meine Frage. »Wo willst du mich treffen, damit wir zusammen rausgehen können?«

»Bei den Eingangstüren?«

Mit einem Nicken geht er.

Ich wende mich dem Trainer zu. »Weißt du, wofür das Geld ist?«

»Ja«, antwortet der. »Aber es ist Michaels geheimes

Projekt, also musst du ihn dazu bringen, es dir zu sagen. Tut mir leid.«

Geheimes Projekt? »Leitet er einen Bärenschutzverein?« Das ist etwas, wofür ein vermögender Mann vielleicht Geld spenden möchte.

Er schüttelt den Kopf. »Bitte bring mich nicht in diese Lage.«

»Gut. Ich schätze, ich gehe mich umziehen.«

Der Trainer sieht erleichtert aus, weshalb ich ihm meine zweite Vermutung nicht anbiete: eine Hightech-Anlage, in der Spielzeug, Pornos und Zebras geschickt eingesetzt werden, um Riesenpandas zur Paarung zu bewegen.

KAPITEL 11
MICHAEL

»Alles in Ordnung?«, fragt mich Dante, als ich in die Umkleidekabine stürme.

Ich schlage die Tür meines Spinds fest zu. »Diese verdammten Wichser wollen, dass Kalliope und ich in New York im selben Hotelzimmer wohnen.«

Dante schnaubt. »Du und das Mädchen, das du magst, verbringen eine Nacht zusammen. Das Grauen.«

Ich wirbele zu ihm herum. »Reiz mich nicht. Außerdem hätte die verdammte Linda beinahe Kalliope von meinem Geheimprojekt erzählt.«

Er zuckt mit den Schultern. »Wäre es so schlimm, wenn sie es wüsste? Vielleicht mag sie dich dann sogar mehr.«

»Verdammt.« Ich reiße mir das Trikot vom Leib.

»Das würde sie vielleicht auch, wenn sie wüsste, dass …«

»Halt die Klappe«, zische ich Dante zu, denn Jack kommt aus den Duschen – und er weiß nichts von meinem Geheimnis und wird es auch nie erfahren.

»Sie könnte sogar helfen«, sagt Dante vorsichtig. »Wenn ich du wäre, würde ich mit ihr zur Spendenaktion gehen, wenn …«

»Welchen Teil von ›Halt die Klappe‹ hast du nicht verstanden?«, knurre ich.

Andererseits ist seine Idee eine Überlegung wert. Nicht, dass sie sich bereiterklärt hätte, mich zu irgendwelchen Veranstaltungen zu begleiten.

Ich ziehe mich schnell um und eile nach unten, wo ich gefühlt stundenlang darauf warte, dass Kalliope auftaucht.

»Endlich«, kann ich mir nicht zu sagen verkneifen, als sie auftaucht.

»Ich kann mich allein zum Auto durchschlagen«, erwidert sie.

Da ich das nicht mit einer Antwort würdige, öffne ich die Tür und lasse meinen Frust an den Arschlöchern draußen aus.

Zum Pech für meine juckenden Fäuste machen sie uns Platz, also nehme ich *ptichka* an ihrem Ellenbogen und führe sie über den Parkplatz – bereit, jeden zu schlagen, der uns eine dumme Frage stellt. Aber auch jetzt bekomme ich keine Gelegenheit dazu.

Apropos Leute, die ich gern schlagen würde … »Hast du noch andere Zeichen deines Stalkers gesehen?«

Sie schüttelt den Kopf. »Wir wissen nicht, dass es

ein Stalker war, aber nein.« Dennoch wirkt sie ein wenig unsicher.

»Es gibt noch etwas anderes, nicht wahr?«

Sie zögert. »Wenn ich so darüber nachdenke, als ich an meinem ersten Tag in meiner Wohnung ankam, schien etwas nicht zu stimmen. Es gab einige Flecken an den Wänden, und einige Dielen sahen aus, als wären sie entfernt und dann wieder zurückgelegt worden.«

»Verdammter Stalker«, knurre ich.

»Oder es war meine Einbildung«, sagt sie. »Außerdem bin ich mir nicht sicher, ob das Video zu diesem Zeitpunkt schon viral gegangen war.«

Ich balle meine Hände zu Fäusten und löse sie dann wieder. »Hast du eine Alarmanlage?«

»Nein.«

»Ich werde einige Anrufe tätigen. Heute Abend wird eine installiert.«

Sie rollt mit den Augen. »Das hört sich übertrieben an.«

»Es ist besser, ein Sicherheitssystem zu haben und es nie zu brauchen.«

»Wie auch immer.« Sie rümpft ihre klassisch geformte Nase. »Kannst du mir jetzt sagen, was dein geheimes Projekt ist?«

Ich lehne mich vor. »Kannst du ein Geheimnis bewahren?«

Sie nickt eifrig und kommt mir so nahe, dass ich fast ihre Lippen schmecken kann.

»Ich auch«, sage ich und beobachte, wie sich die Enttäuschung auf ihrem Gesicht ausbreitet.

»Gut«, sagt sie. »Ich gehe ja schon.« Doch sie bewegt sich nicht einen Zentimeter. Ein Flügelschlag eines Schmetterlings würde genügen, damit sich unsere Lippen treffen.

Mein Herz klopft heftig, und meine Stimme ist ein wenig zu heiser, als ich sage: »Müssen wir nicht etwas vortäuschen?«

Ihre Schultern senken sich langsam. »Nicht jeder küsst seine Freundin jeden Tag zum Abschied.«

»Wenn du wirklich meine Freundin wärst, würde ich es tun.«

Scheiße, was sage ich da? Warum sage ich das? Es ist, als ob ein Dämon von meiner Zunge Besitz ergriffen hätte. Oder mein Schwanz.

Sie befeuchtet ihre Lippen. »Es scheint, als hätten wir keine große Wahl.«

Der Dämon stößt mich von hinten an, so dass ich den Kopf senke und meine Lippen auf ihre prallen.

Ihr überraschtes Schnaufen verrät mir, dass sie nicht damit gerechnet hat – aber sie stößt mich nicht weg. Nein, sie erwidert den Kuss mit einer Leidenschaft, die ihr einen Oscar einbringen könnte.

Ich ziehe sie näher an mich heran und sie schmilzt in mich hinein, wobei ihr weicher Körper meinen harten in den Wahnsinn treibt.

Das Klicken der Kameras holt mich in die Realität zurück, und ich löse mich von ihr.

Mit wilden Augen berührt sie ihre Lippen. »Ich wette, das war ziemlich überzeugend.«

Ich nicke. »Bis morgen, *ptichka*.«

Damit löse ich mich von ihr und fahre wie in einem Rausch nach Hause. Als ich dort ankomme, warten zwei Journalisten auf mich, und einer fragt nach Kalliope.

Ich zerstöre zuerst seine Kamera, dann die des anderen Arschlochs. Dann verspreche ich, Körperteile zu zerbrechen, wenn ich sie wiedersehe, und gehe in mein Haus.

Endlich. Nach dem Kuss bin ich immer noch schmerzhaft hart, also hole ich mir einen runter, um die Spannung zu lösen. Danach esse ich zu Abend und setze mich an meinen Computer, um an meinem Geheimprojekt zu arbeiten.

Als meine Augen vom Starren auf den Monitor müde werden, habe ich einen neuen Sponsor gefunden und eine Einladung zu einer Spendenveranstaltung erhalten, die während meines Aufenthalts in New York stattfindet, bei der ich noch mehr Leute kennenlernen kann. Es ist eine mit Abendgarderobe, also gehe ich zu dem Koffer, den ich schon vorbereitet habe, und packe meinen Smoking ein.

Das Problem ist nur, dass allein die passende Kleidung mir nicht dabei helfen wird, mehr Sponsoren zu gewinnen. Ich muss mich unterhalten und verdammt höflich sein, was nicht gerade meine Stärke ist.

Vielleicht sollte ich Kalliope fragen, ob sie mich begleitet. Obwohl sie eine Querdenkerin ist, die selbst auf einer formellen Gala in Abendgarderobe eine Ratte auf der Schulter hätte, würde sie so viel besser die

Leute verzaubern als ich. Irgendetwas an ihr zieht einen einfach an. Ein gewisses Funkeln, in Ermangelung eines besseren Begriffs, und ich meine nicht nur ihren Nagellack.

Aber nein. Das kann ich nicht. Das klingt zu sehr nach einem echten Date. Und es würde sich auch so anfühlen, und das ist das Letzte, was wir brauchen.

Ich fahre meinen Computer herunter, gehe zu meinem Teleskop und entspanne mich beim Beobachten der Falkenfamilie.

———

Am nächsten Tag, am Ende des Trainings, bemerke ich, dass ich beinahe keine Stimme mehr habe, weil ich meine erbärmlichen Teamkollegen so sehr angeschrien habe.

Schweißgebadet nähere ich mich dem Trainer, während er mit Kalliope spricht, und ertappe sie bei der Frage: »Vielleicht solltest du ihn zu einem Aggressionsbewältigungskurs anmelden?«

»Vergiss es«, knurre ich. »Aber du könntest diese faulen Säcke in einige Einführungskurse für Eishockey einschreiben.«

Coach dreht sich in meine Richtung. »Ich weiß, dass du gewinnen willst, aber vielleicht setzt du dich und die anderen ein wenig zu sehr unter Druck?«

Ich verenge meine Augen. »Solltest du nicht mehr als ich wollen, dass wir gewinnen, Coach?«

»Es ist ein Freundschaftsspiel«, erinnert er mich.

»Eine tolle Übung. Es gibt kein Preisgeld. Keine Auswirkung auf die Rangliste. Es zählt überhaupt nicht.«

Ich schüttele vehement den Kopf. »Wenn wir sie besiegt haben werden, wird mein Preis der Ausdruck in ihren Gesichtern sein.« Besonders auf einem bestimmten Gesicht.

»*Wenn* wir sie schlagen«, sagt der Trainer. »Unsere Chancen stehen nicht so gut. Sie sind ein viel stärkeres Team und ...«

»Deshalb werden sie auch zu selbstbewusst sein«, sage ich. »Und sich nicht die größte Mühe geben – aus all den Gründen, die du genannt hast.«

»Warum willst du sie denn so unbedingt schlagen?«, fragt Kalliope, als Dante hinzukommt, seine Maske abnimmt und uns alle mit seiner Blässe fast blendet.

»Weil sie ihn gefeuert haben«, sagt Dante ohne zu zögern. »Und es sind nicht einfach alle, die er besiegen will, sondern vor allem Mason Tugev. Derjenige, der für die besagte Entlassung verantwortlich ist.«

Ich zügele alle meine gewalttätigen Triebe. Dante ist ein Freund. Außerdem ist er ein hervorragender Torwart, und wir brauchen ihn für das betreffende Spiel. »Tugev hat tatsächlich behauptet, dass es ihr Trainer war, der mich gefeuert hat«, stoße ich hervor. »Der wahre Grund, warum ich ihn schlagen will, ist, weil er denkt, dass er der Beste in der Liga ist.«

»Er und der Rest der Welt«, sagt Dante. »Anwesende natürlich ausgenommen.«

»Mason Tugev«, wiederholt Kalliope mit einem Stirnrunzeln. »Ist der Typ nicht ein Milliardär?«

»Genau«, sage ich grimmig. »Und das viele Geld hat ihn mit Sicherheit weich gemacht.«

»Er ist jetzt der Besitzer des Teams«, fügt Coach hinzu. »Also denkt er wahrscheinlich eher an den Ruhestand als an den Sieg.«

»Na bitte«, sage ich. »Das könnte meine letzte Chance sein, ihn zu schlagen.«

»Meinst du nicht, dass dein Team sein Team schlägt?«, fragt der Trainer schmunzelnd.

»Ich bin mir sicher, dass er genau das gemeint hat, was er gesagt hat«, sagt Kalliope und rollt mit den Augen. »Das Ego dieses Mannes ist so groß wie der Mount Everest.«

Dante gibt ihr ein High Five, und ich breche ihm fast den Arm, weil er es wagt, sie anzufassen – Freund/Torwart oder nicht. Was mich aufhält, ist die Hand des Trainers auf meiner Schulter.

Dieser Mann versteht mich viel besser als jeder andere.

»Also, Kalliope«, sagt der Trainer. »Brauchst du Hilfe bei irgendeiner neuen Nummer?« Dieser Bastard sieht mich eindringlich an.

»Ja, eigentlich schon«, sagt sie. »Aber ich bin mir nicht sicher, ob ich sie mit allen abklären oder sie einfach machen soll.«

»Klär sie mit ihm ab«, sagen Dante und Coach unisono und sehen mich an.

»Besonders, wenn du sie für das Spiel gegen die Yetis planst«, fügt Coach hinzu.

Sie seufzt. »Okay. Ich hatte vor, dich mit einem riesigen Schaumstofffinger anzugreifen, nachdem du ein Tor geschossen hast.«

»Du hast pelzige Pfoten«, sagt Dante. »Wie willst du einen riesigen Schaumstofffinger halten?«

»Das ist meine Bärenaufgabe«, sagt sie.

Ich beiße die Zähne zusammen. »Gut. Du kannst den Finger benutzen.« Aber nur, weil der Plan davon ausgeht, dass ich punkten werde.

Sie lacht. »Ich nenne diesen Teil: Michael wird gefingert.«

Der Trainer und Dante lachen schallend, und meine einzige gewaltfreie Option ist, auf dem Absatz kehrt zu machen und zu gehen.

Als ich aus der Umkleidekabine trete, wartet Kalliope auf mich. Sie sieht besonders hinreißend aus, jetzt, wo der klobige Maskottchenanzug ihre Kurven nicht mehr verdeckt.

»Hey«, sagt sie. »Bist du stinkig?«

»Stinkig? Rieche ich unangenehm?«

Immerhin habe ich zugestimmt, so zu tun, als würde ich mit dieser Frau ausgehen, da sollte ich nicht stinken.

»Nein, ich meine wütend«, sagt sie mit einem leichten Augenrollen. »Du warst unnatürlich nett, als du … nennen wir es mal Projekt Schaumfinger zugestimmt hast, und ich habe einen

Witz auf deine Kosten gemacht, anstatt mich zu bedanken.«

»Unnatürlich nett?« Ich ziehe eine Augenbraue hoch. »Du bist vielleicht noch schlechter im Entschuldigen als ich.«

»Entschuldigung. Können wir jetzt gehen?«

»Klar.« Als wäre ich besessen, ergreife ich ihren Ellenbogen – ohne dass in diesem Moment ein Journalist in Sicht ist. Wenn es sie stört, zeigt sie es nicht, also gehen wir den ganzen Weg zu ihrem Auto so.

»Also …« Sie nickt den Idioten mit den Kameras zu und beißt sich auf die Unterlippe. »Sollen wir?«

Oh ja. Ich küsse sie noch einmal, und der Geschmack von Zuckerwatte ist ebenso berauschend wie erregend. Die Welt um uns herum scheint zu verblassen, zumindest bis sie sanft von mir zurücktritt – und dann höre ich das Klicken der Kameras über das Hämmern meines Herzschlags.

»Bis morgen«, sagt sie schüchtern.

Die beste Antwort, die ich geben kann, ist ein Grunzen. Aber hey, es hätte schlimmer sein können.

Ich hätte knurren können.

————

Die nächsten Tage verschwimmen ineinander. Ich übe, als würde mein Leben vom Sieg abhängen, und dann küsse ich Kalliope für die Kameras mit der gleichen Inbrunst und ohne Rücksicht darauf, wie blau meine

Eier werden. Danach hole ich mir einen runter, arbeite an der Spendenaktion, schaue mir die Falken an und gehe schlafen.

»Also …«, sagt Kalliope, nachdem wir uns am Tag unseres Fluges widerwillig von dem Kuss getrennt haben. »Wir sehen uns dann im Flugzeug, oder?«

»Korrekt.« Ich bezweifele, dass das nötig war, aber ich habe meine Teamkollegen bereits gewarnt, dass ich neben ihr sitze und sie sich besser fernhalten sollten. Außer, sie sehnen sich nach Schmerzen … einer Menge Schmerzen. »Warum fragst du? Wolltest du zusammen einen Film sehen?«

Ihre Augen leuchten auf. »Können wir?«

»Klar. Welche Art von Filmen magst du?«

Sie wirft einen Blick auf Wolfgang. »*Ratatouille* ist mein Favorit, aber ich mag auch *Encanto* – wegen Brunos Freunden.«

Dank meines Geheimprojekts kenne ich die Filme, um die es geht, also frage ich: »Dürfen wir über Bruno reden?«

Ihre Augen weiten sich. »Du hast recht. Nur kein Wort über Bruno. No. No. No. No.«

Ich widerstehe dem Drang, sie wieder zu küssen. »Gibt es in den Filmen, die du magst, immer Ratten?«

Sie schüttelt den Kopf. »Ich mag auch *Stuart Little*, und er ist eine Maus.«

»Ah. Du magst also Nagetiere.«

Sie schüttelt wieder den Kopf. »Ich mag *Pikachu*, und er ist ein Pokémon – ein fiktives Wesen mit Superkräften.«

»Ja, aber er sieht immer noch aus wie ein Nagetier.«

Sie verengt ihre Augen. »Woher weißt du so gut Bescheid über Dinge, die Kinder mögen? Hast du welche?«

»Nein.«

»Nichten oder Neffen?«

»Nein.« Das Wort kommt knurriger aus meinem Mund, als ich beabsichtige. »Ich habe keine Familie.« Verdammte Scheiße. Wie sind wir zu diesem Thema gekommen?

Sie starrt mich mit offenem Mund an. »Gar keine?«

»Nein. Ich bin in einem russischen Waisenhaus aufgewachsen – je weniger darüber gesprochen wird, desto besser.« Sonst könnte ich mich wie ein Berserker auf die Medienarschlöcher in der Nähe stürzen, und das wäre nicht gut für die PR des Teams.

»Das tut mir leid«, flüstert sie und blickt zu mir hoch. »Das wusste ich nicht.«

Ich spüre einen Muskel in meinem Kiefer zucken. »Können wir das Thema wechseln?«

»Ja. Sicher. Lass uns einfach weiter über Filme reden. Welche Art von Filmen magst du? Vielleicht finden wir ja einen, der uns beiden gefällt?«

»Ich mag Filme mit Spionen und Superhelden«, sage ich. »Meine Lieblingsfigur ist Black Widow.«

Sie rollt mit den Augen. »Ist es, weil du Scarlett Johansson heiß findest?«

»Nein. Weil ich mich mit der Hintergrundgeschichte ihrer Figur identifizieren kann.«

Scheiße. Warum habe ich das gerade gesagt?

Als Kalliope mich anstarrt, als wäre mir ein zweiter Kopf gewachsen, bin ich gezwungen, es zu erklären. »Geboren in Russland, rekrutiert für ein zermürbendes Trainingsprogramm. Der einzige Unterschied ist der Lehrplan: Spionage anstatt Hockey.«

Sie blickt mich einfach weiter an, und ihr Gesicht ist ein Kaleidoskop von Gefühlen. »Als der Trainer gesagt hat, du hättest mit vier Jahren mit dem Hockey angefangen, war das also nicht freiwillig?«

»Das war es nicht, aber ich habe Hockey schon bald danach sehr gemocht und verstanden, dass mein Leben ohne es viel schlimmer wäre. Trotzdem würde ich eine Ausbildung nach sowjetischen Methoden nicht empfehlen, nicht einmal meinen Feinden.«

Sie nimmt meine Hand in ihre, und ihre kleine Handfläche ist weich und warm um meine Finger. »Das tut mir leid … schon wieder.«

»Es ist in Ordnung.« Ich nicke in Richtung der Journalisten. »Wahrscheinlich bekommen sie einige tolle Fotos von uns, wie wir uns das Herz ausschütten, und das ist gut.«

»Ja«, sagt sie und lässt meine Hand los.

Ich betrauere das Fehlen der Berührung, aber das kann ich ihr nicht sagen. »Hast du irgendwelche Filmvorschläge?«, frage ich stattdessen.

Sie nickt. »Wie wäre es mit *The Suicide Squad*?«

Ich neige meinen Kopf. »Den alten Film oder den neuen?«

Ich habe gehört, dass die ältere Version schlecht ist.

»Nur die neuere hat das *The* im Titel«, sagt sie. »Und es ist die einzige, in der *Ratcatcher 2* vorkommt, eine Figur, die Ratten so sehr mag wie ich.«

»Keine Spoiler«, sage ich schroff. »Ich habe den Film noch nicht gesehen.«

»Oh.« Sie lächelt. »Dann kannst du dich auf einen Leckerbissen gefasst machen.«

Scheiße. Warum fühlt es sich auf einmal so an, als würden wir zu einem Filmdate gehen? Das Schlimmste ist, dass wir uns nicht einmal einreden können, dass das Teil der Scharade ist, weil wir in der Luft sein werden, also wird das niemand außer meinem Team sehen, und die Jungs glauben ohnehin schon, dass wir ein Paar sind.

»Wäre es eine gute Idee, uns wieder zu küssen?«, fragt Kalliope schüchtern. »Ich denke, das würde ein echtes Paar nach einem Gespräch tun.«

Gute Idee? Auf keinen Fall. Aber ich ziehe sie trotzdem zu mir und küsse sie mit allem, was ich habe.

KAPITEL 12
KALLIOPE

Auf dem Heimweg und während der Fahrt zum Flughafen denke ich darüber nach, was ich heute über Michael erfahren habe – und reichere diese Informationen mit allem an, was ich im Internet finden kann. Anscheinend wurde er als Neugeborenes auf der Türschwelle eines Waisenhauses in Nowosibirsk zurückgelassen. Nowosibirsk ist eine Stadt in Sibirien, einem Teil Russlands, der dafür bekannt ist, so kalt und dunkel zu sein, dass man Menschen bestrafen kann, indem man sie dorthin ins Exil schickt. Im Alter von vier Jahren wurde Michael von einem Hockeytrainer wegen seiner Begabung für diesen Sport entdeckt. Er machte eine Eishockeykarriere als Teenager in Russland, und als er erwachsen wurde, zog er in die Vereinigten Staaten.

Als Teil einer extrem großen und ausgelassenen Familie kann ich mir nicht vorstellen, wie es sein muss, ohne eine aufzuwachsen. Ich kann mir auch nicht vorstellen, an einem so kalten Ort wie Nowosibirsk zu leben. Der wärmste Tag dort liegt knapp unter der Temperatur, die wir hier in Florida am kältesten Tag erreichen.

Eine Sache, die Michael und ich gemeinsam haben, ist, dass uns jemand früh im Leben trainiert hat, aber in meinem Fall war es ein ziemlich sanftes Training, alles in allem.

Ja, Michael hatte offensichtlich ein schwieriges Leben, was vielleicht einen Teil seiner Griesgrämigkeit erklärt.

Mein Herz schmerzt, als ich ihn mir als kleinen Jungen vorstelle, mit schwarzen, gefühlvollen Augen und dem frühesten Schnurrbart der Geschichte. Wenn ich eine Zeitmaschine hätte, würde ich …

Das Auto hält an und unterbricht meine Gedanken. Die Tür öffnet sich und offenbart Michael in seiner ganzen Pracht.

Mein ohnehin schon überlastetes Herz macht einen Rückwärtssalto. Der Mann trägt ein Muskelshirt und Shorts, die seine kräftigen und üppig behaarten Beine entblößen. Oh, und er hat sogar seinen Bart gekämmt.

»Nein«, sagt er streng zu dem Fahrer, der gerade den Kofferraum geöffnet hat. »Ich nehme ihre Taschen.«

Während er meinen Koffer holt, schnappe ich mir meine Rattentransportbox vom Nachbarsitz und steige aus.

»Wie viele Ratten hast du denn da drin?«, fragt Michael und starrt auf meine Transportbox.

»Sechs«, antworte ich. »Die, die du noch nicht kennst, sind Lenin, Marco, Polo, Damon und Catnip.«

»Lenin?« Michael zieht eine Augenbraue hoch. »Ist er nach …«

»Ein Genosse aus deinem Vaterland.« Ich zeige auf Lenin, damit er die unheimliche Ähnlichkeit bemerkt.

»Warum?«, fragt Michael.

Hm. Ich schätze, er kann sie nicht sehen. »Er wird seinem Namensvetter immer ähnlicher, aber schon als Baby schien er ein Kommunist zu sein – er war immer unzufrieden damit, wie viele Leckerlis ich ihm gab, und mit der Verteilung von Leckerlis im Allgemeinen. Ich dachte daran, ihn Karl zu nennen, nach Marx, aber dann hätte ich zwei Ratten mit deutschen Namen gehabt.«

»Du hast Marco und Polo. Sind das nicht zwei italienische Namen?«

Ich seufze. »Marco und Polo sind eineiige Zwillinge, also … Ich denke, das lässt eine Ausnahme zu.« Ich meine, ich nehme an, dass sie eineiige Zwillinge sind. Sie stammen aus demselben Wurf, sehen identisch aus und verhalten sich auch so.

Er betrachtet die Ratten in der Transportbox mit Faszination. »Für mich sehen alle sechs gleich aus.«

»Wow. Das ist ganz schön rattig von dir.«

Er rollt mit den Augen. »Bereit zum Einsteigen?«

Ich nicke, und wir steigen in den Privatjet ein, der im Vergleich zu kommerziellen Flugzeugen ist, wie die erste Klasse zu einer Kutsche. Die Sitze sind größer als mein Loungesessel zu Hause und es gibt genug Platz für einen Mann von Michaels Größe, um sich bequem auszubreiten.

»Hier.« Michael zeigt auf die Sitze in der Nähe von Coach und Dante. »Setz dich dorthin.«

Ich tue es und bevor ich sagen kann, wie bequem die Polsterung ist, lässt er sich auf seinen Platz sinken und drückt einen Knopf, der unsere Sitze zu einer Art Sofa zusammenschiebt.

Lachen seine Mannschaftskameraden leise?

Michael wirft ihnen einen Blick zu, und alle verstummen.

»Wir sehen uns *The Suicide Squad* an«, verkündet Michael. »Hat jemand ein Problem damit?«

Keiner gibt zu, dass er ein Problem damit hat, obwohl Dante etwas darüber murmelt, dass es nicht der romantischste Film sei.

»Kann ich euch etwas zu trinken bringen?«, fragt eine Flugbegleiterin, die offensichtlich nachts als Ninja und am Wochenende als Supermodel arbeitet.

»Tomatensaft«, antwortet Michael.

»Alkoholfrei«, sagt sie zustimmend und klimpert dann mit ihren lächerlich langen Wimpern. »Ihr habt morgen ein wichtiges Spiel.«

Ernsthaft? »Ich nehme eine Bloody Mary«, sage ich mit Nachdruck.

Wenn man den Ausdruck auf dem perfekten Gesicht der Frau betrachtet, könnte man meinen, dass sie mich bis zu diesem Moment gar nicht bemerkt hat. »Klar«, sagt sie beiläufig. Dann wendet sie sich wieder

Michael zu und säuselt: »Möchtest du Salz in deinen Saft?«

Ach, komm schon. Wie wäre es, wenn du mich fragst, wie viel Wodka ich in meinem Getränk haben möchte oder wie viel scharfe Soße und so weiter? Außerdem habe ich das komische Gefühl, dass sie vorhat, Spucke oder sogar einen Spritzer Zyanid hineinzugeben.

Ich rechne es Michael hoch an, dass er grunzend verneint, ohne sie auch nur eines Blickes zu würdigen.

»Möchtest du noch etwas anderes?«, fragt sie in einem Tonfall, der andeutet, dass ihre Muschi auf der Speisekarte steht.

Michael sieht mich an, und es muss an meiner überaktiven Fantasie liegen, aber seine Mundwinkel scheinen sich zu heben, als wollten sie ein Lächeln andeuten. »Brauchen deine Ratten etwas zu trinken?«

»Ratten?« Die Augen der Flugbegleiterin werden so groß, dass sie in einem Anime nicht fehl am Platz wäre.

Ich überreiche ihr den Träger, so wie Rafiki es mit Simba gemacht hat.

Was mit der Flugbegleiterin passiert, lässt sich am besten mit dem Ausdruck *Anfall* beschreiben. Sie schreit wie eine geile Furie, wird blasser als Dante und klettert dann auf Coach, als wäre er ein Baum.

»Meine Ratten sind harmlos«, sage ich, nachdem das Kreischen nachgelassen hat. »Und sie sind im Inneren der Transportbox.«

Zumindest im Moment. Ich überlege, ob ich sie herauslassen soll, damit sie sich die Beine vertreten können, aber angesichts der möglichen Turbulenzen und der vielen riesigen Eishockeyspieler bin ich mir nicht sicher, ob ich das riskieren möchte.

Einer der Piloten kommt zusammen mit einer anderen Flugbegleiterin dazu – einer Frau, die noch attraktiver ist als die Hysterikerin.

»Gibt es ein Problem?«, fragt der Pilot.

Ich zeige den beiden meinen Träger. »Ich glaube, sie hat Angst vor meinen emotionalen Hilfstieren.«

Sowohl der Pilot als auch die andere Flugbegleiterin reagieren so gelassen auf den Anblick meiner Ratten, dass man meinen könnte, sie würden jeden Tag Passagiere wie mich treffen.

»Hey, Precious«, sagt der Pilot und schaut die Flugbegleiterin auf dem Coach an. »Wirst du es schaffen, dich zusammenzureißen?«

Precious? Wurde sie von Gollum benannt?

Mit sichtlicher Anstrengung klettert Precious vom Trainer herunter und schüttelt den Kopf.

Letztendlich wird Precious gegen jemanden ausgetauscht, der viel weniger rattenphobisch ist. Währenddessen hänseln die Hockeyspieler Coach, weil er nervös ist, nachdem er von einer Frau angesprungen wurde, die nicht die seine ist.

»Tut mir leid, Leute«, sage ich, als die Witze auf Kosten des Trainers verstummen. »Ich wollte uns nicht aufhalten.«

»Mach dir darüber keine Sorgen«, sagt Dante. »Sie hat versucht, mit deinem Mann zu flirten, also musstest du deinen Rattenschwarm auf sie loslassen. Das ist nur logisch.«

Ich runzele die Stirn. »Der Begriff für eine Gruppe von Ratten ist Sippe.«

»Nicht Rudel?«, mischt sich Känguru Jack ein.

»Sippe«, sage ich fest.

»Ein Schwarm ist eine Gruppe von Heuschrecken«, sagt Coach und ist sichtlich erfreut über den Themenwechsel.

»Precious hat Glück, dass sie gegangen ist, bevor der Film angefangen hat«, sage ich. »Da gibt es …«

»Keine Spoiler«, knurrt Michael. »Warum fangen wir nicht mit dem verdammten Film an, bevor ihn jemand ruiniert?«

Als Antwort wird ein großer Bildschirm vor uns heruntergefahren und das Logo des Filmstudios erscheint.

In der Mitte der ersten Szene werden wir aufgefordert, uns für den Abflug anzuschnallen. Sobald wir uns abschnallen dürfen, rutscht Michael zu mir und umhüllt mich mit seinem kräftigen Arm, was mein Gehirn kurzschließt.

Ich lehne alle Getränke und Speisen ab, die mir angeboten werden, und erinnere niemanden an die Bloody Mary, denn ich kann nicht sicher sein, dass sie nicht Precious' Spucke enthält – oder Schlimmeres. Ich bin dankbar, dass ich diesen Film schon einmal gesehen habe, denn ich bezweifele, dass ich mich an irgendetwas anderes erinnern würde als an die Wärme von Michaels Arm. Nicht Wärme – Hitze. Der besagte Arm bleibt bis zum Abspann über meiner Schulter liegen, bis meine Eierstöcke ein Dutzend Eizellen freigesetzt haben, die jetzt alle mit der Sonnenseite nach oben in meiner Gebärmutter liegen.

»Ist es nicht verdächtig, dass wir genau dann landen, wenn der Film endet?«, fragt Dante.

»Zufall«, sagt der Trainer. »Dieser Film dauert etwas mehr als zwei Stunden, genauso wie der Flug von Florida nach New York.«

Alle diskutieren darüber, während Michael und ich uns hinausschleichen und in eine der wartenden Limousinen steigen.

Im Inneren des Fahrzeugs sitzen wir trotz des vielen Platzes nebeneinander, so nah, dass ich wieder am ganzen Körper kribbele.

»Der Film hat mir wirklich gut gefallen«, sagt er, als wir losfahren. »Danke.«

Film? Welcher Film? Alles, woran ich mich erinnere, ist sein Arm um meinen Körper und Wellen über Wellen von Glückshormonen.

Ich räuspere meine unerklärlich trockene Kehle. »Fühlst du dich bereit für das Spiel morgen?«

Er nickt. »Ich werde Tugev zerquetschen.«

Ich lache. »Großartig. Das klingt überhaupt nicht wie etwas, das ein gemeiner Bösewicht sagen würde. Überhaupt nicht.«

Er zuckt mit den Schultern. »Wie du gerade in diesem Film gesehen hast, kann die Grenze zwischen Bösewicht und Held verschwommen sein.«

Bevor ich antworten kann, lässt Wolfgang ein kurzes Quieken aus der Rattentransportbox ertönen.

»Ah, richtig.« Ich hole ihn heraus und setze ihn auf

meine Schulter. »Toll, dass du bis jetzt so geduldig warst.«

Wolfgang blinzelt mich an.

Meine Liebe, die richtige Art, deine Wertschätzung zu zeigen, ist eine großzügige Portion Käse.

»Gut«, sage ich zu ihm. »Ich werde eine Käseplatte bestellen, wenn wir im Hotel sind.«

Die Sippe zwitschert aufgeregt. Sie alle scheinen das *K*-Wort gelernt zu haben.

»Hast du mit ihnen gesprochen?«, fragt Michael. Er klingt nicht missbilligend wie mein Ex, sondern nur neugierig.

Ich lächele verlegen. »Sie sind meine Freunde.«

»Ich denke, das verstehe ich«, sagt er.

Ich schaue ihn skeptisch an. »Wirklich?«

»Warum nicht?«, fragt er. »Hältst du mich immer noch für eine Art Monster?«

Wolfgangs Ohren spitzen sich. Er muss *Munster* verstanden haben, und diese Käsesorte liebt er – wie alle anderen auch.

»Es ist nur so, dass du noch nie ein Haustier erwähnt hast«, sage ich.

»Wann hätte ich es denn erwähnen sollen?«, fragt er. »Nachdem du mir einen Kuchen ins Gesicht geworfen hast? Oder nachdem du mich dazu gebracht hast, hinzufallen und mich tot zu stellen – wie ein verdammter Hund?«

Ich rolle mit den Augen. »Du hast vergessen: ›Nachdem du mich mit einem riesigen Schaumstofffinger belästigt hast.‹«

»Das habe ich nicht vergessen«, knurrt er. »Der Schaumstofffinger ist etwas, was in meiner glänzenden Zukunft liegt – aber ich bin mir sicher, dass du mir danach alle möglichen persönlichen Fragen stellen wirst.«

»Hey, du hast angefangen«, ist die erwachsenste Antwort, die mir einfällt. »Außerdem darf ich außer dir niemandem einen Streich spielen.«

»Wie auch immer«, sagt er schroff. Er wartet einen Moment und gibt dann zu: »Ich habe keine Haustiere.«

Ich blinzele. »Aber da ist noch mehr. Ich spüre das.«

»Keine Haustiere«, sagt er wieder, aber er klingt seltsam zögerlich.

»Was ist mit einem Aquarium?«, frage ich. »Eins mit einem Pazifischen Stachelseehasen?« Das ist ein Fisch, den einer meiner Cousins besitzt, und ich habe noch nie eine Kreatur gesehen, die so sehr nach ihrem Namen und ihrem Besitzer aussieht.

»Ich habe keine verdammten Haustiere«, knirscht er heraus. »Ich beobachte nur Vögel.«

Er ist ein Vogelbeobachter? Das hätte ich in einer Million Jahren nicht vermutet. »Was für Vögel?«

»Alle Arten.«

Ich lächele. »Also … Pinguine? Strauße?«

Sein Kiefer zuckt. »Ich beobachte sie in freier Wildbahn, nicht in einem verdammten Zoo.«

»Ah, also Vögel aus Florida?«

Er nickt. »Weiße Ibisse, Buschhäher, Waldstörche, Grauammern, Schneckenbuss…«

Ich lache. »Bist du auf Vögel mit lustigen Namen spezialisiert?«

»Nein. Ich habe sie dir in der Reihenfolge ihrer Häufigkeit genannt.«

Wow. Er steht *wirklich* darauf. »Warum holst du dir nicht einen Vogel als Haustier?«

»Weil Vögel zum Fliegen bestimmt sind. Wie soll das in geschlossenen Räumen funktionieren?«

Ich zucke mit den Schultern. »Vielleicht könntest du einen Vogel retten, der einen Flügel verloren hat oder so?«

Er sieht kurz nachdenklich aus, dann schüttelt er den Kopf. »Ich beobachte sie lieber in ihrem natürlichen Lebensraum.« Er zögert, dann fügt er hinzu: »Es gibt sogar eine Falkenfamilie, die ich in letzter Zeit beobachtet habe.«

Ich ziehe eine Augenbraue in die Höhe. »Woher weißt du, dass sie eine Familie sind?«

»Ich habe gesehen, wie sie ein Nest gebaut haben, und dann hat sie nur ein Ei gelegt«, sagt er und seine Miene verfinstert sich. »Es hätten zwischen drei und sechs sein müssen.«

»Wow«, sage ich. »Das klingt, als seien sie dir ans Herz gewachsen.«

»Nein«, ist seine knurrende – und wenig überzeugende – Antwort.

»Hast du ihnen Namen gegeben?«

Sein Kiefer zuckt. »Was zum Teufel würde das beweisen?«

»Das ist also ein Ja«, sage ich triumphierend. »Welche Namen haben sie?«

Er runzelt die Stirn. »Ethan und Mo sind die Eltern, und Eye ist das Küken.«

Diese Falken sind auf jeden Fall seine Haustiere, sie leben einfach im Freien. Dann lasse ich mir die Namen durch den Kopf gehen und grinse wie eine Verrückte. »Ein Falke namens Eye? Ist er nach Hawkeye, dem besten Freund von Black Widow benannt?«

Das Stirnrunzeln wird durch die Andeutung eines Lächelns ersetzt, das seine Augen berührt, und das ist die einzige Bestätigung, die ich brauche.

»Und die Eltern sind Mo Hawk und Ethan Hawk?«

Jetzt berührt das Lächeln seine leckeren Lippen, die man unter dem Bart kaum sehen kann. »Hoffentlich treffen die Falken nie auf deine besten Freunde, denn sie würden sie auffressen.«

Ich winke ab. »Meine Ratten leben im Haus.« Und das ist kein so unnatürlicher Lebensraum für sie.

»Bist du sicher?« Er deutet auf Wolfgang.

Ich blicke finster drein. »Wenn ein dummer Vogel versucht, ihn wegzuschnappen, breche ich ihm den dummen Schnabel.«

Michaels Magen knurrt laut. »Ich hätte im Flugzeug etwas essen sollen.«

»Eigentlich habe ich auch Hunger.« Auf diese versteckten Lippen … aber Essen wäre auch hilfreich.

Er klopft an die Trennwand zum Fahrer. Als diese herunterfährt, fragt er, welche Snacks es in diesem

Auto gibt, und die Auswahl entpuppt sich als die eines schicken Restaurants – inklusive einer Käseplatte.

Ich schließe die Trennwand und lasse die Ratten heraus, damit sie mit uns schlemmen können.

Michael scheint das überhaupt nicht zu stören.

»Weißt du«, sagt er, während er sich einen Cracker mit Kaviar zum Mund führt, »ich habe dir von meiner familiären Situation erzählt – oder dem Fehlen einer solchen –, aber du hast mir nicht von deiner erzählt.«

Ah. Das. Ich mache mir Sorgen, dass er, wenn er von meiner Familie erfährt, nicht einmal mehr so tun will, als ob er mit mir zusammen wäre. Andererseits, wenn er so ist, dann kann er mich mal. Dann will ich auch nicht mit ihm zusammen sein. Also vorgeben, als seien wir zusammen, meine ich natürlich.

Während ich also die schicken Häppchen verschlinge, erzähle ich ihm, dass ich im Zirkus aufgewachsen bin, und liste einige der ausgefallensten *Jobs*, meiner Familienmitglieder auf.

»Warte«, sagt er, nachdem ich meine Großeltern erwähnt habe. »War das ein Scherz, oder war dein Großvater wirklich eine menschliche Kanonenkugel?«

An der Stelle dachte er, ich mache Witze? Nicht, als ich einen Cousin erwähnte, der ein Speiseröhrenakrobat ist?

»Nein, ich meine es ernst. Pop-Pop wurde aus einer Kanone geschossen, bis er in Rente ging. Oh, und seine Nummer ist auch schon in Rente gegangen.« Ich grinse. »Sie konnten keinen anderen Mann seines

Kalibers finden.« Falls es nicht klar war, füge ich hinzu: »Dieser Teil war ein Witz.«

Michael stöhnt. »Die besten Komiker erzählen den Leuten, dass sie nur einen Witz gemacht haben.«

»Wo der herkommt, gibt es noch mehr Witze«, sage ich zu ihm.

Er zieht eine sexy, buschige Augenbraue hoch.

»Weißt du, wie man es nennt, ein Mitglied meiner Familie zu essen?«

Er schüttelt den Kopf.

»Ich gebe dir einen Hinweis. Warum solltest du kein Mitglied meiner Familie essen wollen?«

Er sieht mich an, als würde ich psychiatrische Hilfe brauchen. »Weil … es Kannibalismus wäre?«

»Falsch. Die jeweiligen Antworten sind: ›Anilingus‹ und ›Weil wir komisch schmecken‹.«

»Das verstehe ich nicht«, sagt er. »Oder ist das Absicht?«

»Komm schon. Unser Nachname ist Klaunbut«, sage ich und spreche ihn diesmal so aus, wie es alle anderen tun, also *clown butt*.

»Clown-Hintern?« Er schüttelt den Kopf. »Hast du nicht gesagt, dass er deutsch ausgesprochen wird?«

Ich seufze. »Nein, eigentlich wird es *clown butt* ausgesprochen. Ich wollte dir nur nicht noch mehr Munition geben.«

Er stöhnt wieder. »Jetzt verstehe ich es, obwohl ich wünschte, ich würde es nicht. Anilingus heißt, dass man einen Hintern *isst*, und einen Clown würde man nicht essen wollen, weil er *komisch* schmeckt.«

Ich klatsche langsam und rolle mit den Augen. »Glaubst du, du bist besser mit Witzen als ich?«

Seine Augen werden schlitzförmig. »Ein Typ verirrt sich im Wald und fängt an zu schreien. Ein Bär kommt auf ihn zu und fragt, warum er so einen Lärm macht. ›Ich habe mich verirrt‹, erklärt der Mann. ›Ich hatte gehofft, dass mich jemand hören würde.‹ Der Bär fletscht seine Zähne. ›Ich habe dich gehört. Fühlst du dich jetzt besser?‹«

Ich unterdrücke ein Lachen. »Ist das ein Test?«

Er hält mitten im Biss in seinen Cracker inne. »Was?«

»Du erzählst einen Witz, in dem ein Bär vorkommt, ich lache, und dann wirst du sauer.«

Er atmet hörbar aus. »Du kannst lachen, wenn ich einen Bärenwitz erzähle, aber mich nicht einen Bären nennen.«

»Abgemacht«, sage ich, aber dann kann ich nicht anders, als ihn zu fragen, warum er in diesem Punkt so empfindlich ist.

Er erklärt es mir, und auf eine seltsame Art und Weise ergibt es Sinn. Als Klaunbut kann ich das sogar nachempfinden.

»Hasst du deshalb das Maskottchen?« Ich klopfe auf meinen Koffer, in dem Mr. Bloom sich in einem speziellen Beutel vakuumversiegelt befindet.

»Ich hasse die Tatsache, dass manche Leute mich hinter meinem Rücken *Maskottchen* nennen.«

Oh. »Wer?« Und sind sie selbstmordgefährdet?

Er ballt seine Hand zu einer Faust und löst sie dann

wieder. »Russischsprachige Spieler aus anderen Teams.«

»Das können nicht viele Leute sein.« Aber es erklärt, warum er so viele Nasen auf dem Eis gebrochen hat.

»Zehn Prozent der Liga sind Russen«, entgegnet er. »Außerdem gibt es viele wie Tugev, die keine Russen sind, aber die Sprache so gut sprechen, dass sie mich verhöhnen können.«

Wow. »Das ist mehr, als ich erwartet hätte.«

»Ach, das ist gar nichts. Es gibt viermal so viele Kanadier.« Er wischt sich die Hände an seiner Serviette ab.

Ich wische meine auch ab. »Das ergibt mehr Sinn.«

»Ja«, sagt er. »Dante ist Kanadier.«

»Ist er das? Ich hätte auf Transsilvanien getippt.«

Diesmal lächelt Michael breit, mit sichtbaren Zähnen und allem Drum und Dran, und es ist ein herrliches Ereignis, wie ein Sonnenaufgang über einem stürmischen Meer.

Als ob sie einen eigenen Willen entwickelt hätte, landet meine Hand auf seinem Oberschenkel. »Ich werde nie wieder Bärenwitze machen.«

Seine Augen erhitzen sich. »Und ich werde niemals anfangen, welche über Clown-Hintern zu machen.«

Ich rücke näher an ihn heran. »Das klingt nach einem Deal.«

Er lehnt sich zu mir. »Ein Geschäft muss richtig besiegelt werden.«

Es ist unklar, wer sich zuerst bewegt, aber unsere Lippen treffen sich.

Die Welt beginnt, zu verschwinden ... und dann hält unsere blöde Limousine an.

KAPITEL 13
MICHAEL

Verdammte Scheiße. Ich bin mir nicht sicher, auf wen ich wütender bin: auf uns beide, weil wir uns entschieden haben, uns ohne Kameras zu küssen, oder auf den Fahrer, weil er uns unterbrochen hat.

»Wir sind da.« Kalliope berührt ihre vollen Lippen und räuspert sich. »Das ist wahrscheinlich das Beste.«

»Ja. Das hätten wir nicht tun sollen.« Es ist wie beim Essen von schokoladenüberzogenem Speck – schmeckt in dem Moment gut, hat aber schädliche Auswirkungen auf dein Herz.

Kalliopes Nasenlöcher blähen sich. »Das hätten wir definitiv nicht tun sollen. Was haben wir uns nur dabei gedacht?«

Ich atme hörbar aus. »Du hast gerade gesagt, dass es vielleicht das Beste ist, wenn …«

»Und das ist es. Wir sollten solche Dinge nur tun, wenn jemand zuschaut. Was soll das sonst bringen?«

»Dem stimme ich verdammt nochmal zu.« Ich steige aus, wobei ich die Tür der Limousine fast abbreche, und lasse meinem Frust freien Lauf, indem ich den Fahrer der Limousine und den Gepäckträger anschnauze, die mir mit Kalliopes Koffer helfen wollen.

Die verdammten Medienleute sind hier und machen Fotos, während ich die Koffer hineintrage.

»Bestehst du deshalb darauf, meine Sachen zu tragen?«, fragt sie, als wir das Hotel betreten. »Für die Bilder?«

»Ja«, stoße ich hervor. »Ich kann nur auf eine kaltherzige, berechnende Weise etwas Nettes tun.«

»Bitte. Du tust es nicht als nette Geste. Das ist nur Machogehabe.«

Ich beschließe, wie ein Erwachsener zu handeln und nicht zu antworten, was vielleicht das Schwierigste ist, was ich jemals getan habe. Stattdessen gehe ich zur nächsten Concierge, vergewissere mich, dass sie die Rattentransportbox nicht sieht, und nenne ihr unsere Namen.

»Ah, richtig.« Sie grinst verschwörerisch. »Wir wissen, wer Sie beide sind, also haben wir Ihr Zimmer upgegraded.« Sie gibt mir und Kalliope zwei Schlüssel und erklärt uns, wie wir in das betreffende Zimmer kommen. »Ich bin mir sicher, es wird Ihnen gefallen.« Die letzten beiden Worte begleitet sie mit einem leichten Wackeln ihrer aufgemalten Augenbrauen.

Scheiße. Bis jetzt habe ich versucht, die Tatsache, dass wir uns ein Zimmer teilen, zu verdrängen, aber die Andeutung der Concierge – oder was auch immer das war – holt mich zurück in die Realität dieser Situation.

Wir werden die gleiche Luft atmen. Kalliope wird in der gleichen Dusche sein wie …

»Entschuldigung?«, fragt Kalliope bissig. »Warum haben Sie so mit den Augenbrauen gewackelt?«

Die Concierge wird knallrot. »Weil Sie eine tolle Aussicht haben werden? Und die …«

»Egal.« Kalliope geht zum Aufzug, ohne abzuwarten, ob ich ihr folge, und ich muss sprinten, um es hineinzuschaffen, bevor sich die Türen schließen.

»Der blöde Knopf zum Schließen der Türen funktioniert nicht«, murmelt Kalliope, scheinbar zu Wolfgang.

»Sehr erwachsen«, antworte ich.

Kalliope schnaubt, und wir fahren schweigend in die oberste Etage. Eine Stille, die bis zur verschnörkelten Tür unseres Zimmers anhält.

Erst als wir hineingehen, reden wir wieder miteinander – vorausgesetzt, ein Strom von Flüchen gilt als solches.

»Sie haben uns eine Flitterwochensuite gegeben«, sagt Kalliope, nachdem ihr die Schimpfwörter ausgegangen sind. Da sie nur eine Sprache spricht, ist ihr Wortschatz in dieser Hinsicht viel begrenzter als meiner.

Ich starre auf das riesige Himmelbett, das mit

Rosenblättern bedeckt ist. »Ich hoffe, es gibt einen weiteren Platz, an dem einer von uns schlafen kann.«

Ihre Augen weiten sich und sie rennt zu einer nahen Tür.

»Das ist ein Badezimmer«, sagt sie und überprüft die andere Tür. »Und das ist ein Kleiderschrank.«

»Also … nur ein verdammtes Bett?« Bei der Größe der Suite hätte hier noch ein weiteres Bett stehen können, aber stattdessen hat jemand einen nutzlosen offenen Essbereich eingebaut. Es gibt auch einen Whirlpool, aber wenn man darin schläft, besteht die Gefahr, zu ertrinken.

»Vergiss es.« Sie rennt aus dem Zimmer und zurück in den Aufzug, wieder so schnell, dass es anstrengend ist, mitzuhalten.

Wir marschieren zu derselben Concierge und sie verlangt, dass wir das ursprüngliche Zimmer bekommen, das für uns gebucht war.

»Aber warum?« Die Concierge starrt uns verwirrt an. »Ihr neues Zimmer ist das beste, das wir haben.«

»Weil sie es gesagt hat«, knurre ich.

Die Concierge erblasst. »Es tut mir leid. Ihr ursprüngliches Zimmer ist nicht mehr verfügbar.«

»Gut. Geben Sie uns ein anderes Zimmer – mit zwei getrennten Betten«, verlangt Kalliope. »Oder zwei Zimmer.«

Die Concierge macht einen Schritt zurück. »Es tut mir leid. Wir sind das nächstgelegene Hotel zum Stadion, und da das Spiel kurz bevorsteht, haben wir keine freien Zimmer mehr.«

»Dann gehen wir in ein anderes Hotel«, droht Kalliope.

»Es ist neun Uhr abends«, sagt die Concierge. »Und das Spiel ist morgen. Ihre Chancen, ein Zimmer zu finden, stehen schlecht bis gleich null.«

»Außerdem gibt es kein *wir*«, sage ich unverblümt. »Ich gehe nicht in ein anderes Hotel.«

Kalliope dreht sich um und sieht mich an. »Nicht?«

»Ich muss am Abend vor einem Spiel früh schlafen gehen.«

In etwa einer Stunde werde ich Feierabend machen.

»Gut«, knirscht Kalliope und eilt zurück in die verdammte Suite.

Ich folge ihr dorthin.

Sie schleicht sich von Wand zu Wand und untersucht unsere Unterkunft, als ob sich irgendwo ein weiteres Bett verstecken würde.

»Du weißt schon, dass die Concierge einem Journalisten von dem Vorfall erzählen könnte«, sage ich zu ihr. »Und dass es das Gerücht geben könnte, dass wir uns getrennt haben?«

Sie verengt ihre Augen. »Heißt das, du willst, dass wir im selben Bett schlafen?«

»Nein«, knurre ich. »Aber wer sagt denn, dass wir das müssen? Ich habe kein Problem damit, auf dem Boden zu schlafen.«

Sie schaut nach unten, als hätte sie noch nie Böden gesehen, und schüttelt dann den Kopf. »So wirst du nicht schlafen können.«

»Das ist in Ordnung. Ich habe schon unter viel schlechteren Bedingungen geschlafen.« Verdammt, hier liegt ein Teppich, etwas, was früher ein Luxus gewesen wäre.

»Du hast morgen ein Spiel«, erinnert sie mich.

Scheiße.

Ich verschränke meine Arme vor meiner Brust. »Auf keinen Fall schläfst du auf dem Boden, während ich im Bett liege.«

»Dann können wir es teilen«, sagt sie. »Aber keine faulen Tricks.«

»Faule Tricks?«

Wird sie rot oder sind ihre Wangen vor Wut gerötet? »Kein Sex«, erklärt sie weiter. »Nicht anfassen. Nicht küssen.«

Ich zucke mit den Schultern. »Darüber brauchst du dir keine Sorgen zu machen. Ich bleibe am Abend vor einem Spiel immer abstinent.«

Ganz zu schweigen davon, dass ich nicht mit Kolleginnen schlafe oder mit sturen Frauen, die genauso nervtötend sind wie ich.

»Was für ein Zufall.« Ihre Worte triefen vor Sarkasmus. »Ich nehme meine Pflichten als Maskottchen sehr ernst, deshalb vermeide ich auch Sex vor einem Spiel. Ich verzichte auch darauf, mit Arschlöchern zu sprechen.«

Mit diesen Worten geht sie in Richtung Badezimmer und wiegt ihre Hüften, als wolle sie mich darauf aufmerksam machen, wie toll ihr Hintern ist.

Und der ist verdammt toll. Großartig, sogar. Ich bin nicht der Typ, der Gedichte schreibt, aber wenn ich es wäre, würde ich diesem Hintern ein Sonett widmen.

Sie schließt die Tür ab, und ich höre, wie die Dusche angestellt wird.

Verdammt. Alles, woran ich denken kann, ist, dass sie nackt da drin ist, dass heißes Wasser an ihrem Körper herunterläuft, dass ihr kurviger Po eingeschäumt ist und …

Großartig. Jetzt bin ich schmerzhaft hart und kann nichts dagegen tun. Bei der Enthaltsamkeit vor dem Spiel geht es darum, nicht zu kommen, also ist Wichsen genauso vom Tisch wie Sex.

Nach gefühlten Stunden kommt sie aus dem Bad und trägt einen Hotelbademantel.

»Wolfgang«, sagt sie zu einer ihrer Ratten, »kannst du Michael sagen, dass er nicht hier sein sollte, während ich meinen Schlafanzug anziehe?«

»Ernsthaft?« Ich schnappe mir saubere Boxershorts, stampfe ins Bad und schlage die Tür zu.

Verdammte Scheiße. Hier riecht es nach sauberem, weiblichem Fleisch, und das macht mich noch härter – was ich nicht für möglich gehalten hätte.

Ich drehe den Wasserhahn ganz auf kalt, ziehe mich aus und steige unter die Dusche.

Verdammt. Das letzte Mal, dass mir so kalt war, war in Nowosibirsk – und das Schlimmste daran ist, dass die Dusche nicht gegen die Erektion hilft. Ganz und gar nicht.

Nun, ich werde einfach länger hier stehen bleiben.

Ich warte, bis ich zittere, und dann lässt die Erektion ein wenig nach.

Zum Glück.

Ich steige aus, putze meine Zähne und ziehe meine Boxershorts an.

»Hey, Wolfgang«, rufe ich, bevor ich die Tür öffne, »ist Kalliope angezogen?«

Keine Antwort. Nicht einmal ein Rattenquieken.

»Ich komme heraus.«

Niemand erhebt Einwände.

Als ich die Tür öffne, ist die Suite nur schwach beleuchtet. Die Jalousien sind geschlossen und sperren alle Lichter der Stadt aus, die niemals schläft, aber eine kleine Lampe in der Ecke ist eingeschaltet.

Aus Angst, ich könnte auf Wolfgang oder eine der anderen Ratten treten, benutze ich mein Handy als zusätzliche Beleuchtung.

»Was soll das mit dem Fernlicht?«, grummelt Kalliope schläfrig.

Ich mache den Fehler, in ihre Richtung zu schauen und entdecke eine zarte Schulter, die unter der Decke hervorragt. Die harte Arbeit unter der kalten Dusche ist im Nu vergessen, und die Monstererektion kehrt mit aller Macht zurück.

»Du liegst in der Mitte«, sage ich mit etwas zu heiserer Stimme. »Wenn wir uns das Bett teilen, musst du dich für eine Seite entscheiden.«

Sogar ihr verärgertes Schnaufen ist sexy, als sie sich auf die rechte Seite des Bettes bewegt.

Ich lege mich auf die linke Seite und bleibe so nah wie möglich an der Kante.

In Ordnung. Wenn ich Tugev in die Schranken weisen will, muss ich einschlafen, und zwar schnell.

Leichter gesagt als getan. Zu wissen, dass Kalliope hier ist, in meiner Reichweite, treibt meine Libido in den Wahnsinn.

Scheiße. Laut Nachttischuhr habe ich mich erfolglos eine Stunde lang hin und her gewälzt.

Ist mein Schwanz schon die ganze Zeit hart oder wird er nur steif, wenn ich darauf achte? Er ist hart und bereit. Am Ende der Viagrawerbung wird geraten, einen Arzt aufzusuchen, wenn der Ständer länger als vier Stunden anhält, also muss ich vorsichtig sein.

Vielleicht hilft mir Zählen, zu vergessen, wie blau meine Eier sind?

Nein. Als ich bei der Acht ankomme, stelle ich mir die Zahl auf der Seite liegend vor, und das Bild erinnert mich an Kalliopes süßen Hintern. Ich ziehe es trotzdem durch, aber gebe offiziell bei Nummer neunundsechzig auf.

Zählen ist einfach zu sexy.

Ich muss an etwas anderes denken. Manchmal stelle ich mir in meinem Kopf vor, wie ein Spiel abläuft – eine Mischung aus geführten Bildern und mentalem Training. Aber dann stelle ich mir Kalliopes Reaktionen und die verschiedenen Maskottchenstreiche vor, die sie mit mir machen könnte, und ich werde noch wacher ... und seltsamerweise noch härter.

Verdammte Scheiße. Vielleicht sollte ich die progressive Muskelentspannungstechnik ausprobieren, die der Sportpsychologe dem ganzen Team beigebracht hat, um mit Stress umzugehen. Damals dachte ich, dass sie alle Weicheier sind, weil sie aufmerksam zugehört haben, aber hey, verzweifelte Zeiten erfordern verzweifelte Maßnahmen.

Ich versuche, mich daran zu erinnern, wie man das macht, und spanne meinen Bizeps und Trizeps an, bevor ich sie wieder entspanne.

Hmm. Das fühlt sich gut an, also mache ich das Gleiche mit meinen anderen Muskeln und werde immer schläfriger, bis ich meine Gesäßmuskeln entspanne – und eine zierliche Hand auf meinem nun entspannten Hintern landet.

Was soll der Scheiß?

Ich bin wieder hellwach, aber Kalliopes Atmung ist langsam und gleichmäßig.

Sie fasst mich im Schlaf an.

Verdammt.

Diesmal hilft die progressive Muskelentspannung nicht, also übe ich eine andere Technik, die uns derselbe Psychiater beigebracht hat: tiefes Atmen. Ich ziehe die Luft bis zu meinem pochenden Schwanz ein und atme dann langsam wieder aus. Mein nächster Atemzug ist langsamer und tiefer, und der darauffolgende noch mehr.

Schließlich beginne ich einzuschlafen – und das ist natürlich der Moment, in dem Kalliope sich über mich legt, wie der schönste Schal der Welt.

Ich erstarre und traue mich nicht, mich zu bewegen. Sie riecht so verdammt gut. Und sie ist so warm und weich. Und ist das eine pralle Brust, die gegen meine Seite drückt?

Oh verdammt. Ich werde explodieren, wenn ich mich nicht sofort wegbewege.

Aber ich bewege mich nicht.

Das kann ich nicht.

Ich sollte es tun.

Scheiße, das muss ich wirklich.

Ich hole tief Luft, nehme all meine Willenskraft zusammen und befreie mich vorsichtig von ihrer schlafenden, weichen, weiblichen Gestalt.

Keuchend, als wäre ich gerade fünfzigmal um die Eisbahn gelaufen, lasse ich mich auf den Rücken fallen und versuche, die tiefen Atemübungen wiederaufzunehmen. Ich füge auch Muskelentspannung hinzu und stelle mir vor, wie ich das morgige Spiel gewinne.

Ich weiß nicht, wie viel Zeit vergeht oder welche Technik funktioniert, aber schließlich schlafe ich ein.

———

»Hey«, sagt eine sinnliche Stimme in meinem Traum. »Du liegst auf mir.«

Ich öffne meine Augen in dem schwach beleuchteten Raum.

Scheiße.

Auf ihr ist vielleicht übertrieben, aber ich liege in

Löffelchenstellung hinter ihr, mein Arm ist um ihren Körper geschlungen, meine Handfläche umschließt ihre weiche Brust und mein harter Schwanz drückt gegen ihren perfekten Po.

Ich knirsche mit den Zähnen und ziehe mich zurück. »Ich wollte dich nicht wecken, als du dich auf mich gelegt hast.«

Sie rollt sich auf den Rücken und sieht mich mit funkelnden Augen an. »Ich habe nichts dergleichen getan.«

»Du hast meinen Po angefasst«, knurre ich, »und selbst da habe ich dich nicht geweckt.«

»Deinen Po angefasst?« Sie schnaubt. »In deinen Träumen.«

Feuchten Träumen, ganz sicher. Scheiße. Ich kann nicht in diese Richtung denken. »Kann ich jetzt etwas schlafen? Ich habe morgen ein wichtiges Spiel.«

»Ich bin ein Maskottchen in demselben Spiel.«

Jetzt bin ich an der Reihe, zu schnauben. »Klar. Das ist eine genauso anspruchsvolle Aufgabe.«

Sie rückt näher und sticht mir einen Finger ins Gesicht. »Meine Arbeit ist genauso wichtig wie deine.«

Ich ergreife ihr Handgelenk, bevor sie mir die Augen ausstechen kann – Tiefenwahrnehmung ist beim Hockey ziemlich wichtig. »Beruhige dich.«

»Ich soll mich beruhigen?«, ruft sie. »Du bist überheblich.«

Übärheblich? Eine Bärenreferenz, nachdem ich ihr gesagt habe, warum sie mich so sehr stören?

Ich sehe weiß.

Und rot.

Und rosa.

Genauer gesagt rosafarbene pralle Lippen, die Worte formen, die ich nicht mehr höre.

Angezogen von einer Kraft, die stärker ist als die Schwerkraft, beuge ich mich vor und bringe sie mit einem Kuss zum Schweigen.

KAPITEL 14
KALLIOPE

Warum erwidere ich seinen Kuss? Ich sollte ihn wegstoßen, aber meine Hände ziehen ihn so nah an mich heran, dass ich spüre, wie sein Brusthaar mein nacktes Schlüsselbein kitzelt, und das macht mich jenseits aller Logik und Vernunft an.

Als hätte er meine Schwingungen wahrgenommen, wird sein Kuss tiefer und rauer, und seine Zunge dringt genau so in meinen Mund ein, wie sein Schwanz es ebenfalls tun sollte.

Oh ja.

Er reißt mir den Schlafanzug vom Leib, als wäre er aus Seidenpapier, dann umfasst er mit seiner schwieligen Hand meine rechte Brust, während etwas Großes und Hartes durch seine Boxershorts gegen meinen Bauch drückt.

Sehr groß und hart.

Mir läuft buchstäblich das Wasser im Mund zusammen.

Keuchend schlüpfe ich aus meinen Pyjama-Shorts und meiner Unterwäsche und schiebe meine Hand in seine Boxershorts.

Weil ich ihn fühlen muss. Ich könnte sterben, wenn ich es nicht tue.

Er stöhnt, als meine Finger über seinen Schwanz streichen. Und ich stöhne fast, weil er sich wie Seide und Stahl anfühlt, ganz hart und bereit und so, so dick. So absolut wunderschön.

»Ich will ihn in mir haben«, keuche ich und schließe meine Hand um ihn, als er wieder stöhnt und sich zu einem weiteren, alles verzehrenden Kuss herabsenkt.

Er drückt mich mit dem Kuss auf den Rücken und legt sich auf mich.

Ja! Ich spüre, wie seine Boxershorts herunterrutschen.

»Endlich«, stöhne ich in seinen Mund, bevor ich seinen Schwanz zu mir führe und genieße, wie sich seine Eichel in mich hineinschiebt.

Er lässt meine Lippen los und stöhnt vor Vergnügen. Dann stößt er langsam tiefer, damit sich mein Körper auf das Eindringen einstellen kann.

»Du bist so weich«, knurrt er. »Und so feucht für mich.«

Ich kann ein weiteres Stöhnen kaum zurückhalten. »Und du bist hart. Und …«

Plötzlich versteift er sich, und seine Augen werden wild. »Kondom. Das habe ich völlig vergessen.«

Ich umfasse seinen Po, denn ich werde sterben, wenn er sich zurückzieht. »Ich bin sauber und nehme die Pille.«

»Oh, gut. Ich auch.« Sein Schwanz wird noch härter in mir. »Sauber, meine ich.«

»Dann hör auf, dich ablenken zu lassen«, keuche ich und ziehe ihn zu mir heran, wobei sein Schwanz so tief in mich eindringt, dass er ein Nervenbündel trifft, von dem ich nicht einmal wusste, dass ich es habe.

Die Augen rollen mir in den Hinterkopf.

Er stößt immer schneller in mich hinein und trifft dabei immer wieder dieselbe Stelle.

Oh mein Gott. Meine Zehen krümmen sich, und ich komme mit einem Schrei.

»Gut, *ptichka*.« Seine Stimme ist ein leises Grollen in meinem Ohr. »Gib mir noch einen.«

Noch einen?

Er stößt härter in mich hinein, während er mit seiner Hand zu meiner vom Orgasmus empfindlichen Klitoris hinuntergleitet und gleichzeitig genau die richtige Stelle trifft.

Ich schreie auf, als sich eine neue Anspannung in mir ausbreitet. »Michael! Oh Scheiße, Michael …«

Als der Orgasmus mich überrollt, ist er so stark, dass ich hinter meinen geschlossenen Augenlidern Weiß sehe und spüre, wie die Ekstase durch alle Nervenenden schießt. Es fühlt sich an, als würde die Lust mich zerreißen, dann wieder zusammensetzen und mich auf eine unbeschreibliche Weise verändern.

Michael stöhnt, als sich meine Muskeln um seinen

Schwanz verkrampfen und ich den heißen Strahl seiner Entladung in mir spüre. Ein weiterer Mini-Orgasmus schießt durch mich hindurch und lässt mich für eine Sekunde wegdriften. Oder mehrere Minuten. Mein Zeitgefühl gerade jetzt ist so unscharf wie Mr. Blooms.

Aus der Ferne spüre ich, wie Michael sich zurückzieht und weggeht. Einen Moment später kommt er zurück und wäscht mich mit einem warmen, nassen Waschlappen ab. Zumindest glaube ich, dass er das tut. Ich bin zu erschöpft, um sicher zu sein. Ich bin nur froh, dass ich schon auf dem Rücken liege, weil ich jetzt keinen Muskel mehr bewegen kann.

Ich gähne wie eine zufriedene Ratte und lasse mich in einen süßen Schlaf locken.

———

Ich wache mit einem wütenden Knurren auf, das ich nicht mit dem eines wütenden Bären vergleichen will, denn ein Versprechen ist ein Versprechen.

Ich öffne ein Auge und sehe, dass Michaels Zorn ausgerechnet auf die Uhr auf dem Nachttisch gerichtet ist.

»Stimmt etwas nicht?« Widerstrebend öffne ich mein anderes Auge.

»Es ist elf Uhr dreißig.« Sein Ton ist grimmig.

Oh. »Aber das Spiel ist erst um zwölf«, sage ich beschwichtigend. »Wir sind nicht weit weg vom

Stadion. Ich glaube, wir schaffen es, wenn wir uns beeilen.«

Er richtet den wütenden Blick von der Uhr auf mich. »Meine Routine ist im Eimer.«

»Routine?«

»Ein gesundes Frühstück, und dann ein Snack vor dem Spiel. Hydratation. Aufwärmen. Tapen.« Er springt umwerfend nackt vom Bett. »Ich habe keine Zeit, dir alles aufzuzählen.« Er eilt ins Badezimmer.

Scheiße. Wer auch immer sich den Ausdruck *böses Erwachen* ausgedacht hat, hatte wahrscheinlich Michael im Sinn. Alles, was er gerade gesagt hat, deutet darauf hin, dass ich schuld daran bin, dass er so spät aufgewacht ist, obwohl er in Wirklichkeit derjenige ist, der mich nicht schlafen lassen hat.

Selbst im Schlaf hatte ich verrückte feuchte Träume.

Es sei denn … Oh. Ich bin wund.

Dieser sehr lebhafte Traum mit dem besten Sex meines Lebens ist entweder wirklich passiert, oder ich schlafe immer noch.

Michael und ich müssen reden. Pronto.

Ich springe auf, werfe mir einen Bademantel über und eile zur Badezimmertür.

Sie ist abgeschlossen.

Ich klopfe wütend.

»Gib mir eine verdammte Minute!«, brüllt Michael von drinnen.

Scheiße. Ich habe auch eine Aufgabe bei dem Spiel zu erledigen.

Ich schnappe mir meinen Koffer, hole den vakuumversiegelten Maskottchenanzug heraus und ziehe die Leggings und den Sport-BH an, die ich darunter tragen werde. Dann hole ich das Futter für meine Ratten heraus und gönne ihnen ein Festmahl.

Michael ist immer noch nicht draußen.

Ich tausche einen besorgten Blick mit Wolfgang.

Meine Liebe, wenn du willst, dass jemand mit dir zusammenarbeitet, musst du diese Scheibe Cheddar zur Waffe machen.

»Nein«, sage ich zu Wolfgang. »Der Cheddar ist für später, eine Belohnung für deine Leistung auf dem Eis.«

Ich bin mir ziemlich sicher, dass Wolfgang das verstanden hat, denn seine Augen glänzen vor Vorfreude.

Ich gehe zur Badezimmertür und hämmere mit aller Kraft dagegen.

»Eine Sekunde«, knurrt Michael.

»Ich habe auch nicht mehr viel Zeit!«, rufe ich. »Ich werde es nicht einmal schaffen, mein Outfit anzuziehen, wenn du nicht herauskommst.«

»Dann zieh es jetzt an«, knurrt es aus dem Badezimmer.

»Auf dem Weg zum Stadion werde ich lächerlich aussehen.«

»Nicht mein Problem. Daran hättest du denken sollen, bevor du verschlafen hast.«

Gut. Das wird nicht einmal das erste Mal sein, dass ich in der Öffentlichkeit pelzig bin. Außerdem tut er so, als würde er mich daten und muss mit mir hineingehen, so dass wir beide lächerlich aussehen werden.

Seufzend entsiegele ich Mr. Bloom und steige hinein – aber hebe mir die Kopfbedeckung für nach dem Zähneputzen auf, denn Prioritäten sind Prioritäten.

Endlich öffnet sich die Tür und Michael tritt heraus.

Als ich ihn anschaue, kommen mir keine wütenden Worte mehr über die Lippen. Irgendwie ist er über Nacht attraktiver geworden, obwohl es möglich ist, dass sich meine Wahrnehmung durch die Orgasmen, die er mir geschenkt hat, verändert hat. Und seine Schultern sind breiter geworden. Sogar seine Augen sehen schwärzer aus und das Weiß in ihnen weißer.

Einen Augenblick. Die Haut um seine Augen hat noch nie so rauchig ausgesehen und ich kann nicht glauben, dass selbst die besten Orgasmen mich dazu bringen würden, *so* zu sehen. Es ist genau so, als ob …

»Trägst du schwarzes Augen-Make-up?« Und wie kommt es, dass diese Schminke ihn männlicher macht?

»Das ist keine verdammte Schminke«, knurrt er. »Das ist Kriegsbemalung.«

Ich mache mir nicht die Mühe, ihn zu fragen, was der Unterschied ist, sondern frage: »Ist das nicht eine kulturelle Aneignung?« Es sei denn … trugen die alten Russen Kriegsbemalung?

Michael kneift die Augen zusammen, und die Kriegsbemalung lässt ihn dadurch wild aussehen.

»Batman macht das. Warum kann ich das nicht auch tun?«

Batman? Oh, richtig. Der Dunkle Ritter musste ein ähnliches Augen-Make-up tragen, um die weiße Haut um seine Augen zu verdecken, während er seine Kutte trug. Aber … »Wozu?«

Er macht einen bedrohlichen Schritt auf mich zu. »Das beste Spiel, das ich je gespielt habe, war nach einem Kampf, bei dem ich zwei blaue Augen bekommen habe. Jetzt, wo es wirklich darauf ankommt, mache ich das, um meine Chancen zu verbessern.«

Überwältigt von seiner Nähe und Größe gehe ich ihm aus dem Weg. »Du wolltest mich also nicht ins Bad lassen, weil du zu sehr mit einem dummen Aberglauben beschäftigt warst?«

Seine Antwort klingt genau wie das Brüllen eines bestimmten wilden Tieres, mit dem ich versprochen habe, ihn nicht zu vergleichen. »Ich bin spät dran.« Mit diesen Worten geht er zur Tür der Suite.

»Warte!«, rufe ich.

»Was?«, ruft er gereizt über seine Schulter.

»Wir müssen reden.« Ich werfe einen Blick auf das Bett. »Über das, was passiert ist.«

»Wir hätten nicht tun sollen, was wir getan haben«, sagt er ohne zu zögern und geht aus dem Raum.

Ich kämpfe gegen den Drang an, ihm hinterherzulaufen und zu schreien, wie sehr ich zustimme, dass das, was wir getan haben, ein Fehler war. Aber das kann ich nicht. Wenn ich es ins Stadion schaffen will, muss ich mich beeilen.

Wütend putze ich meine Zähne. Zu allem Überfluss meldet sich dann auch noch die dumme Natur, so dass ich meinen Anzug wieder ausziehen muss, um mich darum zu kümmern.

Sobald ich wieder in Mr. Bloom bin und Wolfgang auf meiner Schulter sitzt, rede ich meinem Spiegel-Selbst kurz aufmunternd zu, dann nehme ich den Kopf des Bären und stampfe in den Hotelkorridor.

Als ich mich dem Aufzug nähere, sehe ich einen Käsekuchen, der darauf wartet, vom Zimmerservice abgeholt zu werden, und bei dem nur ein einziges Stück fehlt.

»Es wäre eine Schande, das Essen so verkommen zu lassen«, sage ich zu Wolfgang.

Meine Liebe, ein Kuchen aus Käse klingt wie Manna vom Himmel.

»Den kannst du nicht haben. Tut mir leid.« Ich drücke den Aufzugsknopf, setze meine Kopfbedeckung auf und schnappe mir den Kuchen. »Forschungen haben ergeben, dass Zucker das Gehirn von Ratten stärker abhängig macht als Kokain.«

Wolfgang quiekt.

Meine Liebe, jetzt habe ich Heißhunger auf einen Kuchen aus Kokain und Käse.

Der Aufzug öffnet sich, und das ältere Ehepaar darin begutachtet mein Outfit und meine Ratte mit einem kaum unterdrückten Lächeln. In der Hotellobby lachen einige Leute sogar leise, aber als ich draußen bin, scheint niemand auch nur mit der Wimper zu zucken. Alle tun so, als ob Clownbären mit Ratten auf den Schultern, die Käsekuchen tragen, in New York so normal sind wie himmelhohe Mieten.

Als ich am Stadion ankomme, lässt mich die Security ohne mit der Wimper zu zucken durch.

Interessant. Ich schätze, wenn ich ein verrückter Fan wäre, der ohne Eintrittskarte zum Spiel kommen will, müsste ich mir nur ein Maskottchenkostüm besorgen.

Als ich eine große Uhr entdecke, nehme ich Wolfgang an die Hand und renne los, wobei ich die Eishockeyfans, die mir im Weg stehen, zur Belustigung aller zur Seite schiebe.

»Hey«, sagt der Trainer, als er mich sieht. »Deine maßgefertigten Schlittschuhe sind fertig.« Er gestikuliert durch den Flur. »Sie stehen da drin auf der Bank.«

Mit geweiteten Augen betrete ich den besagten Raum. Das ist eine Umkleidekabine für Frauen. Wer hätte gedacht, dass es in der Welt des Eishockeys so etwas Grandioses gibt?

Weil ich es eilig habe, stelle ich den Kuchen ab und schiebe meine Füße schnell in die Schlittschuhe. Sie passen perfekt, genau wie Michaels Schwanz in meine Muschi.

Als ich wieder herauskomme, brennen meine Wangen immer noch, und ich bin froh über den Bärenkopf, der sie vor den Augen des Trainers verbirgt.

»Beeilen wir uns«, sagt er, als ich mit dem Kuchen herauskomme. »Du bist dran.«

Er begleitet mich zur Eisbahn und ich bin dankbar für mein früheres Training, denn so viele Leute auf der Tribüne zu sehen, ist gelinde gesagt nervenaufreibend.

»Halt den mal.« Ich gebe Coach den Kuchen. »Er ist für später.« Genauer gesagt für den Moment, wenn ich Michael sehe.

Ich gehe aufs Eis und ignoriere mein hämmerndes Herz, während ich mit dem Maskottchentanz beginne.

KAPITEL 15
MICHAEL

Als ich mit den Vorbereitungen fertig bin, sind alle meine Teamkollegen längst bereit, und der Trainer wartet darauf, eine Motivationsrede zu halten.

»Was dagegen, wenn ich diesmal einige Worte sage?«, frage ich ihn.

Er sieht überrascht aus, schüttelt aber den Kopf.

»Hört zu, Leute.« Ich nehme mit jedem Einzelnen von ihnen Blickkontakt auf. »Ich weiß, dass dieses Spiel technisch gesehen nicht zählt, aber ich bin hier, um euch zu sagen, dass es trotzdem zählt. Es ist eigentlich das wichtigste Spiel eures Lebens, denn alle erwarten, dass wir versagen, aber das werden wir verdammt nochmal nicht.«

Ich fahre mit einer Rede fort, die stark von einer inspiriert wurde, die das US-Eishockeyteam während der Olympischen Spiele 1980 erhielt, bevor es das viel stärkere sowjetische Eishockeyteam besiegte, was so unwahrscheinlich war, dass es als *Das Wunder auf dem Eis* bekannt wurde.

Denn wir brauchen hier unser eigenes Wunder.

Als ich fertig bin, jubeln alle, und das nicht sarkastisch, soweit ich das beurteilen kann.

»Ich glaube nicht, dass ich heute eine Rede halten werde«, sagt Coach mit einem Grinsen. »Nicht nach Michaels Worten.«

Isaac sieht aus, als hätte ich ihm ins Bier gepinkelt. Er hatte wahrscheinlich den Plan, den Kapitän zu spielen und einige Worte zu sagen.

Alle anderen jubeln wieder und wir machen uns auf den Weg zur Eisbahn.

Auf dem Weg dorthin versuche ich, mich genauso zu motivieren wie meine Teamkollegen, aber das fällt mir schwer. Bis jetzt ist alles so unglaublich schiefgelaufen. Verdammt nochmal, ich habe sogar meine Grundregel gebrochen: kein Sex vor einem Spiel. Und was noch schlimmer ist: Ein Teil von mir hat das Gefühl, dass es sich gelohnt hat, in Kalliope gewesen zu sein, selbst wenn wir verlieren sollten.

Trotzdem hätten wir das nicht vor einem Spiel tun sollen.

Ganz zu schweigen davon, dass es einfach zu gut war. Erschreckend gut.

»Mann, siehst du das?«, fragt Isaac und zeigt auf die Mitte der Eisbahn, was mich in die Realität zurückholt.

Mein Blick folgt seinem Finger, und meine Hände ballen sich zu festen Fäusten.

Das Teammaskottchen der Yetis – eine rotäugige,

affenähnliche Kreatur mit weißem Fell – schlägt dem Bärenanzug, in dem Kalliope steckt, ins Gesicht.

Die Welt verwandelt sich in einen roten Tunnel der Wut. Ich springe auf die Bahn und schließe die Lücke zu dem Yeti-Arschloch innerhalb von Sekunden. Dann knallt meine Faust so fest in das affenartige Gesicht, dass ich einen Kiefer unter all dem Plüsch spüre.

Mit seinen überlangen pelzigen Armen gleitet der Yeti zurück, bis er auf eine Wand trifft und zusammenbricht.

Die Leute auf der Tribüne lachen, weil sie wahrscheinlich denken, das gehöre zur Maskottchennummer.

»Was zum Teufel …?«, will Kalliope wissen und stützt ihre Bärentatzen auf die breiten Hüften ihres Outfits. »Warum hast du das getan?«

»Ich habe gesehen, wie er dich geschlagen hat.« Ich laufe zu dem gefallenen Yeti hinüber und stoße mit der Vorderseite meiner Kufen dorthin, wo bei einem Menschen der Hintern wäre. »Steh auf. Ich bin noch nicht fertig mit dir.«

Ich würde das Arschloch mit seinem Namen ansprechen, aber ich kann mich beim besten Willen nicht daran erinnern, wie er lautet – vorausgesetzt, es ist immer noch dieselbe Person wie damals, als ich im Team war.

»Es war nur ein Sketch«, zischt Kalliope. »Er kam zu mir, als ich eine Fotobombe machte, und schlug vor, dass wir uns gegenseitig bekämpfen.«

»Scheiße.« Ich fühle mich mehr wie ein Affe als der

Typ, den ich gerade geschlagen habe. Ich beuge ein Knie neben dem Yeti. »Geht es dir gut?«

»Bitte«, sagt er mit rauer Stimme. »Schlag mich nicht noch einmal.«

»Das wird er nicht«, sagt Kalliope beschwichtigend.

»Es war ein Missverständnis«, sage ich schroff. »Entschuldigung.«

Der Yeti setzt sich auf. »Schon in Ordnung. Nehme ich an. Hilfst du mir auf? Die Show muss weitergehen.«

Ich helfe ihm auf, und dann lässt mich Kalliope aus Rache über ein unsichtbares Seil fallen. Als mein Po auf dem Eis aufschlägt, lacht die Menge lauthals.

Nachdem ich aufgestanden bin, nähern sich Kalliope, und der Yeti von gegenüberliegenden Seiten, und weil sie ihre Hand hinter ihrem Rücken versteckt, kann ich den Moment vorausahnen, in dem sie mir einen Kuchen ins Gesicht werfen will – also weiche ich aus.

Der Kuchen knallt in das Gesicht des armen Yetis, und er bricht erneut zusammen.

»Warum hast du das getan?«, will Kalliope wütend wissen.

»Ich habe nie zugestimmt, dass du mich mit Torte bewerfen kannst, wann immer du willst.«

Ich helfe dem Mann wieder auf die Beine, aber er sagt mir, dass es ihm gut geht und er nur zum Spaß gefallen ist.

»Das war ein Käsekuchen, keine Torte«, erwidert Kalliope. »Und du hast es verdient, damit beworfen zu werden.«

»Da sind wir wohl verschiedener Meinung« Ich wende mich an das andere Maskottchen. »Ich lade dich nach dem Spiel auf ein Bier ein.«

»Nein danke«, sagt der Affe.

»Übersetzung«, sagt Kalliope, »er möchte dich nie wiedersehen.«

Eine Hand landet auf meiner Schulter. »Das Spiel fängt gleich an«, sagt Isaac.

»Tut mir leid«, sage ich noch einmal zu dem Yeti und schließe mich wieder meinen Teamkollegen an.

»Gute Arbeit, um die Ehre deiner Lady zu verteidigen«, sagt Dante unter seiner Torwartmaske.

»Ich war einfach in der Stimmung, jemanden zu schlagen«, knurre ich zurück. »Also würde ich an deiner Stelle ruhig sein.«

»Wie auch immer«, sagt Dante und sein Ton wird ernster, als er das gegnerische Team betrachtet. »Wo ist Tugev?«

Ich betrachte meine ehemaligen Teamkollegen, aber kann den fraglichen Mann nicht entdecken. »Seltsam. Ich sehe ihn auch nicht.«

»Das ist in Ordnung«, sagt Dante. »Ich habe ihn auf Video gesehen. Außerdem wird er beim Anspiel sein.«

Richtig. Wo wir gerade dabei sind.

»Es ist so weit.« Ich bewege mich zur Mitte der Eisbahn, wo der Schiedsrichter bereits wartet.

Aber dann kommt Noah Brown – ein kanadischer Spieler, von dem ich dachte, dass er in einem ganz anderen Team spielt – zum Anspiel.

»Wo ist Tugev?«, frage ich und merke dann, dass ich

zum ersten Mal in meinem Leben während eines Spiels gesprochen habe.

»Tugev hat aufgehört«, sagt Noah. »Du hast das nicht mitbekommen?«

Ich bin so fassungslos, dass ich den Puck nicht treffen würde, wenn der Schiri ihn jetzt loslassen würde. Dann überrollt mich eine Welle rechtschaffener Wut, die sich bereits zusammengebraut hat, als ich dachte, Kalliope würde geschlagen werden.

Wie kann es sein, dass Tugev nicht bei diesem Spiel dabei ist? Der springende Punkt war, dass …

Der Puck trifft auf das Eis.

Mein Instinkt meldet sich, ich nehme Noah den Puck ab und gebe ihn an Jack weiter, so wie es geplant war.

Ich lege meine ganze Frustration über Tugev in das Skaten und lande schnell bei Jason, auch bekannt als Freitag, der Torwart der Yetis, und wie es der Plan vorsieht, wird der Puck zu mir zurückgespielt.

Jason sieht bereit aus, aber das ist mir scheißegal. Ich täusche einen Schuss vor und schieße den Puck dann direkt zwischen seinen Beinen hindurch ins Tor.

Mein Team ist begeistert, und auf dem riesigen Bildschirm, auf dem das Spiel verfolgt werden kann, sieht man, wie Kalliope und die Ratte auf ihrer Schulter mit den Pfoten klatschen.

KAPITEL 16

KALLIOPE

Bis heute war ich ziemlich skeptisch gegenüber Eishockey, vor allem, was das Maskottchen einer Mannschaft betrifft. Ich weiß zum Beispiel weiterhin nicht, was der Unterschied zwischen einem Handgelenkschuss und einem Snapshot ist oder warum die Spieler eine fünfminütige Auszeit für die Art von Kampf bekommen, die außerhalb des Platzes eine Anzeige wegen Körperverletzung nach sich ziehen würde. Und doch sehe ich fasziniert zu, wie Michael und der Rest der Florida Bears gegen ihren viel stärkeren Gegner kämpfen.

Vor allem Michael ist großartig, besonders, als er ein Tor schießt.

Ich vergesse beinahe, dass ich wütend auf ihn bin, weil er gesagt hat, dass es ein Fehler war, mit mir zu schlafen. Und was noch schlimmer ist: Während ich ihm zusehe, möchte ich diesen Fehler wiederholen. Was verrückt ist. Es ist schon schlimm genug, dass sich unser vorgespieltes Daten manchmal echt anfühlt. Wenn ich noch mehr Orgasmen habe, wie die, die er mir letzte Nacht entlockt hat, wird die Grenze zwischen …

Der Klang einer Hupe verkündet das Ende des Spiels und der Spielstand lautet 3 für die Yetis und 4 für die Florida Bears.

Das heißt, wir haben gewonnen!

Das ganze Team türmt sich jubelnd auf Michael. Als sich alle männlichen Emotionen gelegt haben, laufe ich zu ihm hinüber und nehme meine Bärenmaske ab.

»Wir haben es geschafft!«, ruft er und beugt sich zu mir herunter, um mich leidenschaftlich zu küssen.

Oje. Die Geräusche um uns herum werden leiser, und ich verliere das Zeitgefühl. Erst als Michael sich zurückzieht, bemerke ich, dass uns die Kiss-Cam filmt und wir auf der riesigen Leinwand zu sehen sind. Es ging also nur um den Schein, wird mir klar.

Etwas in mir zieht sich zusammen, aber ich gebe mein Bestes, um die bizarre Enttäuschung abzuschütteln. »Herzlichen Glückwunsch.« Ich berühre meine Lippen. »Ich weiß, dass du diesen Sieg unbedingt wolltest.«

Seine Freude lässt sichtlich nach. »Ich wollte Tugev besiegen, aber der Bastard ist in den Ruhestand gegangen, bevor ich die Chance dazu hatte.«

Hm. »Ist er nicht der Besitzer des Teams?«

Michael nickt.

»Du hast sein Team geschlagen. Ich bin mir sicher, dass er darüber nicht begeistert ist.«

»Das ist nicht dasselbe«, sagt er grimmig.

Der Trainer kommt mit einem verzückten Gesichtsausdruck zu uns. »Das war tolle Teamarbeit. Hervorragend gespielt! Ich wusste immer, dass du es in dir hast.« Er klopft Michael auf die Schulter.

Er hat recht. Es *war* gute Teamarbeit, die für meinen Boo wohl so selbstverständlich war wie Yoga für einen Bären.

Michael nickt schroff. »Ohne dein Coaching hätte ich das nicht geschafft.«

Der Trainer winkt das ab und zwinkert mir zu. »Was ist mit unserem neuen Maskottchen?«, fragt er. »Bist du sicher, dass es nicht auch eine Inspiration war?«

»Sicher.« Michael wirft mir einen Blick zu. »Es hat mir klargemacht, dass es nicht schwieriger sein sollte, meinen Teamkollegen beizubringen, besser Hockey zu spielen, als einer Ratte das Einradfahren.«

»Dieser Sieg wird bei der Spendenaktion heute Abend helfen«, sagt Coach.

Michaels Miene verfinstert sich. »Das habe ich dir im Vertrauen gesagt.«

»Was für eine Spendenaktion?«, frage ich.

Der Trainer wendet sich mit einem übertrieben überraschten Gesichtsausdruck an Michael. »Du hast Kalliope nicht eingeladen?«

»Nein«, knurrt Michael. »Ich habe darüber nachgedacht, aber …«

»Warum gehst du zu einer Benefizveranstaltung?«, frage ich. »Ist es für dein geheimes Projekt?«

Das ist der einzige Grund, den ich mir vorstellen kann, warum er mich nicht mit einbeziehen will. Oder der einzige Grund, der meine Gefühle nicht verletzt. Es sei denn, er hat vor, jemand anderen mitzunehmen? Jemanden, der kleine Schlittschuhe trägt? Nein. Er würde es nicht riskieren, unseren Plan zu ruinieren und von den Paparazzi entdeckt zu werden. Aber allein der Gedanke daran macht mich krank.

»Ja.« Michael schaut verstohlen zu den Leuten, die die Tribüne verlassen. »Ich muss etwas Geld auftreiben … und ich könnte deine Hilfe gebrauchen.«

»Meine Hilfe?« Ich schaue Wolfgang an, als ob er das besser verstehen könnte.

Meine Liebe, sag Ja. Spendenaktionen bedeuten Horsd'œuvres, und das bedeutet viel, viel köstlichen Parmesan.

»Ich bin nicht gut im Umgang mit Menschen«, sagt Michael und untertreibt damit gewaltig. »Wenn du mitkommen würdest, würde alles besser laufen.«

Hm. Es ist seltsam nett von ihm, das zu sagen. »Ist es eine protzige Veranstaltung?«, frage ich.

Er nickt.

Ich beiße mir auf die Lippe. »Ich habe nichts zum Anziehen.«

»Ich besorge dir, was du brauchst.« Seine Augen

glänzen so heiß, dass ich weiß, dass die Kleidung, die er sich gerade vorgestellt hat, nicht viel von meiner Haut bedecken würde.

Besagte Haut erhitzt sich bei dem Gedanken, aber ich halte mein Gesicht neutral. »Wenn das so ist, dann machen wir einen Deal«, sage ich freundlich. »Du sagst mir, was das Projekt ist, und ich begleite dich.«

Meine neueste Vermutung: Er will DNA aus den Bäuchen alter Stechmücken nehmen und damit eine ausgestorbene Säbelzahnpandaart zurückbringen.

Michael und Coach tauschen Blicke aus.

»Ich dachte, du hast es ihr schon erklärt, als du ihr die Schlittschuhe gegeben hast«, sagt der Trainer.

Die verdächtig kleinen und femininen Schlittschuhe, an die ich gerade gedacht habe. Die, bei denen ich dachte, dass eine Frau im Spiel sein könnte. Aber ich sehe keine Verbindung zu einem geheimen Projekt. Es sei denn … bevorzugen Pandas Frauen gegenüber Männern?

»In Ordnung«, knurrt Michael. »Aber das sollte eine private Angelegenheit zwischen uns sein.«

Wie die Tatsache, dass wir miteinander geschlafen haben? »Sicher.«

Er betrachtet die Leute, die noch dabei sind, das Stadion zu verlassen. »Gehen wir zurück in unser Hotelzimmer, ich erkläre es dir dort. Danach gehen wir einkaufen.«

»Okay«, sage ich, obwohl meine Neugierde jetzt ein tödliches Niveau erreicht hat. »Wir sehen uns dort.«

Sobald ich wieder in unserer Flitterwochensuite angekommen bin, springe ich unter die Dusche, um mir den unladyliken Bärenanzugschweiß von den Armen zu waschen. Dann kümmere ich mich um meine Haare und mein Make-up, bis es an der Badezimmertür klopft.

»Eine Sekunde.« Ich ziehe mir einen Bademantel über und stoße mit Michael zusammen, als ich herauskomme.

Verdammt. Sein Haar ist zerzaust und er riecht frisch geduscht, was bedeutet, dass er das in der Umkleidekabine erledigt haben muss.

»Wann gehen wir einkaufen?«, fragt er mit einem unleserlichen Gesicht.

»Nicht so schnell. Du hast versprochen, es mir zu sagen.«

Seufzend geht er zum Essbereich und setzt sich. »Können wir wenigstens reden, während wir auf den Zimmerservice warten? Ich bin am Verhungern.«

»Gut.« Ich rufe an und bestelle für alle, auch für meine Rattencrew. Dann schaue ich Michael an. »Jetzt … müssen wir reden.«

Sein Blick wandert zum Bett. »Über einige Dinge.«

Scheiße. Ich glaube, ich erröte. »Wir müssen nicht darüber reden, was dort passiert ist. Du hast gesagt, dass es ein Fehler war, und ich widerspreche dir nicht.«

Zumindest mein Gehirn nicht. Meine anderen

Organe, vor allem meine Vagina und mein Herz, sind sich da nicht so sicher.

»Ich wollte sagen, dass wir das, was wir getan haben, nicht vor dem Spiel hätten tun sollen«, sagt er. »Aber hey, wir haben gewonnen, also schätze ich …«

»Netter Versuch. Ich bin mir ziemlich sicher, dass du *Fehler* in einem weiter gefassten Sinne gemeint hast. Und du hattest recht.«

Er knirscht mit den Zähnen. »Und warum war das so ein Fehler?«

»Weil wir nicht wirklich zusammen sind und ich nicht auf zwanglose Ficktreffen stehe.« Und es wäre sinnlos, uns wirklich zu daten, denn das würde nur so lange andauern, bis er meine Familie kennenlernt.

»Wir arbeiten auch zusammen«, sagt er. »Und du hasst mich.«

»Nein, du hasst mich«, kontere ich.

»Nein, du …«

Es klopft an der Tür, und es stellt sich heraus, dass es der Zimmerservice ist.

Ich füttere die Ratten zuerst, und wie immer verlangt Lenin erst einen Nachschlag, und dann noch einen.

Towarischtsch, wir Proletarier-Ratten machen die ganze harte Arbeit, was natürlich den Appetit steigert.

»Gut.« Ich gebe ihm eine ganze Babykarotte, und das scheint ihn ruhigzustellen, zumindest für den Moment.

Als ich zum Tisch zurückkehre, wo meine Tacos auf mich warten, lächele ich über die Geschwindigkeit, mit der Michael den Großteil seines Lachses mit Quinoa verschlingt.

»Also«, sage ich, nachdem er auch ein ganzes Glas Tomatensaft in einem Zug hinuntergeschüttet hat. »Was ist das geheime Projekt?«

»Also«, er sieht nachdenklich aus, während er den Rest seiner Mahlzeit verschlingt, »das Projekt soll anderen das Glück bringen, das ich selbst hatte.«

Er scheint mit seiner Erklärung fertig zu sein, aber ich habe keine Ahnung, was er meint, und das sage ich ihm auch.

Er seufzt. »Ich möchte Kindern in Waisenhäusern die Chance geben, Hockey – oder andere Sportarten – zu spielen, und ihnen so den Weg in ein besseres Leben zu ebnen.«

Mein Kopf dreht sich. Unter all den Dingen, die ich mir vorgestellt habe, war das hier nicht einmal ansatzweise dabei – nicht nur, weil es nichts mit Pandas zu tun hat. Das hier ist eine wirklich gutherzige Sache, und diese Wortkombination kommt mir nicht in den Sinn, wenn ich an Michael denke.

Als ich merke, dass er mich erwartungsvoll anschaut, sage ich: »Wow. Das ist toll. Wie läuft es?«

»Nicht so gut. Bis jetzt konnte ich nur Kindern aus Florida helfen, und auch das nur dank Coach. Er war derjenige, der die Ligaleitung dazu gebracht hat, meinen Kindern den Zugang zur Eishalle und zur alten Ausrüstung zu ermöglichen. Alles, was sie darüber hinaus brauchten, habe ich mit meinem eigenen Geld und dem einiger Sponsoren gekauft, die ich bisher gefunden habe.«

Oh. Die kleinen Schlittschuhe, die er mir gegeben hat, waren also für Kinder gedacht, nicht für Frauen? Die Erleichterung, die ich empfinde, ist ziemlich lächerlich und sollte darauf zurückgeführt werden, wie sexy Michael ist, wenn er isst. Und atmet.

»Wie auch immer«, fährt er fort, »ich möchte das, was ich bisher gemacht habe, drastisch ausweiten. Es muss eine richtige Stiftung werden, die Kindern auf der ganzen Welt helfen kann, aber dafür braucht man viel Geld. Deshalb habe ich mich an Leute gewandt, von denen ich denke, dass sie helfen könnten.«

»Ich werde helfen, wo ich kann.« Ich werfe einen Blick auf meine Ratten, als mir eine Idee in den Sinn kommt. »Wenn du möchtest, kann ich meine kleine Truppe mitbringen und bei der Spendenaktion eine Show veranstalten, um die Leute anzulocken. Wenn sie kommen und zuschauen, können wir ihnen von deiner Stiftung erzählen.«

Seine Augen leuchten. »Das würdest du tun?«

»Klar.« Ich bin immer froh über jede Ausrede, um eine Vorstellung zu geben.

»Das wäre toll«, sagt er. »Das löst mein größtes Problem: auf Leute zuzugehen, die ich nicht kenne. So werden sie zu mir kommen.«

Ich lächele. »Bitte schau mich nicht so dankbar an. Es könnte Menschen geben, die keine Fans von Ratten sind.«

»Keine Fans von Ratten?« Sein Gesichtsausdruck

ist spöttisch entsetzt. »Sie müssen innerlich tot sein. Solche herzlosen Menschen hätten sowieso nicht für meine Stiftung gespendet, also spart es die Zeit, sie herauszufiltern.«

»Dann ist es abgemacht.« Ich stecke mir den letzten Bissen Taco in den Mund. »Und jetzt lass uns einkaufen gehen.«

KAPITEL 17
MICHAEL

»**D**as hier?« Kalliope lässt ein trägerloses schwarzes Cocktailkleid vor ihrem Körper baumeln. »Oder das?« Sie tauscht das schwarze gegen ein rotes aus, das noch kürzer zu sein scheint und bei dem hinten mehr Stoff fehlt.

Meine Nasenlöcher beben. Ich werde hart davon, sie mir in den beiden Outfits vorzustellen, was es mir erschwert, eine Entscheidung zu treffen. »Warum probierst du sie nicht an?«

Scheiße. Ich habe quasi um eine private Stripshow gebeten, also erwarte ich, dass sie mir sagt, dass ich das vergessen kann.

»Das ist eine tolle Idee.« Sie eilt zur Umkleidekabine und nimmt unterwegs noch einige Kleider mit.

Während ich warte, positioniere ich heimlich meine Beine so, dass mein Ständer nicht so sehr auffällt – und ich bin froh darüber, denn als sie in dem kurzen schwarzen Kleid herauskommt, braucht mein Schwanz den zusätzlichen Platz, und das nicht zu knapp.

Sogar Wolfgang, den sie neben mir gelassen hat, scheint zu pfeifen.

Und das, bevor sie sich dreht und mir einen Blick auf ihren schlanken Rücken und ihren perfekten Hintern gewährt.

»Was denkst du?«, fragt sie schüchtern.

»Du siehst großartig aus, *ptichka*«, sage ich, und meine Stimme klingt heiser. »Du wirst eine Menge Leute anziehen, ohne dass du eine Rattenshow brauchst.« Und ich werde ihnen allen ins Gesicht schlagen.

Ihre Wangen werden rosa. »Danke. Soll ich einfach das hier nehmen?«

»Nein«, sage ich viel zu eifrig. »Lass uns auch die anderen anschauen.« Selbst wenn das bedeutet, dass meine Eier zu blauem Staub explodieren könnten.

Das rote Kleid entblößt noch mehr von ihrer milchigen Haut, und ich ertappe mich dabei, wie ich das Kompliment murmele, weil mir mein Schwanz nicht mehr ausreichend Blut lässt, damit meine Zunge richtig arbeiten kann.

Von da an wird es nur noch schlimmer. Oder besser, je nachdem, wie ich es betrachte. Das weiße Kleid ist kürzer als die anderen. Das silbrig glänzende drückt ihre Brüste nach oben.

»Welches ist dein Favorit?«, fragt sie.

»Es ist schwer, sich zu entscheiden.« Ich will sie alle haben, aber nicht für die Spendenaktion. Meine neue

Fantasie ist es, dass sie jedes dieser Kleidungsstücke für mich trägt, ganz privat in meinem Schlafzimmer. »Du lässt sie alle fantastisch aussehen.«

Nur eines auszuwählen ist so, als müsste ich mich entscheiden, welches meiner Eier mein Lieblingsei ist.

»Aber wenn du einen Favoriten wählen müsstest?« Erwartungsvoll lässt sie zwei Kleider in ihren Händen baumeln.

»Rot?« Es ist zweifellos die Farbe, die ihre kommunistische Ratte namens Lenin wählen würde, wenn sie hier wäre.

Sie runzelt die Stirn. »Ich glaube, ich mag das Schwarze lieber.«

Ich ziehe eine Augenbraue in die Höhe. »Schwarz steht dir fantastisch. Wie ich schon sagte, tun sie das alle.«

»Ja, aber du magst Rot mehr.« Sie winkt der Verkäuferin zu. »Ich glaube, ich sollte noch einige Kleider anprobieren.«

Und ja, sie probiert noch mehr an. Wenn meine Fantasienbank eine echte Bank wäre, müsste sie jetzt einige neue Filialen eröffnen.

Könnte sie mich damit ärgern? Ist das ein Versuch, mich zu verführen?

Wenn Letzteres der Fall ist, hat sie es bereits mit Kleid Nummer eins geschafft. Im Moment weiß ich nicht einmal mehr, warum es eine schlechte Idee wäre, sie zu ficken – vor allem, weil ich weder morgen noch in nächster Zeit ein Spiel habe.

Nein. Ich glaube, es ist das Wunschdenken meines

Schwanzes, das mich glauben lässt, dass dies eine Verführung ist. Sie …

»Und jetzt?«, fragt Kalliope. »Hast du einen Favoriten?«

Das hört sich langsam nach einer Fangfrage an. »Kann ich das Schwarze noch einmal sehen?«

Mit einem zustimmenden Nicken verschwindet sie in der Umkleidekabine, und ich warte mit angehaltenem Atem und einem harten Schwanz.

Als sie herauskommt, sehe ich mir das Kleid an, als würde ich es zum ersten Mal sehen. »Das ist es«, sage ich feierlich. Und damit meine ich, wenn ich sie mir von nun an vorstelle, wird sie entweder dieses Kleid tragen – oder, was wahrscheinlicher ist, überhaupt nichts.

Sie strahlt mich an. »Wer hätte gedacht, dass du so einen guten Geschmack hast?«

Als wir ins Hotelzimmer zurückkehren, habe ich nur noch Zeit, mich kalt zu duschen und mich umzuziehen. Dann klopfe ich auf Kalliopes Anweisung, bevor ich das Bad verlasse, *falls sie nicht angemessen angezogen ist.*

Scheiße. Der Gedanke daran, was das bedeuten könnte, macht alle Vorteile der kalten Dusche zunichte.

»Komm heraus«, sagt sie.

Als ich die Suite betrete, hat sie sich von dem

riesigen Spiegel abgewandt, dank dem ich sie von vorn und hinten sehen kann.

»Wow«, sage ich in der Untertreibung des Jahrhunderts.

Ihre Wangen sind gerötet. »Du hast mich schon im Laden gesehen.«

Sollte ich ihr sagen, dass ich sie noch eine Million Mal in diesem Kleid sehen könnte und immer noch die gleiche Überreaktion hätte?

»Du hattest dir im Laden noch nicht die Haare gemacht«, sage ich vorsichtig. »Das sorgt für den Wow-Effekt.« Und sie trägt ihr Haar in einer Hochsteckfrisur, die ihren langen, zarten und sehr küssbaren Hals entblößt.

Sie strahlt mich an. »Du siehst auch nicht so schlecht aus, Boo.« Sie kommt zu mir und ergreift meine Krawatte. »Lass mich sie richten«

Während sie die verrutschte Krawatte fixiert, kämpfe ich gegen den überwältigenden Drang an, ihr das Kleid vom Leib zu reißen und sie zu dem riesigen Bett zu tragen.

»So ist es besser.« Sie klimpert hübsch mit den Wimpern. »Jetzt können wir gehen.«

Gehen ist das Letzte, was ich tun möchte, aber wir sind bereits spät dran. Außerdem würde sie nicht wollen, dass ich sie mit ins Bett nehme. Sie steht nicht auf zwanglose Ficktreffen, und ich bin mir nicht sicher, ob wir die Zeit haben, eine richtige Beziehung zu beginnen. Nicht, dass Letzteres eine gute Idee wäre. Wenn wir uns wirklich daten würden, würde sie mich in dem Moment, in dem ich anfange, mich für sie zu interessieren, verlassen, genau wie alle anderen in meinem Leben. Nein, es ist besser …

»Hier.« Sie drückt mir die Rattentransportbox in die Hand. »Mach dich nützlich.«

Dann kramt sie in ihrem Koffer und holt einige Reifen *zum Durchspringen für die Ratten*, Bälle *zum Balancieren für die Ratten*, ein Einrad, einen kleinen Fußball und zwei Torpfosten heraus.

»Sollte das nicht ein Puck sein?« Ich zeige auf den Fußball.

Sie zuckt mit den Schultern. »Ich habe ihnen das Fußballspielen beigebracht, bevor ich wusste, dass ich eine Hockeykarriere haben würde.« Sie verstaut das ganze Trickzubehör in einer Tasche und tauscht sie gegen den Träger in meinen Händen aus. »Gehen wir.«

———

»Also«, sage ich, während wir nebeneinander in einem Uber sitzen. »Du wusstest nicht, dass du eine Eishockeykarriere haben würdest?«

Sie schüttelt den Kopf. »Ich habe als Figur in Freizeitparks gearbeitet, aber dann wurde ich aus diesem Bereich ausgeschlossen, also habe ich den Maskottchenauftritt angenommen. Was ich aber wirklich will, ist, mit Rattenshows meinen Lebensunterhalt zu verdienen.«

»Wirklich?« Ich werfe einen Blick auf die Rattentransportbox. »Warum?«

Sie denkt etwa einen Block lang über meine Frage nach. »Historisch gesehen haben Ratten eine schlechte PR und wurden für Dinge wie die Verbreitung der Pest verantwortlich gemacht.«

»Ist das schlechte PR?«, frage ich. »Ich dachte, dass sie wirklich die Pest verbreitet haben.«

Sie schüttelt den Kopf. »Neuere Studien haben diese Theorie entkräftet. Es waren Menschen, die sie verbreitet haben, nicht Ratten.«

Ich zeige Wolfgang ein entschuldigendes Nicken. »Das habe ich nicht gewusst.«

»Nur wenige Menschen wissen das. Die Realität ist, dass Ratten niedliche und intelligente Kreaturen sind. Wenn es um das Zusammenleben mit Menschen geht, sind sie den Katzen in jeder Hinsicht überlegen, aber die schlechte PR sorgt dafür, dass sie nicht annähernd so verbreitet sind wie Katzen. Noch schlimmer ist, dass Menschen Dinge wie Rattenfallen und Rattengift herstellen, die schrecklich sind.«

Ich nicke. »Deine Shows sollen Ratten in ein positiveres Licht rücken?«

»Genau. Mein Ziel ist es, die großartige Arbeit zu unterstützen, die Pixar mit *Ratatouille* begonnen hat. Eine Arbeit, die von Nagetierhelden wie der Pizza-Ratte fortgesetzt wurde.«

Ich werfe einen Blick auf die Straßen von New York und erwarte fast, dass ich in diesem Moment eine Ratte mit einem Pizzastück sehe. »Ich denke, das verstehe ich.«

Ich selbst habe auch schon schlechte PR

bekommen – auch wenn ich sie in meinem Fall vielleicht sogar verdient habe.

»Also«, sage ich, »wenn du eine Show hättest, was würden die Ratten dann machen?«

Während der restlichen Fahrt erzählt sie mir das bis ins kleinste Detail, und mir wird etwas klar, was ich mir nie hätte vorstellen können.

Ich würde gerne ihre Rattenshow sehen.

————

Die Spendenaktion ist so schick, wie es nur in New York möglich ist. Wenn es ein Thema gäbe, dann wäre es *alter Geldadel* oder auch *Snobismus*. Die meisten Frauen tragen Perlen, die sie anscheinend sehr gerne umklammern, und die Männer haben alle eine für Eishockey seltene Kombination aus weichen Händen und nie gebrochenen Nasen.

Allein der Gedanke daran, mit einem dieser Menschen ein Gespräch zu beginnen, lässt meinen Blutdruck viel mehr in die Höhe schnellen, als wenn ich mit einem Schwergewichts-Champion in den Boxring steigen müsste.

»Lass uns hier aufbauen.« Kalliope zeigt auf einen der langen Tische in der Mitte des Raumes.

»Sicher.«

Ich bin froh, eine Ausrede zu haben, um das Plaudern zu verschieben, also trage ich die Tasche mit den Rattenutensilien zum Tisch und sehe zu, wie Kalliope alles aufbaut.

»Jetzt ziehe ich mein Ding durch, und die Leute kommen hoffentlich vorbei«, sagt sie.

Auf ihr Drängen hin spielen die Ratten Fußball – eine Aktivität, die ich gewählt habe, weil es eine Sportart ist und ich deshalb meine Stiftung erwähnen kann.

Ein paar Leute versammeln sich und schauen fasziniert zu, bis die Vorstellung zu Ende ist und Marco – oder vielleicht Polo – das letzte Tor schießt.

»Das war unglaublich«, sagt einer der Männer und wendet sich an seine Frau. »War es das nicht, Sugar?«

Ich öffne den Mund, um irgendwie über die Spendenaktion zu reden, aber Sugar kommt mir zuvor, als sie fragt, ob Kalliope eine Visitenkarte hat.

»Nein«, antwortet Kalliope. »Entschuldigung. Hier geht es nicht um mich.« Sie nickt mir zu. »Der Auftritt war ein Mittel, um auf Michaels Stiftung aufmerksam zu machen.«

Alle drehen sich in meine Richtung und ich beginne mit der Rede, die ich schon so oft in meinem Kopf geprobt habe. Zu meinem Entsetzen sind sie nicht nur interessiert, einige zücken sogar ihr Scheckbuch – darunter auch Sugars Mann.

»Da das nun geklärt ist«, sagt Sugar und wendet sich an Kalliope, »wie erreiche ich Sie, falls ich Sie für so eine Show engagieren will?«

Kalliope schreibt ihre Nummer auf eine der Servietten in der Nähe.

»Danke«, sagt Sugar und verschwindet.

»Verdammt«, sage ich. »Du bekommst deine Show vielleicht früher, als du dachtest.«

Kalliope schüttelt den Kopf. »Ich möchte in Theatern oder Zirkussen auftreten. Sugar hat offensichtlich ein privates Ereignis, wie einen Geburtstag, im Sinn.«

»Trotzdem. Vielleicht hat sie einen Gast auf ihrer Veranstaltung, dem ein Theater oder ein Zirkus gehört.«

»Wie wäre es, wenn wir uns erst einmal auf dich konzentrieren?« Kalliope beginnt wieder mit dem Fußballspiel, das diesmal noch mehr Zuschauer anzieht.

»Seid ihr Honey und Boo Boo?«, fragt eine Dame, als der Auftritt vorbei ist.

»Ja«, sagt Kalliope. »Obwohl wir nicht wirklich auf diese Spitznamen hören.«

Das Wissen, dass wir Prominente sind, öffnet die Scheckbücher der Leute noch schneller, und obendrein vergibt Kalliope noch zwei Servietten mit ihrer Nummer.

Ungefähr zu der Zeit, als wir eine dritte Menschenmenge versammeln, kommt eine Person vorbei, bei der ich zweimal hinschaue.

Er ist jemand, von dem ich erwartet hatte, ihn früher am Tag zu sehen.

»Tugev«, stoße ich hervor. »Was machst du hier?«

Er und sein Date schauen von den Ratten auf, und er tut so, als würde er mich zum ersten Mal sehen.

»Mi… Medvedev?«, sagt er, und seine Augen weiten sich.

Mein Kiefer zuckt. Ich weiß, dass er ursprünglich *Mischa*, sagen wollte, aber sich entschieden hat, keine Beleidigung auszusprechen, die zweifellos eine Szene verursachen würde.

»Was machst du denn hier?«, fragt er.

»Ich habe zuerst gefragt.« Ich verschränke die Arme vor der Brust. »Und wenn wir schon Fragen stellen, warum warst du nicht beim Spiel?«

»Ich habe ihn hierhergeschleppt«, sagt sein Date mit einem Grinsen. Dann streckt sie mir ihre schlanke Hand entgegen. »Hallo, ich bin Sophia. Du kennst Mason sicher vom Hockey.«

»Nenn mich Michael.« Ich schüttele ihre Hand. »Hast du ihm auch verboten, vorhin zu spielen?«

»Ich habe nicht gespielt, weil ich im Ruhestand bin«, knurrt Tugev.

Ist das wahr? »Wie praktisch. Gerade als ich dir auf dem Eis in den Hintern treten wollte, ziehst du dich zurück.«

»Ach, bitte«, sagt er spöttisch. »Wäre ich dabei gewesen, hätten du und dein Team verloren.«

Er meint: »Herzlichen Glückwunsch zu eurem Sieg«, sagt Sophia.

»Ich habe es ernst gemeint«, sagt Tugev zu ihr. Als er sich in meine Richtung dreht, fügt er zähneknirschend hinzu: »Ich war beeindruckt von eurer Teamarbeit. Oder besser gesagt, dass du überhaupt eine geschafft hast.«

Ist das ein Kompliment oder eine Beleidigung?

In diesem Moment schießt Lenin das letzte Tor und Kalliope schaut vom Rattenspiel auf.

»Hey«, sagt sie und schaut zu Tugev. »Bist du nicht der Typ, den Michael heute schlagen wollte?«

Tugev grinst. »Ich wusste nicht, dass ich ihm so wichtig bin. Ich fühle mich geehrt.«

Ich balle meine Hände zu Fäusten. »Das hättest du wohl gerne. Aber du hast gleich die Ehre, Bekanntschaft mit meinen Fäusten zu machen, wenn ...«

Kalliope legt eine beruhigende Hand auf meine Schulter. »Hast du ihm von deiner Stiftung erzählt? Da ihr euch beide so sehr für Hockey interessiert, könnte er der perfekte Sponsor sein.«

»Welche Stiftung?«, fragt Sophia und sieht wirklich fasziniert aus.

Tugev sagt nichts, aber er hebt sehr spitz eine Augenbraue.

»Noch nicht.« Ich knirsche mit den Zähnen, denke an die Kinder und beginne mit meiner Rede. Ich stelle mich sogar auf das Publikum ein und betone, dass es mir darum geht, mit Hockey als Sportart und Russland und den ehemaligen Sowjetrepubliken als Rekrutierungsorte zu beginnen.

»Das ist toll«, sagt Sophia und stößt Tugev mit dem Ellenbogen an.

»Ich stimme zu«, sagt er. »Erzähl mir mehr.«

Geschockt von dieser Wendung der Ereignisse, rede ich eine Weile und muss zugeben, dass Tugev einige intelligente Fragen stellt. Bald empfehlen er und Sophia mir ihren Anwalt, schlagen mir Leute vor, die im Stiftungsrat mitarbeiten könnten, und laden mich zu weiteren Veranstaltungen ein, bei denen ich Spenden sammeln kann.

»Hast du mit Orehov darüber gesprochen?«, fragt Tugev gegen Ende.

»Warum?«

Orehov ist ein seltsamer Eishockeyspieler, und es gibt hartnäckige Gerüchte, die ihn mit der russischen Mafia in Verbindung bringen. Ich habe keine Ahnung, ob die Gerüchte wahr sind, aber das eine Mal, als er sich mit jemandem auf dem Eis geprügelt hat, ist der Typ danach verschwunden.

»Es heißt, er habe viele Verbindungen nach Russland«, sagt Tugev. »Die könnten nützlich sein, wenn du den Kindern dort helfen willst.«

»Ich glaube, ich komme auch ohne ihn zurecht«, sage ich. »Ich bekomme regelmäßig Briefe von russischen Fans, also würde ich sie um Hilfe bitten.« Denn das Letzte, was ich will, ist, die Hilfe für Kinder mit einem Hauch von russischer Mafia zu vermischen.

»Was immer für dich am besten funktioniert.« Tugev greift in seine innere Jackentasche und holt sein Scheckbuch heraus. »Das hier ist nur der Anfang.« Er füllt den Scheck aus und gibt ihn mir.

Als ich die Zahl sehe, weiten sich meine Augen. Das ist mehr Geld, als jemals jemand für meine Sache gespendet hat, selbst wenn man alles zusammenzählt und einige Nullen hinzufügt. Ich denke, das war zu erwarten. Immerhin ist Tugev ein Milliardär, aber ...

Das laute Keuchen aus Kalliopes Mund ist unheimlich sexy. Sie hat die obszön hohe Zahl auch bemerkt.

»Das wird vielen Kindern helfen«, sage ich berührt und schaue Tugev an. »Danke, Mason.«

Er gibt mir eine Visitenkarte. »Wie ich schon sagte, ist das nur der Anfang. Wir sollten reden, wenn der Fonds etwas gewachsen ist und ich einen größeren Beitrag leisten könnte.«

Überwältigt von dieser Aussicht auf einen noch größeren Scheck nicke ich und beobachte, wie er und Sophia gehen, um sich unter die anderen Leute zu mischen.

»Glaubst du, er hat das getan, weil er sich schlecht fühlt, das Spiel verpasst zu haben?«, fragt Kalliope.

Ich zucke mit den Schultern. »Wenn das der Fall ist, bin ich froh, dass er in den Ruhestand gegangen ist. Dieses Geld ändert alles.«

Sie drückt meine Schulter. »Lass uns das Eisen schmieden, solange es heiß ist.«

»Sicher.«

Die Rattenshow wird fortgesetzt, und wir kehren in den Fundraising-Modus zurück, der jetzt, wo ich den riesigen Scheck habe, irgendwie viel reibungsloser läuft. Es ist, als ob die Menschen den Erfolg spüren und von ihm angezogen werden. Das – oder ich bin besser im Umgang mit Menschen, wenn der Druck weg ist. Ich verliere sogar den Überblick über die

Schecks, die ich bekomme, und dann, gerade als die letzte Gruppe den Raum verlässt, tritt eine Frau an das Podium vorn im Raum und tippt auf das Mikrofon.

»Der Tanzwettbewerb beginnt gleich«, sagt sie. »Aber wir haben zu wenig Tänzer. Möchte sich jemand freiwillig melden?« Sie schaut uns direkt an. »Besonders jemand, der eine virale Sensation ist?«

Ich schüttele den Kopf.

Kalliope macht das Gleiche.

»Oh, seien Sie nicht schüchtern«, sagt die Frau. »Ich bin mir ziemlich sicher, dass wir eine Menge Geld sammeln werden, wenn Sie mitmachen – und es kann an einen Zweck Ihrer Wahl gehen.«

»Auch wenn es sein Fonds ist?« Kalliope zeigt auf mich.

»Klar«, sagt die Frau.

Scheiße. Werden wir das wirklich tun?

Wahrscheinlich nicht. Kalliope sieht immer noch unsicher aus. »Ich kann meine Ratten nicht alleine lassen«, sagt sie.

»Ich passe auf sie auf«, sagt die Frau, und sie muss eine Menge Botox haben, denn sie schafft es, ihre Nase zu rümpfen, ohne Falten zu verursachen.

»Ich spende hundert Riesen, wenn ihr tanzt«, sagt Sophia, und ihre Augen glitzern schelmisch. »Ich bin mir sicher, dass andere Leute noch großzügiger sein werden.« Sie nickt ihrem Date zu.

Andere Leute schließen sich ihr dabei an, uns unter Druck zu setzen, und versprechen ebenfalls Spenden. Außerdem kommt laut der ersten Frau, die uns vorgeschlagen hat, daran teilzunehmen, zusätzliches Geld von dem Menschen, die sich den Tanzwettbewerb online ansehen.

»Wir sollten es tun«, flüstert Kalliope mir ins Ohr. »Die Kinder können das Geld gebrauchen.«

»Tugevs Scheck sorgt dafür, dass wir nichts tun müssen, was wir nicht tun wollen«, flüstere ich zurück. »Du hast schon so viel geholfen. Ich bezweifele, dass ich allein auch nur einen Bruchteil dieser wahnsinnigen Summe zusammenbekommen hätte.«

Ihre Lippen streichen sanft über mein Ohr, als sie flüstert: »Zusammen zu tanzen würde auch helfen, unsere Scharade zu verkaufen. Echte Paare tanzen.«

Verdammt. Wie ein Eiskunstläufer strecke ich theatralisch meine Hand aus. »Möchtest du tanzen?«

Aus unerfindlichen Gründen errötet sie, nimmt meine Hand und wir gehen zur Tanzfläche, wo sich die Freiwilligen zu uns gesellen, die die Dame vorhin erwähnt hat.

»Was ist mit Ihnen beiden?«, fragt sie Tugev und Sophia. »Werden Sie mitmachen?«

Sie tun es. Genauso wie ein weiteres Paar und danach noch einige mehr.

Während wir auf die Musik warten, merke ich, dass mein Herz hämmert – und das nicht nur wegen Kalliopes Nähe oder der Tatsache, dass ihre schlanke Hand in meiner liegt. Es stört mich auch nicht, dass dieser Auftritt live gestreamt wird. Nein. Es hämmert aufgrund einer verspäteten Erkenntnis.

Ich will, dass diese falsche Beziehung zum Maskottchen meines Teams echt ist.

KAPITEL 18
KALLIOPE

ne More Time von Daft Punk dröhnt aus den Lautsprechern um uns herum, und wir fangen an, uns zu bewegen, was mich an die Zeit erinnert, als Michael vor kurzem noch in mir war. Oder vielleicht ist es nicht nur eine Rückblende. Vielleicht will ich ihn wieder dort haben? Ich weiß nur, dass ich vor den vermögendsten Leuten New Yorks unnatürlich erregt bin, und Michaels kraftvoller Körper, der sich neben mir bewegt, hilft mir nicht im Geringsten.

»Du bist eine gute Tänzerin«, murmelt er in mein Ohr.

»Es geht um Gleichgewicht und Rhythmus«, keuche ich in seines. »Und du selbst bist auch nicht gerade ein schlechter Tänzer.« Und damit meine ich, dass er Sex auf einem Hockeyschläger ist.

Schmunzelnd bewegt er seinen Körper noch

sinnlicher, während ich bete, dass meine Reaktion auf ihn in meinem Tanga bleibt.

Als das Lied endet, werden die Tänzerinnen und Tänzer bewertet, wobei das Paar, das uns am nächsten ist, die höchste Punktzahl erhält.

Michael beugt sich vor, und ich erwarte fast, dass er mich küsst, aber stattdessen spricht er leise in mein Ohr. »Dieser Tanzwettbewerb ist eine Chance, Tugev zu schlagen.«

Ich runzele die Stirn. »Auch nach all dem Geld, das er den Kindern gegeben hat?«

Er zuckt mit den Schultern. »Das hier ist ein Wettbewerb. Irgendjemand muss ihn gewinnen. Warum nicht wir?«

»Das macht Sinn.«

Wie nennt man das weibliche Äquivalent von blauen Eiern? Blaue Vulva? Ich frage für eine Freundin.

Der nächste Tanz ist noch heißer, und wir bekommen die höchste Punktzahl. Leider siegen Sophia und Tugev in der darauffolgenden Runde, und den Blicken nach zu urteilen, die die beiden Männer austauschen, ist Tugev genauso wettbewerbsaffin wie Michael.

»Wir brauchen mehr Sexiness-Punkte in der nächsten Runde«, sagt Michael.

»Wie?« Und ist das eine gute Idee? Ich bin nur einige solcher Punkte davon entfernt, Michael zu besteigen wie ein Panda den köstlichsten – und sehr harten – Bambus.

»Bleib näher bei mir«, sagt er. »Und mehr Drehungen.«

»Wenn ich noch näher komme, brauchen wir vielleicht ein Kondom«, murmele ich leise, aber ich tue, was er vorschlägt, was uns eine weitere hohe Punktzahl sichert, und mich immer näher an die blaue Vulva bringt.

Unglücklicherweise gehen Tugev und Sophia trotz unserer besten Drehungen beim nächsten Lied als Sieger hervor, was bedeutet, dass es jetzt unentschieden steht.

Als Nächstes steht der Cha-Cha-Cha auf dem Programm, und da es sich um einen Standardtanz handelt, hätten wir vorher üben müssen, was Michael und ich nicht konnten. Tugev und sein Date anscheinend auch nicht. Stattdessen geht die höchste Punktzahl an ein bezauberndes älteres Paar, das so gut ist, dass es sich vielleicht sogar um Profis im Ruhestand handelt. Dasselbe Paar dominiert den darauffolgenden Walzer, den Tango und den Rest der Tänze, was es zu den Gewinnern des gesamten Wettbewerbs macht. Es scheint niemanden zu interessieren, wer den zweiten oder dritten Platz belegt.

Michaels Gesichtsausdruck ist aufgebracht und lässt mich um die Sicherheit des älteren Paares fürchten. Zu unserer Linken trägt Tugev die gleiche Miene – was nur bestätigt, dass alle Eishockeyspieler zu wettbewerbsorientiert sind, um als vernünftig durchzugehen.

»Lass uns nach meinen Ratten sehen«, sage ich.

Michael scheint seine Gewaltfantasien gegenüber den Gewinnern abzuschütteln. »Ja. Und dann gehen wir?«

Ich nicke. Je schneller wir zurück ins Hotel kommen, desto eher kann ich mein Höschen wechseln.

———

Als wir die Tür zu unserer Flitterwochensuite erreichen, bemerke ich, dass sie nicht ganz geschlossen ist, und sage es Michael.

»Lass mich mal sehen.« Er beugt sich hinunter, um das Schloss zu untersuchen, und jeder Muskel in seinem Körper scheint sich anzuspannen.

»Jemand ist eingebrochen«, sagt er grimmig, während er sich aufrichtet. Seine Hände ballen sich zu eisernen Fäusten.

»Meinst du?« Ich drücke gegen die Tür, und sie öffnet sich.

Das Schloss wurde eindeutig manipuliert.

»Bleib hier«, befiehlt Michael. »Ich gehe hinein, um …«

»Nein.« Ich ergreife seinen Ellenbogen. »Was ist, wenn noch jemand da drin ist?«

In seinen Augen liegt ein dunkler Schimmer. »Genau das hoffe ich.«

Ich festige meinen Griff. »Nein. Ich verbiete es dir.«

»Du verbietest es mir?« Er befreit seinen Arm und verengt die Augen.

»Du könntest verletzt werden.« Und allein der

Gedanke daran erfüllt mein Inneres mit flüssigem Stickstoff.

»Dein Stalker wird verletzt werden, nicht ich.« Die Gänsehaut verursachende Art und Weise, wie er diese Worte sagt, erinnert mich an die furchterregende Fressszene aus *The Revenant – Der Rückkehrer*.

Ich starre ihn mit offenem Mund an. »Du glaubst, er hat damit zu tun?«

»Ja. Das tue ich.«

Ich greife wieder nach seinem Arm. »Wenn das so ist, dann will ich wirklich nicht, dass du da hineingehst. Was ist, wenn dieser Psycho eine Waffe hat?«

Er zuckt mit den Schultern. »Es wäre trotzdem kein fairer Kampf.«

Es ist amtlich. Testosteron ist ein Toxin. »Bitte. Tu es nicht. Ich habe Angst, dass er an dir vorbeikommt und mich dann erwischt.«

»Oh.« Michael dreht sich zu mir um, und Besorgnis steht ihm ins Gesicht geschrieben. »Daran habe ich nicht gedacht. Geh nach unten. Jetzt.«

»Nein. Wir gehen zusammen.«

Er sieht zögernd aus, also füge ich hinzu: »Was ist, wenn der Stalker in der Lobby ist?«

»Richtig«, knirscht er heraus. »Gehen wir.«

Wir nehmen gemeinsam den Aufzug, eilen zur Concierge und erklären ihr die Situation. Bald tauchen zwei Polizisten und eine Frau auf, die anscheinend zum oberen Management dieser Hotelkette gehört. Die Polizisten gehen in die Suite, aber als sie zurückkommen, sagen sie uns, dass niemand dort war und das Zimmer nicht durchwühlt worden zu sein scheint.

»Nur den Bärenanzug hat es erwischt«, sagt der Polizist mit dem Bart. »Jemand hat ihn zerfetzt.«

Meinen Maskottchenanzug? Warum?

»Sie sollten nachsehen, ob etwas fehlt«, sagt die Managerin.

Wir stimmen zu, und sie begleitet uns zusammen mit der Polizei nach oben. Wir stellen fest, dass tatsächlich alles in Ordnung ist, bis auf meinen Anzug, den jemand in teddybärgroße Stücke geschnitten hat.

»Wer würde so etwas tun?« Ich betrachte den armen Anzug.

»Und warum?«, fragt der Manager.

»Ein verrückter Fan?«, schlägt der bärtige Polizist vor.

»Ich glaube, es ist ein Stalker«, sagt Michael. »Jemand, der hinter Kalliope her ist.« Er starrt den Anzug finster an. »Ich glaube, das war eine Art krankes Ritual.«

Wow. Das ist düster. Glaubt er, dass derjenige, der das getan hat, sich mich in dem Anzug vorgestellt hat, als er ihn in Stücke gerissen hat?

Ich wende mich an die Frau. »Können Sie anhand der Sicherheitsvideos herausfinden, wer das war?«

Sie nickt. »Die Beamten haben sie bereits angefordert. Leider haben wir vor kurzem auf ein neues System umgestellt, wurde mir gesagt, also könnte es einige Tage dauern, bis wir das Filmmaterial in die Finger bekommen.«

»Schicken Sie es mir, sobald sie es haben«, sagt Michael herrisch.

»Ich schicke es an die Polizei.«

Michaels Gesichtsausdruck veranlasst beide Polizisten, ihre Hände auf ihre Waffen zu legen. »Sie schicken mir das Filmmaterial – oder …«

»Denk daran, dass wir in einigen Tagen in Florida sind«, sage ich. Ich habe das Gefühl, dass Michael bald wegen Morddrohungen oder ähnlichem verhaftet wird, also füge ich schnell hinzu: »Und wenn es sich um einen Stalker handelt, könnte er uns nach Hause folgen, und die Polizei in New York hätte nichts damit zu tun.« Was ich nicht erwähne, ist meine Skepsis, ob die Polizei sich das Filmmaterial überhaupt ansehen würde, denn es wurde nichts gestohlen, und niemand wurde verletzt.

»Eigentlich«, sagt der bärtige Polizist, »wenn …«

»Ich habe genug davon«, knurrt Michael. Er richtet sich der Managerin gegenüber zu seiner vollen Größe auf. »Wissen Sie, wer wir sind?«

Sie schüttelt den Kopf.

»Googeln Sie Honey und Boo Boo«, sagt er grimmig. »Und dann fragen Sie sich, ob Sie wollen, dass wir uns öffentlich über Ihr Hotel beschweren, denn das wird passieren, wenn Sie meiner sehr vernünftigen Bitte nicht nachkommen.«

Die Frau holt ihr Telefon heraus, sucht nach uns und erblasst.

»Wie lautet Ihre E-Mail-Adresse?«, fragt sie Michael.

Er gibt sie ihr, und sie verspricht ihm, ihm das gewünschte Material zu schicken.

»Wir gehen«, sagt der bärtige Polizist.

»Danke für Ihre Hilfe«, sage ich.

Sobald die beiden Polizisten gegangen sind, fragt Michael die Managerin nach einem anderen Zimmer.

»Machen Sie zwei daraus«, sage ich.

Jetzt, wo das Spiel vorbei ist, sollten sie wieder freie Zimmer haben.

»Zwei?« Die Managerin sieht verwirrt aus. »Sind Sie nicht zusammen?«

Scheiße. Die vorgetäuschte Beziehung. »Wir hatten einen Streit.« Hey, das ist nicht wirklich eine Lüge. »Ich brauche etwas Abstand.«

»Ein Zimmer.« Michael dreht sich in meine Richtung und verengt die Augen. »Ich bestehe darauf.«

»Warum?« Trotz des Schreckens, oder vielleicht gerade deswegen, bin ich so geil wie noch nie und kann mir deshalb nicht trauen, mit ihm in einem Bett zu liegen. Besonders nicht nach gestern.

Er kommt zu mir und umfasst meine Hand. »Bis die Sache mit dem Stalker geklärt ist, will ich nicht, dass du allein bist.«

Verdammt. Das ergibt Sinn – aber das bedeutet auch, dass wir uns mindestens für einige Tage einen Raum teilen werden. Eine Vorstellung, die dafür sorgt, dass ich mich seltsam kribbelig fühle.

»Okay«, sage ich mit meinem besten Pokerface zu der Managerin. »Ein Zimmer, bitte.«

»Sie können die Präsidentensuite haben«, säuselt

sie. »Sie verfügt über zwei Schlafzimmer, also können Sie so schlafen, wie Sie wollen.«

Warum bin ich von dem Gedanken an zwei Schlafzimmer so enttäuscht? Weil ich genau das bin, und als die Managerin uns hilft, in die Präsidentensuite zu ziehen, sieht Michael ebenfalls nicht erfreut aus.

»Ich werde einen privaten Sicherheitsdienst anheuern, der den Flur vor Ihrer Tür bewacht«, sagt die Managerin, bevor sie geht. »Und während wir auf sie warten, lasse ich einige Portiers die Arbeit erledigen.«

Wow. »Vielen Dank. Sie sind über sich hinausgewachsen.« Ich kann ihr sogar die Idee mit den zwei Zimmern fast verzeihen.

Fast.

»Gern geschehen«, sagt sie und verlässt den Raum.

»Wann haben wir uns gestritten?«, fragt Michael, sobald wir allein sind.

»Was?«

»Du hast ihr gesagt, dass wir uns gestritten haben«, sagt er. »Was hast du damit gemeint?«

Ich blinzele ihn an. »Ich wollte nur vertuschen, warum wir zwei Zimmer brauchten.«

»Ah.« Er macht einen Schritt auf mich zu. »Aber das lässt die Frage offen, warum du zwei getrennte Zimmer willst.«

Mein Herzschlag beschleunigt sich. »Warum nicht? Genau das wollten wir schon gestern Abend.«

Die pechschwarzen Augen glänzen gefährlich. »Das war davor.«

Ich hebe mein Kinn an. »Vor der Sache, die du einen Fehler genannt hast?«

Als sich seine Nasenlöcher aufblähen, merke ich, dass sogar seine Nase stark und attraktiv ist.

»Wer im Glashaus sitzt …«, knirscht er hervor. »Du warst diejenige, die das, was passiert ist, einen Fehler genannt hat. Irgendwas mit zwanglosen Ficktreffen und der Behauptung, dass ich nicht date.«

»Nun, das tust du nicht. Du hast da so eine beschissene Regel.«

Er schließt die Lücke und hebt mein Kinn mit seinen gebogenen Fingerknöcheln an. »Es gibt von jeder Regel Ausnahmen.«

Damit beansprucht er meine Lippen in einem hinterhältigen, alles verzehrendem Kuss.

KAPITEL 19
MICHAEL

Sie erwidert meinen Kuss mit einer Heftigkeit, die ich nicht erwartet habe, und dann greift sie nach unten, um meinen Gürtel zu öffnen.

Eine Art Tier – zweifellos ein Bär – erwacht in mir, und ich kämpfe gegen den Drang an, zu brüllen, als ich sie hochhebe und zu dem riesigen Bett trage.

In einem wilden Rausch zerren wir gegenseitig an unseren Klamotten, bis sie sich auf der Bettkante stapeln und Kalliope in ihrer ganzen blassen, köstlichen Pracht zum Vorschein kommt.

»Ich will dich unbedingt ficken.« Die Worte kommen mit einem schmerzhaften Stöhnen aus mir heraus. »Du weißt nicht, was du mir antust, *ptichka*.«

Daraufhin färben sich ihre Wangen und Brüste noch pinker als ihre Haare. »Ich wette, ich will dich noch dringender ficken.«

»Das kann auf keinen Fall stimmen.« Ich streichele ihre Brust.

»Muss bei dir alles ein Wettbewerb sein?«, keucht sie, und ihre Brustwarze verhärtet sich unter meinen Fingern.

»Nein.« Ich spreize ihre Beine und küsse sie von ihrem Knie bis zu ihrem Oberschenkel. »Wenn es um dich geht, habe ich das Gefühl, dass ich schon gewonnen habe.«

»Das ergibt doch gar keinen Sinn«, sagt sie benommen. »Ich …«

Meine Küsse erreichen das feuchte, heiße Fleisch ihrer Muschi, und das scheint sie zum Schweigen zu bringen – ein Trick, den ich mir für die Zukunft merken werde.

Als ich gierig über ihren Eingang lecke, schmeckt sie berauschend nach Zuckerwatte, gerösteten Pekannüssen und etwas Unbeschreiblichem, das einfach sie selbst ist.

Ein verzweifeltes Stöhnen entweicht ihren Lippen und spornt mich an, weiter oben zu lecken, wo sich ihre Klitoris schüchtern in einer rosa Kapuze aus Fleisch versteckt.

»Oh Mann«, haucht sie, als ich mein Ziel erreiche.

Ich umfasse ihre köstlich runden Pobacken, hebe sie zu mir hoch und lasse meine Zunge um ihre kleine Knospe kreisen, was sie wieder stöhnen lässt. Und noch einmal.

»So ist es gut«, murmele ich in ihr hübsches Fleisch, während ihre Muskeln zu zittern beginnen. »Komm für mich.«

Das tut sie, und zwar mit einem Schrei.

Ich gleite mit meiner Zunge ihren Bauch hinauf, bis ich ihren Hals erreiche und an ihm knabbere. »Das war erst der Anfang«, flüstere ich ihr sinnlich ins Ohr. »Heute Nacht werde ich dich häufiger kommen lassen, als du jemals in deinem Leben gekommen bist.«

Sie schüttelt träge den Kopf. »Wie ich schon sagte, wettbewerbssüchtig.«

Scheiße. Vielleicht bin ich das. Weil ich sie so gründlich ficken will, dass sie sich an niemanden außer mir erinnern kann.

»Dreh dich um«, befehle ich heiser.

»Warum?«, fragt sie, während sie gehorcht.

»Für eine Gesäßmassage.« Und endlich bekomme ich diesen süßen Hintern zu fassen, der mich jeden wachen Moment verhöhnt hat.

»Okay.« Sie hebt ihren Hintern in die Luft, zweifelsohne in einem fehlgeleiteten Versuch, mir zu helfen.

Fuuuuck. Der Gedanke an eine Massage verschwindet aus meinem Kopf. Was ich wirklich will, ist, meinen Schwanz von hinten in sie hineinzuschieben und in sie zu stoßen, bis …

Nein.

Wenn ich mein eigentliches Ziel erreichen will, muss ich meine ganze Selbstbeherrschung einsetzen.

Ich greife mir eine Handvoll blasses Fleisch, drücke es mit beiden Händen zusammen und knete die Muskeln.

»Wow.« Sie entspannt sich sichtlich. »Das fühlt sich ziemlich gut an.«

Ziemlich gut? Ich intensiviere meine Massage, bis sie in meinen Händen zu Wachs wird und vor Lust stöhnt.

Als sich mein Schwanz anfühlt, als würde er gleich explodieren, lecke ich sie von hinten, bis sie ein weiteres Mal für mich kommt, die Hände auf den gestärkten Laken ballt und ein verzweifelter Schrei ihren Lippen entweicht.

»Dreh dich um«, befehle ich schroff.

Sie tut es, und ich fühle eine übermäßige Genugtuung, als ich sehe, wie hart ihre Nippel und wie schwer ihre Augenlider sind.

Sie sieht richtig gefickt aus, und mein Schwanz war noch nicht einmal in ihrer Nähe.

»Hier.« Ich führe den Zeige- und Mittelfinger meiner rechten Hand an ihre perfekten Lippen heran. »Mach sie schön nass.«

Mit großen Augen saugt sie an meinen Fingern wie ein braves Mädchen, und als ich mit der daraus resultierenden Nässe zufrieden bin, gleite ich sie in sie hinein, dehne sie sanft und komme fast selbst, als ich die feuchte Hitze in ihr spüre.

Der Ausdruck von Glückseligkeit auf ihrem Gesicht spornt mich an, und ich lasse meine Finger hinein- und herausgleiten, dann krümme ich sie und finde eine raue Stelle direkt hinter …

»Ja!«, keucht sie. »Genau so. Bitte.«

Nun, wenn sie so nett bettelt, habe ich keine andere Wahl, oder? Ich konzentriere mich auf die Stelle, die ich gefunden habe, bis sich ihre Zehen krümmen und sie schreit, als sie einen weiteren Orgasmus erreicht.

»Gute Arbeit, *ptichka*«, murmele ich heiser. »Jetzt noch einen.«

»Was?« Ihre Augen weiten sich.

Da Taten besser sind als Worte, lege ich meine Zunge wieder auf ihre Klitoris und ich muss nur einige wenige Male lecken, bis sie wieder für mich kommt.

»Jetzt«, knurre ich, »will ich in dir sein.«

»Endlich.« Sie schnappt sich ein Kondom, reißt es auf und umhüllt meinen Schwanz damit.

Ich weiß nicht, ob ich gerade einen neuen Fetisch entwickelt habe, aber als ich diese glitzernden Nägel in der Nähe meines Schafts sehe, komme ich fast zu früh. Zum Glück tue ich das nicht. Stattdessen dringe ich ganz vorsichtig in ihre unglaublich enge Muschi ein und lasse uns beide eine Sekunde lang an die Empfindungen gewöhnen, bevor ich es wage, mich zu bewegen.

»Nein«, fleht sie und windet sich unter mir. »Sei nicht sanft. Ich will es hart.«

Habe ich vorhin gedacht, ich sei wie ein Tier? Denn das ist nichts im Vergleich zu der Heftigkeit, mit der ich in sie stoße, und ihr nur zu gerne genau das gebe, was sie will.

»Ja!«, schreit sie und fährt mit ihren Nägeln über meinen Rücken. »Genau so!«

Ich stoße mit allem, was ich habe, in sie hinein, und sie kommt immer wieder um meinen Schwanz, bis ich den Überblick und meinen Verstand verliere. Endlich lasse ich meine eigene Entladung zu, während ich ein animalisches Geräusch von mir gebe.

Die Minuten danach sind etwas verschwommen. Sie geht, um sich zu säubern, und ich denke, ich sollte das Gleiche tun, aber dann finden wir uns in einer Umarmung unter der Decke wieder, und ich falle in den tiefsten, süßesten Schlaf meines Lebens.

KAPITEL 20
KALLIOPE

Als ich aufwache, bin ich in Michael eingewickelt, als wäre er ein übergroßes, flauschiges Sweatshirt. Als ich mich von ihm löse, öffnet er seine Augen.

»Guten Morgen«, murmelt er.

Ich weiß nicht, warum ich rot werde, aber ich werde rot und bedecke meine Brüste mit der Decke, als ob wir nicht …

»Willst du zuerst ins Bad gehen?«, fragt er. »Oder soll ich?«

Wie kann er wach genug sein, um über solch schwierige Entscheidungen nachzudenken?

»Du.« Auf diese Weise kann ich mir in der Zwischenzeit etwas anziehen.

Er springt aus dem Bett, als hätte er schon zwei Espressi getrunken, und ich genieße es, zu sehen, wie sich sein nackter Hintern und seine Oberschenkelmuskeln bei jedem Schritt bewegen.

Sobald ich eine Minute für mich habe, ziehe ich mich an und denke über die Folgen der letzten Nacht nach – alias den besten Sex, den ich je hatte, kurz BS.

Kurz bevor dieser BS passierte, deutete Michael an, dass er für mich eine Ausnahme machen würde, obwohl er eine Regel gegen Dates hat. Natürlich war nicht glasklar, ob er mich damit aufgefordert hat, mit ihm zusammenzukommen, oder ob er gemeint hat, dass das nur eine entfernte Möglichkeit sei.

Aber, was ich auch nicht weiß, ist, ob ich will, dass wir uns daten. Sobald er meine Familie kennenlernt, wird er merken, dass …

»Das Bad gehört dir«, sagt Michael und erschreckt mich damit.

Als ich einen Blick in seine Richtung werfe, hat er – leider – einen Bademantel an.

»Kannst du den Zimmerservice bestellen?«, frage ich.

Er nickt, und ich eile ins Bad, um meine Morgenroutine zu erledigen.

Als ich wieder herauskomme, ist er angezogen und beendet gerade einen Anruf.

»Ich konnte unseren Flug vorverlegen«, sagt er und steckt sein Handy in die Tasche.

Ich neige fragend den Kopf.

»Ich werde mich besser fühlen, wenn ich mich auf heimischem Boden mit dem Stalker auseinandersetzen kann«, erklärt er mir.

Oh Scheiße. Er hat mich so gründlich gefickt, dass ich völlig vergessen habe, in welcher Gefahr wir schweben. Jetzt, wo ich mich daran erinnere, bin ich mir nicht sicher, ob ich mich zu Hause sicherer fühlen würde. Ich sage es ihm und erinnere ihn daran, dass in meine Garderobe und vielleicht auch in meine Wohnung eingebrochen wurde.

»Deshalb möchte ich, dass du bei mir bleibst«, sagt er. »Ich lebe in einer privaten Community und bin von neugierigen Nachbarn umgeben. Es ist unmöglich, dass der Stalker …«

»Warte mal.« Ich starre ihn an. »Du willst, dass ich bei dir einziehe?«

Es klopft an der Tür. »Zimmerservice.«

Michael lässt die Frau herein, und ich sehe, dass er nicht nur Essen für uns beide, sondern auch für meine Ratten bestellt hat – das überzeugendste Argument, das er für diese verrückte Idee, zusammenzuziehen, vorbringen konnte.

»Ja«, sagt Michael, als wir wieder allein sind. »Ich möchte, dass du bei mir einziehst.«

Ich drücke meine Frühstücksquesadilla so fest zusammen, dass ein Klumpen Monterey Jack auf meinen Teller tropft. Wolfgang stürzt sich darauf und verschlingt den Käse.

Meine Liebe, sag ihm, dass du einziehen wirst, wenn er garantieren kann, dass jeder Tag mit so viel Premium-Käse beginnt.

Ich räuspere mich. »Findest du nicht, dass unsere Beziehung – oder was auch immer das ist – etwas zu schnell voranschreitet, wenn ich mich jetzt schon bei dir einquartiere?«

Er runzelt die Stirn. »Wer sagt denn heutzutage noch einquartieren?«

»Zusammenzuziehen ist ein ernster Schritt«, sage ich und ignoriere seinen Einwurf.

»Ich bitte dich nicht, bei mir einzuziehen, weil wir zusammen sind.« Er nimmt seinen Löffel und sticht ihn in seine unappetitlich aussehende Schüssel voller trockener Haferflocken. »Es ist zu deiner Sicherheit.«

Hm. Habe ich das falsch verstanden? Meine Achselhöhlen beginnen zu schwitzen. »Also ... daten wir nicht?«

Seine Augen glänzen. »Natürlich tun wir das. Haben wir das nicht gestern Abend schon geklärt?«

Uff. Es wäre peinlich gewesen, das falsch verstanden zu haben. Und mehr als nur ein wenig enttäuschend. »Du hast nur gesagt, dass man Ausnahmen machen kann«, erinnere ich ihn. »Das ist nicht gerade ...«

»Kalliope«, sagt er düster. »Ich habe eine große Ankündigung, die ich machen möchte. Hör bitte genau zu.«

Ich atme hörbar aus. »Okay, okay, ich habe es verstanden ...«

»Würdest du mir die Ehre erweisen, mich zu daten?«, fragt er in demselben Tonfall. »Diesmal wirklich?«

Scheiße. Jetzt, wo die Frage raus ist, verspüre ich eine regelrechte Panik, was sehr dumm ist, wenn man bedenkt, wie sehr ich es noch vor einer Sekunde wollte.

»Ich date dich unter einer Bedingung«, platze ich damit heraus. »Du lernst nächsten Freitag meine Familie kennen.«

Die Logik – wenn dieser Wahnsinn überhaupt eine hat – ist, dass es besser ist, es jetzt zu wissen, wenn er mit meiner verrückten Familie nicht umgehen kann. Es ist früh genug, um mein Herz nicht in Gefahr zu bringen. Zumindest nicht in zu viel Gefahr.

Ja. Ich kann nicht glauben, dass ich nicht schon früher auf diese Idee gekommen bin.

Michael starrt mich an. »Ist das Kennenlernen der Eltern nicht auch ein Schritt, der eigentlich erst viel später in einer Beziehung passiert?«

»Manchmal«, sage ich. »In unserem Fall denkt meine Familie, dass wir schon die ganze Zeit zusammen sind. Außer meine Schwester Seraphina, die die Wahrheit kennt – aber sie hat immer wieder gesagt, dass wir am Ende ohnehin zusammenkommen würden. Sie alle zu treffen, wird reinen Tisch machen.« Oder einen Nagel in den Sarg dieser Beziehung schlagen.

»Okay. Ich werde die Klaunbuts treffen.« Er spricht meinen Nachnamen auf die deutsche Art aus, die ich erfunden habe.

Ich seufze. »Das ist in Ordnung. Du kannst *clown butts* sagen. Ihnen sogar ins Gesicht. So heißen sie nun mal.«

Er nickt, schaut aus dem Fenster, und seine Augen weiten sich.

Zuerst sinkt mein Herz, als ich mir vorstelle, dass der Stalker versucht, in unser Zimmer einzudringen.

Aber das ist es nicht.

Es ist ein Vogel, der auf einer Fensterbank sitzt.

Ein wunderschönes Exemplar mit einem blaugrauen Rücken, einer weißen Vorderseite und einem schwarzen Kopf.

»Das ist ein Wanderfalke«, sagt Michael ehrfürchtig.

Ah, stimmt. Er ist ein Vogelbeobachter. Aber … »Was macht er hier in Manhattan?«

Bis jetzt dachte ich, dass es in Großstädten nur zwei Arten von Vögeln gibt – Tauben und Spatzen –, aber der hier ist keines von beiden.

Michael holt sein Handy heraus und macht ein Foto. »Ich habe von Leuten gehört, die sie hier gesichtet haben. Wir haben großes Glück.«

Einige meiner Ratten geben ein kurzes missbilligendes Quieken von sich, während andere zu einem langen eskalieren, was ihre Version von *Geh zum Schwanz* ist.

»Ich glaube nicht, dass meine Ratten das auch so sehen«, sage ich.

Michael winkt ab. »Ratten sind nicht die Hauptnahrungsquelle von Wanderfalken.«

Ich schnaube. »Das bedeutet nur, dass sie sie essen, wenn es nichts Leckereres in der Nähe gibt.«

Ich packe meine Kleinen in ihre Transportbox. Wir werden sowieso bald abreisen, und so werden sie sich sicherer fühlen.

Michael macht ein weiteres Foto. »Der Wanderfalke ist das schnellste Tier der Welt und berühmt für seine Jagdkünste. Er kann sogar andere Vögel fangen.«

»Wow.« Kann er so viele Fakten über jeden beliebigen Vogel erzählen?

»Sie können auch fünfzehneinhalbtausend Meilen im Jahr fliegen, um von einem Kontinent zum anderen zu gelangen«, fährt er fort. »Sie nisten auf hohen Klippen oder Gebäuden und haben einen lebenslangen Partner.«

Ah. Der letzte Teil macht diese Rattentötungsmaschine fast sympathisch.

Mit einem kräftigen Flügelschlag hebt der Wanderfalke ab – und ich hoffe im Stillen, dass er eine Taube entdeckt hat und nicht etwas Niedliches und Kuscheliges wie eine Ratte.

»War das dein Highlight der Reise?«, frage ich. »Oder war es der große Scheck gestern Abend?«

Michaels Augen verdunkeln sich, als er sich mir zuwendet. »Etwas gestern Abend war das Highlight meines Jahres … aber es war nicht der Scheck.«

Großartig. Jetzt werde ich rot. Schon wieder.

»Wie groß muss der LKW sein, den wir mieten müssen, um deine Sachen zu mir zu bringen?«, fragt mich Michael, als wir in Florida landen.

Ich lache. »Bis vor kurzem habe ich mir ein

Zimmer mit meiner Schwester geteilt. Meine Sachen passen in den Kofferraum eines Autos.« Und eine peinliche Menge meiner weltlichen Besitztümer habe ich tatsächlich gerade bei mir.

»Toll.« Er hilft mir, die Sachen zu seinem Auto zu tragen, und dann fahren wir zu meiner Wohnung, wo wir direkt am See parken, eine Aussicht, die ich wahrscheinlich vermissen werde.

»Magst du nur Vögel?«, frage ich Michael und deute dann auf den riesigen Alligator, der sich in der Nähe wärmt. »Oder würde dich auch ein naher Verwandter von ihnen interessieren?«

Er schüttelt den Kopf. »Keine Flügel, kein Interesse.«

»Was ist mit Straußen? Sie haben keine Flügel.«

Er kratzt sich am Kopf. »Sie haben verkümmerte Flügel. Aber das ist sowieso egal, denn ich mag es nur, Vögel in ihrem natürlichen Lebensraum zu sehen, und wir sind nicht in Afrika.«

Mit einem Augenrollen führe ich ihn zu meiner Wohnung und zeige ihm die Dielen, die meiner Meinung nach entfernt wurden.

»Das war doch früher Teds Wohnung, oder nicht?«, fragt Michael und hockt sich hin, um den Boden zu untersuchen.

Ich nicke.

»Könnte es sein, dass er etwas hiergelassen hat, wie zum Beispiel Drogen, und sich dann hereingeschlichen hat, um sie zurückzuholen?«

Ich zucke mit den Schultern. »Ich kenne den Kerl nicht, aber das klingt plausibel.«

Michael entfernt einige der Dielen und atmet enttäuscht aus. »Jetzt gibt es hier nichts mehr.«

Ich zucke noch einmal mit den Schultern und gehe meine Sachen packen, was keine zwanzig Minuten dauert.

———

»Wow, eure Community ist wunderschön«, sage ich, als wir durch das schicke Tor fahren.

In einem nahe gelegenen See schwimmen Reiher und riesige Enten sowie, wie Michael mir sagt, Amerikanische Schlangenhalsvögel und weitere Vogelarten.

»Hier zu leben ist sehr praktisch, seit das Video viral gegangen ist«, sagt er, nachdem er mir jeden Vogel gezeigt hat. »Die Sicherheitskräfte lassen keine Mediengeier herein – sie dürfen sich nicht einmal in der Nähe des Tores aufhalten.«

Hm. »Du würdest sie sowieso verscheuchen.«

Er zuckt mit den Schultern. »Ich bin froh, dass mir diese Kopfschmerzen erspart bleiben.«

Wir parken in der Einfahrt eines Hauses, das so groß ist, dass es nur einige Ziegelsteine weniger als eine Villa hat. Ich staune über die Pracht, während Michael mir die Tür aufhält. Als wir eintreten, sagt er: »Willkommen in meiner bescheidenen Behausung.«

»Richtig. Bescheiden.« Die Decken sind etwa drei

Meter hoch, überall an den Wänden hängen wunderschöne Gemälde, es gibt Vogelstatuen, und die Möbel sehen aus, als wären sie direkt aus einem europäischen Möbelkatalog entsprungen.

»Deine Ratten können das Wohnzimmer haben«, sagt er und führt mich in einen Raum, der größer ist als die Wohnung, die ich gerade verlassen habe.

Ich lasse die Ratten heraus, und alle scheinen glücklich zu sein, bis auf Lenin, der mich vorwurfsvoll ansieht.

Towarischtsch, du machst aus mir, der Proletarier-Ratte, einen fetten Bourgeois.

»Wo bin ich untergebracht?«, frage ich Michael.

Bitte sag: In meinem Bett.

»Ich habe zwei Gästezimmer«, sagt er. »Mal sehen, welches du lieber magst.«

Ich bin beeindruckt und enttäuscht zugleich. Außerdem lag ich vorher falsch. Das hier *ist* eine Villa. »Wir Maskottchen werden wohl nicht so gut bezahlt wie die Spieler«, merke ich an, während wir von einem Raum zum nächsten gehen.

Michael schnaubt. »Angesichts der Tatsache, wie sehr ich die Idee gehasst habe, nach Florida zu kommen, mussten sie mir ein sehr konkurrenzfähiges Gehalt bieten, um mich hierherzulocken.«

Ich drehe mich um und starre ihn finster an. »Was könntest du am Leben in Florida hassen?«

»Verdammtes Sonnenlicht.« Er streckt seinen kleinen Finger aus. »Es macht dich blind, gibt dir Krebs und weckt dich morgens zu früh auf.« Er streckt seinen Ringfinger aus. »Verdammtes Gras. Überall lauern Schlangen, Pestizide und Ungeziefer, die gegen diese Pestizide resistent sind.« Er streckt seinen Mittelfinger aus. »Scheiß Ozean. Er ist nass und zu salzig, ständig ertrinken Menschen darin, und Fische pinkeln hinein. Und es gibt Haie, die …«

»Hey, hör auf.« Ich wette, er würde alle zehn Finger verbrauchen und vielleicht sogar zu den Zehen übergehen. »Es muss Dinge geben, die dir mittlerweile gefallen.«

Seine Augen glänzen. »Du meinst … abgesehen von einigen besonderen Menschen?«

Ich nicke, und meine Brust bläht sich auf einmal auf.

Er spitzt seine Lippen auf eine Art und Weise, die mich dazu bringt, sie küssen zu wollen. »Die Vögel natürlich.« Er geht mit mir zu einem großen Fenster mit Blick auf einen Wald und schaut einige Sekunden lang in ein Fernrohr. Ein fast schon jungenhaftes Grinsen erscheint auf seinem Gesicht und verursacht ein Kribbeln in meinem Bauch, als er sagt: »Ethan und Mo füttern gerade Eye.« Er zieht mich zu sich heran. »Schau es dir an.«

Das tue ich, und es ist niedlich – oder so niedlich, wie es nur sein kann, wenn ein Vogel einem kleineren Vogel Futter in den Schnabel kotzt.

»Haben Falken einen lebenslangen Partner?« Ich wende mich vom Teleskop ab.

»Diese Art hier schon«, sagt er. »Das ist umso

beeindruckender, wenn man bedenkt, dass sie Einzelgänger sind.«

Hm. »Stimmt es, dass sie sich in der Luft paaren können?« Das klingt ziemlich cool, vor allem wenn …

»Nein«, sagt er. »Wenn das Männchen ein Weibchen umwerben will, zeigt es ihr mit einer Tauchbombe, wie gut es jagen kann, und greift sie dann an. Was folgt, sieht nur so aus, als würden sie es in der Luft tun. Aber in Wirklichkeit tun sie es auf einer Sitzstange, auf dem Boden oder in ihrem Nest, wenn er sie gefangen hat.

Warum klingt die Vorstellung, gefangen zu werden, so heiß? Habe ich ein Vogelhirn?

Mein Telefon klingelt und bewahrt mich davor, mich mit weiteren Fragen zu beschäftigen.

»Es ist meine Schwester«, sage ich zu Michael, als ich antworte.

Er nickt und geht außer Hörweite.

»Hey«, sage ich.

»Speise mich nicht mit einem Hey ab«, erwidert Seraphina streng. »Wieder einmal muss unsere Familie etwas über dich aus viralen Videos erfahren.«

»Was?«

»Wie dein Freund fast das Maskottchen der Yetis getötet hat«, sagt sie. »Und dieser Kuss. Ich könnte nichts davon vor dem Rest *verbärgen*.«

Ich frage sie nicht, welchen der vielen Küsse sie meint, denn damit würde sie nur ihren Standpunkt vertreten.

»Ich werde es bei dir und allen anderen Familienmitgliedern wiedergutmachen«, sage ich.

»Wirst du das?« Sie klingt ziemlich skeptisch.

»Gibt es bei Mama und Papa das übliche Freitagsabendessen?«

»Auf keinen Fall«, quiekt sie. »Das kannst du nicht ernst meinen. Du wirst wirklich …«

»Das werde ich. Vorausgesetzt, Mama ist damit einverstanden.«

Am anderen Ende des Telefons höre ich, wie Seraphina Mama fragt, ob sie meinen Boo Boo kennenlernen möchte.

Etwas klappert laut. Seraphina ruft etwas wie »Das ist mein Telefon!«.

»Kalliope«, sagt Mom, und die Aufregung in ihrer Stimme ist ein wenig beunruhigend. »Wenn du deinen Freund nicht mitbringst, nachdem du es angekündigt hast, werde ich einen Monat lang nicht mit dir sprechen.«

»Bleib dran.« Ich suche Michael und schalte mein Telefon stumm, um ihn zu fragen, ob er zum Abendessen bei meiner Familie am Freitag mitkommen möchte.

Er lächelt. »Ich würde gerne deine Familie kennenlernen.«

Ja, klar. Das sind die berühmten letzten Worte in unserer aufkeimenden Beziehung.

KAPITEL 21
KALLIOPE

Es dauert nicht lange, bis ich meine Sachen im Gästezimmer meiner Wahl verstaut habe, obwohl mich der Gedanke deprimiert, hier zu schlafen und nicht neben Michael ... vorausgesetzt, das ist das Arrangement, das er im Sinn hat.

Als ich die Reste meines Bärenanzugs sehe, rufe ich Coach an. Er versichert mir, dass Michael ihm bereits davon erzählt hat, und ein neuer Anzug in meiner Umkleidekabine auf mich warten wird.

Als ich mit allem fertig bin, bietet Michael an, uns Abendessen zu kochen.

»Kann ich helfen?«, frage ich.

»Wenn du willst.« Er führt mich in die Küche und lässt mich zusehen, wie er fachmännisch Pilze zerkleinert und sie dann brät, ohne dass ich ihm helfen muss.

»Ich wusste nicht, dass du mich nur als moralische

Unterstützung brauchst«, brumme ich, während mein Magen von dem erdigen, köstlichen Duft knurrt.

Michael lacht. »Weißt du, wie man Wareniki macht?«

»Ich weiß nicht einmal, was das ist.«

»Ein ukrainisches Grundnahrungsmittel«, sagt er. »Ähnlich wie Pelmeni, aber mit mehr Möglichkeiten, was die Füllungen betrifft.«

»Oh, das erklärt es«, sage ich mit einem Augenrollen. »Was ist Pelmeni?« Ein weiterer Spitzname, den er mir verpassen will?

»Das ist eine Art russische Teigtasche.« Er nimmt eine Packung Mehl aus einer Schublade, die so hoch oben ist, dass ich einen Tritthocker brauche, um sie zu erreichen. »Sie stammen ursprünglich aus Sibirien und wurden wahrscheinlich von chinesischen Wan Tans und generell Dumplings inspiriert.«

»Oh. Das klingt lecker.«

Und hey, Dumpling könnte auch ein Kosename sein, obwohl ich Vögelchen bevorzuge.

»Beide Gerichte sind köstlich. Pelmeni sind immer mit Fleisch gefüllt, aber Wareniki können alle möglichen Füllungen haben – mein Favorit sind Pilze.« Er beginnt, den Teig mit seinen kräftigen Händen zu kneten, was meine Brüste aus irgendeinem Grund extrem neidisch macht.

Wolfgang, der das alles von meiner Schulter aus beobachtet, quiekt.

»Er will wissen, ob die verschiedenen Füllungen für Wareniki auch Käse beinhalten«, sage ich grinsend.

»Ja, auf jeden Fall«, sagt Michael. »Eine der süßen Sorten ist mit Bauernkäse und Zucker gefüllt. Ich bin mir nicht sicher, ob eine Ratte sie mögen würde.«

Ich schaue Wolfgang an, dessen Augen weit aufgerissen sind.

Meine Liebe, solange es mit einer Art Käse gefüllt ist, esse ich alles, sogar eine Pistolenkugel.

»Das ist mein Lieblingsteil.« Michael schnappt sich ein Nudelholz, streut Mehl auf den Tisch und fängt an, den Teig auszurollen, wobei mich seine nackten, haarigen, muskulösen Unterarme in den Wahnsinn treiben.

»Hier.« Er reicht mir ein Glas und nimmt sich selbst eines. »Stich Kreise mit mir aus.« Er zeigt mir, wie es geht, und ich helfe ihm dabei, während mein Herz ohne ersichtlichen Grund in meiner Brust hämmert.

»Jetzt nimm die Pilze und gib sie in die Mitte jedes Kreises«, sagt er und demonstriert es.

Ein Teil von mir erkennt, dass seine Worte und Handlungen nicht sinnlich sind, aber der Rest von mir reagiert so, als ob das Wort *Pilz* ein Euphemismus für seinen Schwanz und *Mitte* für meine Muschi wäre.

»Ja«, sagt er anerkennend, als ich den Teig mit den Pilzen belege. »Genau so.«

Scheiße. Ich wusste gar nicht, dass Kochen so viel Appetit macht … auf einen Schwanz. Aber genau das tut es.

»Jetzt machen wir Halbmonde«, sagt Michael und durchbricht meinen geilen Nebel. Er faltet einen der

Kreise, die wir gemacht haben, und drückt dann die Ränder mit den Fingern zusammen. Und geht es nur mir so, oder sehen diese Kanten verdächtig nach Schamlippen aus?

Jedenfalls klebe ich irgendwie ein Dutzend Taschen zusammen, ohne Michael zu besteigen, als wäre er ein Baum.

Dann lässt er Wasser kochen, wirft sie hinein und wartet, bis sie oben schwimmen, was bedeutet, dass sie fertig sind.

»Die essen wir jetzt mit saurer Sahne.« Er füllt zwei Teller und reicht mir einen mit einer Gabel.

Als ich in ein Stück Teigtasche beiße, explodiert der herzhafte Geschmack in meinem Mund und lässt mich vor Genuss stöhnen.

»Wow«, sage ich, nachdem ich geschluckt habe. »Das war das Beste, was ich seit langem in meinem Mund hatte.«

Michael zieht eine Augenbraue hoch und ich werde rot, als ich merke, wie schmutzig meine Worte klangen.

»Du bist also kein Fan von Florida«, sage ich in einem verzweifelten Versuch, das Thema zu wechseln. »Was magst du außerdem nicht?«

Er neigt seinen Kopf. »Wie viel Zeit haben wir?«

»Ist die Liste so lang?«

Er kratzt sich am Kopf. »Ich mag es nicht, wenn die Leute dumm sind. Ich bin kein Fan davon, wenn mir jemand Bilder aus seinem Urlaub zeigt. Ich hasse es, wenn …«

Wie versprochen, geht die Liste noch eine Weile

weiter, und die Aussicht, dass Michael meine Familie kennenlernt, macht mich immer nervöser. Ich meine, *dumm sein* ist Auslegungssache, aber ich bin mir sicher, dass jemand – wahrscheinlich mein älterer Bruder – auf Michaels Definition passen wird. Jemand könnte auch …

»Oh, und das Letzte«, sagt Michael. »Ich will jeden umbringen, der sich in der U-Bahn die Fingernägel schneidet.«

»Bist du sicher, dass das alles ist?«, frage ich sarkastisch.

»Nun, ich schätze, Zehennägel auch«, sagt er mit ernstem Gesicht.

Ich rolle mit den Augen. »Ist das wirklich passiert?«

Er nickt. »Brooklyn. Die R-Linie. Eine Frau hat sich die Fußnägel geschnitten und dann den U-Bahn-Wagen mit Nagellack vollgestunken.«

Wow. »Okay, in diesem Punkt sind wir uns vielleicht einig. Ich würde es auch nicht mögen.« Und ich schätze, das ist der Silberstreifen an der Tatsache, dass wir hier in Florida keine U-Bahnen haben.

»Das war widerlich.« Jetzt, wo sein Teller leer ist, legt Michael seine Gabel weg. »Und es tut mir leid, dass ich das am Tisch angesprochen habe.«

»Oh, mein Appetit ist unbeeinflusst.« Auf Essen und auf eine bestimmte Person, auch wenn ihre Abneigungsliste noch so lang ist.

Bevor er Letzteres in meinem Gesicht lesen kann, stopfe ich mir die letzte Teigtasche in den Mund und gebe mein Bestes, nicht zu stöhnen, während ich kaue.

Ich muss auf eine seltsame Art und Weise essen oder so etwas, denn Michael beobachtet meinen Mund sehr aufmerksam, als würde er versuchen, eine versteckte Botschaft von meinen Lippen zu lesen.

»Was möchtest du nach dem Essen machen?«, fragt er schließlich.

Ich zucke mit den Schultern. »Etwas Netflix schauen?« Und dann, Daumen drücken, chillen?

»Gute Idee.« Er holt sein Handy heraus und sucht etwas. »Wie wäre es mit dem älteren *Suicide Squad*? Wir mochten den neueren, also …«

»Klar. Wie schlimm kann er schon sein?«

Wie sich herausstellt, ist die Antwort *sehr*. Aber das ist mir egal, denn ich sitze auf der Couch neben Michael, und die Wärme seines Körpers lässt etwas in meinem Unterleib schmelzen, was mich so sehr erregt, dass selbst ein seltsamer Joker mit Silberzähnen nichts daran ändern kann.

Als die Handlung auf der Leinwand an Fahrt aufnimmt, legt Michael seinen Arm um mich – was meine hypothetische Bewertung des Films sofort um mindestens zwei Sterne erhöht. Ein wenig später zieht Michael mich zu sich und mir werden zwei Dinge klar: Wir kuscheln jetzt offiziell, und außerdem hat dieser Film einen Oscar verdient.

Ich schwebe auf einer glücklichen Wolke, bis der Abspann läuft. Dann sehe ich Michael an und ertappe ihn dabei, wie er meine Lippen betrachtet … schon wieder.

Ich befeuchte sie. »Hat er dir gefallen?«

Er antwortet, indem er seinen Mund auf meinen presst.

Oje. Der Kuss ist hungrig, leidenschaftlich und ganz und gar nicht das, was ich von jemandem erwarten würde, der mir das Gästezimmer angeboten hat.

Ein leises Stöhnen entweicht meinen Lippen und wird prompt von seinen geschluckt.

Im Handumdrehen küssen wir uns im Stehen und zerren an der Kleidung des anderen. Zwei Sekunden später führt eine Spur dieser Kleidung bis in Michaels Schlafzimmer, wo er mich auf sein Bett legt und wie ein Besessener meine Muschi verschlingt.

»Ich will dich noch hundertmal kommen lassen«, knurrt er, als ich nach dem ersten Orgasmus glühe. »Vielleicht sogar tausendmal.«

Ich schaffe es, meine Augen zu öffnen. »Das ist ziemlich ehrgeizig, sogar für dich.«

Er bringt mich mit einem Kuss zum Schweigen und arbeitet weiter an seinem hochgesteckten Ziel, bis ich nicht mehr zählen kann, wie oft ich gekommen bin.

––––––

Am nächsten Morgen wache ich auf, weil ich in der Nähe ein Stöhnen höre.

Hm. Warum höre ich sexy Geräusche, die nichts mit mir zu tun haben? Holt sich Michael nach dem gestrigen Sexmarathon einen runter?

Nein.

Unmöglich.

Ich setze mich auf und sehe, dass er keine Schlange würgt. Stattdessen macht er Liegestütze neben dem Bett, was eine noch seltsamere Sache als Erstes am Morgen ist.

Und habe ich schon erwähnt, dass er nackt ist? Die Muskeln glänzen und die Schweißperlen rollen über seine straffe Haut.

Und dieser Hintern.

Von dem Hintern will ich gar nicht erst anfangen.

Plötzlich klingt das, was eben noch wie eine verrückte Idee aussah – als Erstes am Morgen zu masturbieren –, wie eine sehr vernünftige und praktische Art, den Tag zu beginnen.

Ohne es zu beabsichtigen, stoße ich einen gequälten Atemzug aus.

Michael unterbricht die Übung und springt auf. »Guten Morgen«, sagt er und atmet so gleichmäßig, als ob er einen Spaziergang gemacht hätte. »Habe ich dich geweckt?«

»Nein.« Es sei denn, ein sexuelles Erwecken zählt auch. »Was machst du da?«

Er geht zum Türrahmen hinüber und legt seine Hände um eine Stange, die ich vorher nicht bemerkt hatte.

»Ein Workout.« Er zieht seinen massigen Körper, mit dem nackten Rücken zu mir gedreht, hoch, und jeder einzelne Muskel pocht vor Anspannung … oder vielleicht ist es meine Muschi, die das projiziert. »Bewegung während des Fastens verbessert die Fettverwertung und fördert die Ausdauer.«

»Fett?« Davon hat er nichts an seinem durchtrainierten Körper. »Ausdauer?« Ist das der Grund, warum er mich so oft ficken kann?

»Außerdem wache ich dadurch viel schneller auf«, sagt er, während er sich zum zwanzigsten Mal hochzieht.

»In dem Punkt hast du definitiv recht.« Sein Training hat mich ziemlich schnell wach gemacht.

Er lässt die Stange los, dreht sich in meine Richtung und überrascht mich mit dem Anblick seines Schwanzes, der auf halbmast steht – vermutlich vom Training. »Willst du das mal ausprobieren?«

Den Schwanz? Nein. Er zeigt auf die Stange.

»Du machst Witze, oder?« Ich hätte nie gedacht, dass es so schwierig ist, Blickkontakt zu halten, wenn der Schwanz eines Mannes zu sehen ist.

»Mach dir keine Sorgen«, sagt Michael. »Ich werde dir helfen.«

Ich schüttele den Kopf. »Ich muss mir erst die Zähne putzen.«

»Ah, sicher. Das mache ich auch, bevor ich trainiere. Der Minzgeschmack der Zahnpasta ist erfrischend genug, um mich für das Training wach zu machen.«

Und mich machen seine Übungen wach genug für eine andere Art Training, womit sich der Kreis wieder schließt.

Ich schnappe mir meinen BH und meinen Slip, eile ins Bad, ziehe beides an und erledige dann, was ich zu erledigen habe.

Als ich wieder herauskomme, sitzt Michael auf dem Boden und macht etwas für seinen Waschbrettbauch. Seine Beine sind in der Luft, Schwanz und Eier sind weiterhin unbedeckt, und er dreht sich von einer Seite zur anderen, während er eine Hantel hält.

»Wie nennt man das?«, frage ich atemlos. Und hey, eine Frage ist besser als sich hinzuknien und den Schwanz in den Mund zu nehmen oder die Eier zu lecken, was ich wirklich gerne tun würde.

»Russian Twists«, sagt er und ist wieder kein bisschen außer Atem.

Ich grinse. »Ich denke, du kannst sie einfach Twists nennen.«

Er springt auf, und sein Schwanz schwingt hin und her. »Womit möchtest du anfangen, mit einem Liegestütz oder einem Klimmzug?«

Sind das die einzigen beiden Möglichkeiten? »Ich glaube, ich kann beides nicht.«

»Doch, das kannst du.« Er erklärt mir, wie man einen assistierten Liegestütz macht – mit den Knien auf dem Boden –, und ich bin selbst überrascht, als ich einige davon schaffe.

»Siehst du?«, sagt er. »Du bist stärker, als du dachtest.«

Ich zucke mit den Schultern, und mein Atem ist definitiv unregelmäßig. »Das heißt noch lange nicht, dass ich einen Klimmzug machen kann.«

»Das kannst du, wenn ich dir helfe.«

Ich schaue skeptisch auf die Stange. »Wie soll das funktionieren?«

Als er das erklärt, will ich plötzlich einen Klimmzug machen, und zwar dringend.

Um jemandem bei Klimmzügen zu helfen, hältst du seine Beine auf eine sehr sinnliche Art und Weise. Als Michael das mit mir macht, kanalisiere ich die Welle der Lust in meine Arme und Rückenmuskeln, so dass ich das Unmögliche schaffe: mich fünfmal hochzuziehen.

»Siehst du?«, sagt er, während ich danach keuche. »Ich wusste, dass du das hinbekommen würdest.«

»Ja.« Ich beiße mir auf die Lippe. »Ich glaube, ich habe mir eine Belohnung verdient.«

Seine Augenlider werden schwer, und sein Schwanz wird augenblicklich hart. »Woran hast du gedacht?«

»Ich will, dass du mich während des Fastens fickst«, sage ich heiser. »Ich habe gehört, dass es alle möglichen Vorteile hat.«

Mit einem Sprung ist er bei mir, dann liegen wir auf dem Bett, und schließlich ist Michael völlig außer Atem, während er immer wieder in mich stößt.

»Wow«, sage ich, als ich endlich wieder zu Atem komme. »Der letzte war so gut, dass ich dachte, ich falle in Ohnmacht.«

»Du könntest dich vor Hunger schwach fühlen«, sagt er mit einem Stirnrunzeln. »Bleib hier. Ich bringe dir Frühstück.«

Frühstück im Bett? »Klar.« Vor allem, weil ich glaube, dass ich mich gerade ohnehin nicht bewegen kann.

Er kommt mit einem Tablett zurück, auf dem zwei

Tassen Tee, zwei Schalen Buchweizenbrei und genug Beeren stehen, um eine Smoothie-Bar für ein Jahr zu betreiben.

»Danke.« Ich tauche meinen Löffel in die Schüssel und probiere das Frühstück. »Hm. Das passt gut zu einem Workout.« Es schmeckt gesund und deshalb nicht wie etwas, was ich gern regelmäßig essen wollen würde.

Michael legt sich neben mich ins Bett, was das Essen deutlich verbessert.

Ich hätte nicht gedacht, dass wir beide heute im Bett frühstücken würden. So etwas habe ich noch nie mit einem Mann gemacht, aber ich liebe es, und das nicht nur, weil Faulenzen das Gegenteil von Liegestützen ist. Ich fühle mich sogar so toll, dass sich ein Anflug von Angst in meine Gedanken mischt, wenn ich daran denke, dass wir uns am Freitag mit meiner Familie treffen wollen – was das Ende von allem sein könnte, was gerade zwischen uns passiert.

Das wäre verdammt schade.

»Das hier ist schön«, sagt Michael und fügt seiner Fülle von Fähigkeiten noch Hellseher hinzu.

»Warum klang das so, als wolltest du schön, aber … sagen?« Ich nippe an dem Tee und finde ihn köstlich.

»Aber wir müssen zur Arbeit gehen.«

Oh. »Richtig. Du hast Training.« Und das habe ich auch, auch wenn meines beinhaltet, Leuten Torten ins Gesicht zu werfen.

Mit großem Widerwillen verlassen wir das Bett, ziehen uns an, füttern meine Ratten, setzen Wolfgang auf meine Schulter und machen uns auf den kurzen Weg.

Als wir gemeinsam vom Parkplatz gehen, ergreift Michael meine Hand, was bei den Medienleuten, die am Eingang der Arena auf uns warten, für Aufregung sorgt. Eine Aufregung, die zu den Rückwärtssalti passt, die ein Haufen geiler Schmetterlinge in meinem Bauch macht.

»Wir sehen uns auf dem Eis«, murmelt er und gibt mir einen Kuss, als wir die Umkleidekabine erreichen.

»Nehmt euch ein Zimmer«, sagt Dante, der zufällig vorbeikommt.

»Wie wäre es mit einem Sarg?«, knurrt Michael zurück.

Dante blinzelt. »Warum solltet ihr euch einen Sarg besorgen?«

Michael starrt ihn finster an. »Dein Vampirarsch wird einen Sarg zum Schlafen brauchen, wenn du nicht endlich den Mund hältst.«

Dante murmelt etwas darüber, dass das immer noch keinen Sinn ergibt, und geht in die Umkleidekabine, während Michael mir noch einen Kuss gibt, bevor er seinem Vielleicht-Freund folgt.

Als ich in meiner Umkleidekabine ankomme, sehe ich den neuen Anzug, also ziehe ich ihn an und werfe einen Blick in den Spiegel, um in die Rolle zu schlüpfen. »*Brüll.* Mr. Bloom ist geil und hungrig. Er will Manuka-Honig auf den großen Brüsten seiner Pookie-Poo, damit er ihn ablecken kann, während er sie mit seinem riesigen, haarigen Schwanz nimmt.«

Wolfgang wirft mir im Spiegel einen Blick zu, als würde er denken, dass das nicht meine beste Leistung war.

»Das ist jetzt schwieriger, da ich mich nicht mehr Bärenmann nenne«, erkläre ich ihm. »Es würde sich einfach nicht richtig anfühlen, wenn ich weiß, dass es Michael nicht gefallen würde.«

Meine Liebe, du kannst machen, was du willst, und die Sache dann mit einem Schuss Fonduekäse ausgleichen.

———

Nach dem Training führt Michael Wolfgang und mich zum Mittagessen aus, wo er den Kellnern extra Trinkgeld geben muss, damit sie wegen der Ratte an unserem Tisch ein Auge zudrücken. Als wir wieder in Michaels Haus sind, setzen wir uns beide an unsere Laptops – Michael arbeitet an etwas für seine Stiftung, und ich suche nach einer Möglichkeit, mit meinen Ratten aufzutreten.

»Willst du Essen bestellen oder soll ich etwas machen?«, fragt Michael in dem Moment, als meine Augen vom Starren auf den Bildschirm müde werden.

»Wie du willst«, sage ich zu ihm. Ich meine, ich habe seine Kochkünste geliebt, aber ich will mich nicht noch mehr aufdrängen ... als ich es ohnehin schon getan habe.

»Ich werde meine eigene Version von Soljanka machen«, sagt er. »Das ist eine Art Suppe, die so deftig ist, dass sie eine komplette Mahlzeit ist.«

»Klingt toll. In der Zwischenzeit werde ich etwas Zeit mit meinen Ratten verbringen.«

Ich gehe hinüber zu ihrem Zimmer. Die Ratten freuen sich, Wolfgang und mich zu sehen. Zumindest danach zu urteilen, wie eifrig sie durch die Gegend sausen und wie fröhlich sie herumhüpfen.

Ich gebe allen Snacks. Lenin bittet um Nachschlag, und dann um noch einen.

Towarischtsch, die Korruption des Rattenproletariats ist nun vollständig. Als Nächstes werde ich mich nach McNuggets sehnen, in den kapitalistischen Aktienmarkt investieren und The Kardashians schauen.

»Hey«, sagt Michael und betritt den Raum. »Das Essen ist fertig.«

Ich folge ihm in die Küche, wo ich seine Soljanka probiere, die mich vage an einen Eintopf erinnert, aber mit Essiggurken und Oliven. Ein Geschmacksprofil, das sich mit den anderen Zutaten zu einem überraschend köstlichen Ergebnis verbindet.

»Welchen Film sollen wir uns heute ansehen?«, fragt Michael, als wir mit dem Essen fertig sind.

Ich zucke mit den Schultern. »Wie wäre es, wenn du einen aussuchst?«

Das ist mir ehrlich gesagt egal, solange wir hinterher das machen, was wir gestern Abend gemacht haben.

»Wie wäre es mit *Chip und Chap: Die Ritter des Rechts*?«, fragt er.

»Warum?« Das ist seltsam unsexy. Versucht er zu vermeiden, was letzte Nacht passiert ist?

»Ich dachte, du würdest ihn mögen«, sagt er. »Wegen der Ratten darin.«

»Nein, das sind keine Ratten. Es sind Streifenhörnchen. Eine ganz andere Spezies.« Und nicht annähernd so süß.

»Okay, wir können auch etwas anderes anschauen. Vielleicht etwas mit russischen Spionen?«

»Nein, *Chip und Chap* sind in Ordnung.« Ein Film mit russischen Spionen wird zweifellos eine heiße weibliche Hauptrolle à la Scarlett Johansson haben, und das würde mich zu eifersüchtig machen, um mich zu amüsieren.

Wir machen es uns auf der Couch gemütlich, und das macht mich so geil, dass man meinen könnte, in dem Film ginge es um die Chippendales und nicht um Detektivnager.

Als der Abspann läuft, räuspert sich Michael. »Der war erstaunlich gut. Stimmt's?«

Ich nicke und wende mich ihm zu. »Ich habe wirklich Spaß gehabt.«

»Du denkst, dass du den hattest.« Seine schwarzen Augen glänzen. »Aber in Wirklichkeit fängt dein Spaß jetzt erst an.« Damit hebt er mich auf, trägt mich in sein Schlafzimmer und fickt mich so gründlich, dass ich es genauso gut zugeben kann.

Ich bin für andere Männer ein für alle Mal verdorben.

Die darauffolgenden Tage sind glückselig ähnlich. Ich wache auf und sehe einen nackten Michael beim Training, mache mit, habe ein Dutzend Orgasmen, gehe zur Arbeit, genieße ein selbstgekochtes Essen und einen Film, und dann folgen weitere Orgasmen. Der einzige Nachteil ist, dass ich mit der Zeit immer mehr Angst davor habe, dass er meine Familie trifft. Außerdem fürchte ich mich unlogischerweise vor der Lösung meiner Stalker-Situation, denn die könnte das Ende dieser glücklichen Koexistenz bedeuten.

»Weißt du, wir müssen meine Familie heute Abend nicht treffen«, sage ich zu Michael, als wir am Freitag von der Arbeit nach Hause fahren. »Ich habe Lust auf Wareniki, und meine Mutter weiß nicht, wie man sie zubereitet.«

Er runzelt die Stirn. »Hast du deinen Eltern nicht gesagt, dass wir kommen?«

»Doch, aber ...«

»Kein Aber«, sagt er streng. »Du hast ihnen gesagt, dass ich da sein werde, und ich werde sie nicht beleidigen, indem ich mich davor drücke.«

»Oh, sie würden sicher sein, dass es meine Schuld ist«, sage ich.

Er hält vor einem Blumenladen. »Ich kann kein Risiko eingehen.«

Mit einem Seufzer frage ich ihn, warum wir Blumen kaufen.

»Für deine Eltern, natürlich«, sagt er. »Ich werde auch eine Pralinenschachtel besorgen.«

»Oh?«

Ich vermute, dass die Süßigkeiten symbolisch sind. Um es mit Forrest Gump zu sagen: Das Leben mit Michael ist wie eine Pralinenschachtel.

Du weißt nie, wie viele Orgasmen du bekommen wirst.

KAPITEL 22
MICHAEL

»Da.« Kalliope deutet in Richtung des Zirkusparkplatzes.

Sie meinte es also ernst. Ihre Familie lebt wirklich im Zirkus.

Sobald wir geparkt haben, hole ich die Schachtel mit den Süßigkeiten und den Blumenstrauß aus dem Kofferraum, während Kalliope wieder seufzt.

»Ich habe dir doch gesagt, dass du nichts mitbringen musst«, sagt sie zum x-ten Mal.

»Und ich habe dir gesagt, dass Russen nicht mit leeren Händen zu einem Essen gehen können.« Und das sollte wirklich niemand.

Sie führt mich durch den Bühnenbereich, und unter all den Merkwürdigkeiten fällt mir eine alte Frau auf, die auf einem Drahtseil nahe der Decke läuft.

»Das ist meine Großmutter«, erklärt mir Kalliope.

Ich suche nach einem Netz unter dem Seil, aber

finde keines. »Ist sie mit einer Art Sicherheitsgurt an der Decke befestigt?«

Ich kann nämlich auch davon nichts sehen.

Kalliope seufzt schwer. »Sie behauptet, dass sie jetzt, wo sie achtzig Jahre alt ist, solche Albernheiten nicht mehr braucht.«

Ich zeige auf die Leute, die direkt darunter üben und auf denen die Großmutter landen würde, sollte sie einen Fehltritt machen: ein Typ, der ein Schwert verschluckt, ein Feuerspucker und eine Pantomimin. »Was ist mit ihnen? Sie scheinen alle zu jung zu sein, um durch ihren Sturz getötet oder traumatisiert zu werden ...«

»Dein Wort in Gottes Ohr«, sagt Kalliope. »Wenn du einen Weg findest, meine Großmutter davon zu überzeugen, Sicherheitsvorkehrungen zu treffen, wird dir der Rest der Familie einen Orden verleihen.«

»Hey, Cousine!«, ruft die Mimin mit einem breiten Grinsen. »Ist das dein neuer Freund?«

Kalliope schnalzt mit der Zunge. »Du bist in voller Montur. Darfst du überhaupt reden?«

Die Mimin reißt ihren rechten Handschuh herunter. »So. Aber bitte erzähl niemandem, dass ich meine Performance unterbrochen habe.«

Kalliope schnaubt. »Ich habe WMO auf Kurzwahl, also ...«

Die Pantomimin erblasst. »Ernsthaft. Ich habe nicht ...«

»Wenn du es schaffst, alle hier an den Tisch zu

bekommen, werde ich es keiner Seele erzählen«, sagt Kalliope.

»Also«, sage ich, als wir nicht mehr in Hörweite der neurotischen Pantomimin sind, »bist du nicht nur gemein zu mir.«

Kalliope schaut mich an. »War ich gemein? Das Letzte, was ich will, ist, dass sie mich wieder mit Schweigen bestraft.«

Ich verenge meine Augen. »War das ein Pantomimen-Witz?«

Sie nickt.

»Und was ist die WMO?« Ich kann nicht anders, als zu fragen. »Noch ein Scherz? Das klingt nach einer Art Pantomimenmafia.«

»World Mime Organization«, antwortet sie. »Aber hey, Pantomimenmafia klingt nach einem unaussprechlichen Horror.«

Ich schnaube.

»Sie benutzen Gewehre mit Schalldämpfern«, sagt sie und macht weiter Witze über Mimik, während wir zu einem Flur mit vielen Türen gehen.

»Das da.« Kalliope zeigt auf die Nummer zehn. »Dort habe ich bis vor kurzem gelebt.«

Sie klopft.

Niemand antwortet, obwohl ich drinnen lautes Gelächter und laute Gespräche höre.

»Typisch.« Kalliope zieht einen Schlüssel heraus und öffnet die Tür.

Die Geräusche werden lauter, und wir gehen hinein, bis wir in einer Küche landen. Die erste

Person, die mir auffällt, ist eine ältere Frau, die Kalliope so ähnlich sieht, dass es leicht zu erraten ist, dass es ihre Mutter ist. Sie sitzt im Spagat, hält ein Schneidemesser in der Hand und ein Schneidebrett liegt auf dem Boden neben ihr. Ein Mann steht neben ihr und jongliert mit Gemüse. Kalliopes Vater?

»Aromaten«, sagt die Frau.

Der Jongleur wirft eine Zwiebel so geschickt in die Luft, dass sie genau auf dem Schneidebrett landet. Dann macht er das Gleiche mit einer Knoblauchzehe.

»Danke, Schatz«, sagt die Frau und beginnt zu hacken, ohne sich aus dem Spagat zu erheben.

»Hi, Mom. Hi, Dad«, sagt Kalliope.

Ihr Vater lässt vor Schreck eine Rübe fallen und ihre Mutter springt auf und mustert mich mit unverhohlener Neugierde.

»Hallo«, sage ich und halte ihrer Mutter die Blumen hin. »Die sind für Sie.« Ich gebe ihrem Vater die Pralinen und verfluche mich dafür, dass ich nicht auch eine Flasche Wodka mitgebracht habe.

»Du musst Boo Boo sein«, sagt Kalliopes Vater.

»Nein. Nur Boo«, korrigiert Kalliope. »Stimmt's, Boo?«

Ich grunze zustimmend.

»Nur Boo?« Ihre Mutter runzelt die Stirn. »Aber das Internet ...«

»Würde euch glauben lassen, dass ich Honey bin«, sagt Kalliope. »In Wirklichkeit bin ich seine Pit-Check-Ah.«

»Es heißt *ptichka*.« Ich lächele die Eltern an. »Es bedeutet Vögelchen.«

»Hach«, sagt die Mutter. »Das ist viel besser als Honey.«

»Aber nur ein Boo ist eine Verschlechterung gegenüber Boo Boo«, mischt sich der Vater ein. »Ich bin mir aber sicher, dass du mit der Zeit einen besseren Kosenamen für ihn findest.«

»Ich mag es lieber, wenn sie mich Michael nennt«, sage ich.

»Freut mich, dich kennenzulernen, Michael«, sagt der Vater. »Ich bin Zephyr.«

Soll ich ihm sagen, dass das der Name einer russischen Süßspeise ist, die dem Baiser sehr ähnlich ist?

»Und ich bin Xanthe«, sagt die Mutter.

»Ich freue mich, euch kennenzulernen«, antworte ich. Aus einer Laune heraus ergreife ich ihre Hand und gebe ihr einen leichten Kuss.

Xanthe schnappt nach Luft, ergreift die Schultern ihrer Tochter und flüstert sehr laut: »Den hier solltest du heiraten. Wir könnten einen Klaunbut mit Manieren gebrauchen.«

»Er wäre kein Klaunbut«, sagt Zephyr. »Sie wäre eine …

»Mama, Papa, bitte hört auf«, sagt Kalliope, und ihre Wangen brennen. »Das ist unser erstes offizielles Date, also ist ein Gespräch über die Ehe …«

»Hallo«, sagt ein Mann, der wie aus dem Nichts

aufgetaucht zu sein scheint. »Ich bin Kalliopes Bruder. Ich bin mir sicher, sie hat mich erwähnt.«

Eigentlich hat sie gar nicht so viel über ihre Familie gesprochen, aber das werde ich ihnen nicht sagen. »Ich bin Michael.« Ich strecke meine Hand aus.

»Tortellini«, sagt der Bruder, und alle um ihn herum stöhnen auf.

Wie die runden italienischen pelmeniähnlichen Dinger?

»Eigentlich heißt er Torey«, sagt Kalliope und verdreht die Augen.

»Aber Tortellini ist mein Künstlername.« Torey/Tortellini schüttelt meine Hand, und als er sie wegzieht, bleibt irgendwie eine verdeckte Spielkarte auf meiner Handfläche zurück.

»Schnell«, sagt Tortellini. »Was für eine Karte ist das wohl?«

Ich schaue darauf. »Das Pik-Ass?«

Mit triumphierendem Blick sagt Tortellini, dass ich die Karte umdrehen soll.

Ich will verdammt sein. Es *ist* das Pik-Ass. »Du bist also der Magier der Familie?«

Er runzelt die Stirn. »Mein Name hat es nicht verraten?«

»Nein.« Aber er hat mich hungriger auf das Abendessen gemacht.

»Hast du noch nie von Houdini gehört?«, fragt er. »Oder Slydini? Oder Cardini? Oder Cantini?«

»Nur vom Ersten«, sage ich. »Immer, wenn jemand

einer brenzligen Situation auf dem Eis entkommt, sagt der Trainer, dass er einen Houdini gemacht hat.«

Tortellini nickt mit großer Begeisterung. »Er sollte auch die anderen benutzen. Wenn jemand sehr raffiniert mit dem Puck umgeht, könnte er sagen, er hat einen Slydini abgezogen, und wenn …«

»Wie wär's, wenn du mich Michael noch mehr von der Familie vorstellen lässt?«, sagt Kalliope streng zu ihrem Bruder und zieht mich weg, bevor er antworten kann.

»Tut mir leid wegen Torey«, flüstert sie. »Magie ist für ihn das, was Ratten für mich sind.«

Ich winke ab. »Ich respektiere Leidenschaft, und davon scheint es in deiner Familie eine Menge zu geben.«

»Klar. Nennen wir es Leidenschaft«, sagt sie und bleibt neben einer Tür stehen, an die sie klopft.

»Herein!«, ruft eine weibliche Stimme.

»Bist du vorzeigbar angezogen?«, ruft Kalliope zurück.

»Klar. Warum nicht?«

Kalliope öffnet die Tür. »Das war mein Zimmer.« Sie zeigt an die Decke. »Und das ist meine Schwester und ehemalige Mitbewohnerin.«

Eigentlich sollte mich jetzt nichts mehr überraschen, aber es ist trotzdem eine Überraschung, besagte Schwester kopfüber hängen zu sehen wie eine Fledermaus.

»Ich bin Seraphina.« Sie reicht mir ihre Hand, und

ich schüttele sie, eine überraschend verwirrende Geste, wenn die andere Person in dieser Position ist.

»Ich bin Michael.«

»Ich weiß.« Seraphina wackelt mit den Augenbrauen. »Kalliope hat mir alles über die subär Zeit erzählt, die ihr zusammen hattet.«

Ich blinzele. »Subär?«

Kalliope stöhnt auf. »Seraphina weiß nicht, wie sehr du Bärenwitze hasst, also war das ein Versuch, einen zu reißen, denke ich.«

»Ich habe die besten schon aufgebraucht«, sagt Seraphina mit einem Schmollmund. »Jetzt kratze ich noch die *Übärreste* zusammen.«

»Das ist unser Stichwort, zu gehen«, sagt Kalliope streng und zieht mich aus dem Raum.

»Das mit ihr tut mir leid«, sagt sie. »Sie wusste nichts von deinem Problem.«

Ich zucke mit den Schultern. »Wenn die Wortspiele so schlecht sind, fühle ich mich nicht beleidigt. Eigentlich tut mir derjenige leid, der die Wortspiele macht.« Vor allem, wenn er ein Mann ist, denn ich würde ihn trotzdem schlagen, aus Prinzip.

»In Ordnung«, sagt Kalliope. »Lass mich dir noch einige Leute vorstellen.«

»Einige«, stellt sich als Untertreibung heraus. Ich treffe so viele Klaunbuts, dass ich mich kaum noch an ihre Namen erinnern kann, und sogar ihre Zirkusspezialitäten beginnen, zu verschwimmen.

»Das Essen ist fertig!«, ruft Xanthe.

Kalliope führt mich in die Zirkuscafeteria, wo

jemand alle Tische zu einer riesigen kreisförmigen Anordnung zusammengeschoben hat.

»Setzt euch neben uns«, sagen Kalliopes Eltern zu ihr. »Wir möchten Michael kennenlernen und wir haben dich schon ewig nicht mehr gesehen.«

Also setzen wir uns zu ihnen, und sie löchern mich mit Fragen über Eishockey und das Aufwachsen in Russland, bis ich das Gespräch wieder auf ihre Familie und damit auf den Zirkus lenke.

Es stellt sich heraus, dass es seit Generationen ein Familienbetrieb ist. Früher waren sie einmal Schausteller, mit allem, was dazugehört. Eine Urgroßmutter von Kalliope war zum Beispiel eine bärtige Frau, die mit beiden Hälften von siamesischen Zwillingen verheiratet war. Die Ehemänner hatten einen gemeinsamen Rumpf und damit einen Penis, aber getrennte Köpfe und Persönlichkeiten.

Mir dreht sich der Kopf, als ich mir das vorstelle.

Schließlich verlagert sich der Fokus von mir auf das übliche Familiengeplänkel und -gezänk und ermöglicht mir, einfach zu essen und den Klaunbut-Clan zu beobachten. Dabei spüre ich einen Schmerz in meiner Brust und etwas, was sich unangenehm nach Selbstmitleid anfühlt, vermischt mit einem Hauch von Neid. Ich bin mir nicht sicher, ob diese Leute wissen, wie viel Glück sie haben. Als Waisenkind, das so gut wie allein auf der Welt ist, ist das hier meine Vorstellung vom Himmel, und ich würde alles dafür geben.

Kalliope umfasst meinen Unterarm fest. »Es tut mir

so leid, dass ich dich hierhergeschleppt habe. Ich kann sehen, dass du es hier schrecklich findest.«

Scheiße. Sie hat meinen Ausdruck falsch gedeutet. »Das ist nicht wahr«, sage ich zu ihr. »Alles ist gut.«

Sie festigt ihren Griff. »Es ist Voldemort, nicht wahr?«

»Wer?«

Sie zeigt auf eine Frau mit einer Schlange um den Hals. »Das ist meine Tante Azalea, aber einige von uns nennen sie Voldemort, wegen der Schlange, die sie immer bei sich trägt. Die Schlange heißt übrigens Nancy, aber sie hätte Nagini heißen sollen.«

Ich schnaube. »Sollte eine Person mit einer Ratte auf der Schulter wirklich Steine werfen?«

»Nun, wenn dich Voldemort nicht stört, was ist es dann? Ist es meine jüngste Schwester?« Sie deutet auf eine junge Frau, die ihr sehr ähnlich sieht – bis auf die Tatsache, dass sie isst, während sie sich zu einer brezelähnlichen Form verdreht, die nicht gerade verdauungsfördernd aussieht. »Ich sage ihr immer wieder, dass dieser Schlangenmensch-Scheiß so gruselig wie Zeug in einem Horrorfilm ist.«

Ich weiß nicht, wie ich die Sehnsucht nach ihrer großen Familie erklären soll, und als mein Telefon klingelt, weil ich eine E-Mail bekommen habe, bin ich dankbar für einen Moment der Ruhe. Aber als ich sehe, worum es in der E-Mail geht, ist mein gesamter Körper in Alarmbereitschaft.

Der Absender ist die Managerin des Hotels – und sie hat mir endlich das Sicherheitsvideo geschickt, auf das ich gewartet habe. Das Filmmaterial, das mir sagen wird, wer Kalliopes Stalker ist.

Ich weiß, dass ich dieses Video wahrscheinlich nicht hier am Esstisch abspielen sollte, aber ich kann mich nicht davon abhalten. Mein Finger klickt darauf, und ich schaue aufmerksam zu, zunächst unfähig, zu verarbeiten, was ich da sehe.

Sobald ich es aber kann, ballen sich meine Hände zu Fäusten, und eine Wut, wie ich sie noch nie gespürt habe, schießt durch mich hindurch.

Ich hätte keine Sekunde lang gedacht, dass der Stalker jemand sein könnte, den ich kenne. Aber genau das ist er – und der verdammte Bastard weiß es noch nicht, aber er ist ein toter Mann.

KAPITEL 23
KALLIOPE

Die Süßkartoffel in meinem Mund verwandelt sich in Schaumstoff, als ich sehe, wie Michaels Gesichtsausdruck rasend wird. Und dann springt er auf. »Ich muss gehen.«

Was zum Teufel ...? Ich meine, ich weiß, dass er sich nicht gerade amüsiert – diese seltsamen Gesichtsausdrücke machen das deutlich –, aber warum ist er so wütend?

Denn das ist es, was er zu sein scheint. Wütend. So sehr, dass er mit zu Fäusten geballten Händen und einem zuckenden Kiefer aus der Cafeteria stampft. Es würde mich nicht im Geringsten überraschen, wenn er auf dem Weg nach draußen irgendeinen Klaunbut schlägt.

»Ist alles in Ordnung?«, fragt Mama mit besorgter Miene, als Michael verschwunden ist.

»Sieht es so aus, als ob alles in Ordnung ist?«, erwidere ich.

Mama zuckt mit den Schultern. »Ich kenne ihn nicht so gut wie du.«

Meine Brust schmerzt, und ein Druck baut sich hinter meinen Augen auf. »Ich weiß selbst nicht, ob ich ihn so gut kenne.« Tief in mir drin war ein Teil von mir davon überzeugt, dass er meine Familie mögen würde und wir glücklich bis ans Ende unserer Tage leben würden.

Wie dumm von mir.

Ich bin offensichtlich dazu verflucht, Freunde zu verlieren, sobald ich sie in diesen buchstäblichen Zirkus einführe. Und ich war auch dumm, zu denken, dass das weniger wehtun würde, weil ich ihn gleich am Anfang unserer Beziehung alle kennenlernen lasse. Ich habe mir vorgestellt, dass es im schlimmsten Fall so ist, als würde man ein Pflaster abreißen, aber das fühlt sich eher an, als würde man sich einen Finger abreißen.

Seraphina lässt sich auf den Stuhl fallen, auf dem Michael gesessen hat. »Was ist passiert?«

»Ich weiß es nicht.« Nicht ganz. Der Auslöser für seinen Weggang könnten so viele seltsame Verhaltensweisen um uns herum gewesen sein, dass es ein Wunder ist, dass er so lange durchgehalten hat.

»Meinst du, das ist so wie bei deinem Arschloch-Ex?«, flüstert sie.

»Was sonst?« Selbst Leute, die so mürrisch sind wie Michael, gehen nicht einfach grundlos mitten beim Essen, und in diesem Fall ist der Grund offensichtlich.

»Na ja, dann kann er dich eben mal«, sagt Seraphina.

Ja. Das hat er schon. Unzählige Male.

»Es ist besser, wenn du ihn jetzt loswirst«, fährt sie fort. »Bevor es zu ernst für dich wird.«

Ja, aber dafür ist es bereits zu spät.

Ich lege meine Gabel weg. »Tut mir leid, Leute. Ich glaube, ich gehe jetzt besser.«

»Ja«, sagt Papa. »Clever. Geh zu deinem Boo.«

Meinem. Sicher.

Ich stehe auf und mache mich auf den Weg. Obwohl ich nicht gerade einen One-Night-Stand oder etwas Ähnliches hatte, passt der Begriff *Walk of Shame* perfekt zu meiner aktuellen Situation. Alle haben gesehen, wie Michael hinausgestürmt ist, und jetzt sehen sie mich mit Blicken an, die von verurteilend bis mitleidig reichen.

Sobald ich draußen bin, wird der Druck hinter meinen Augen stärker, vor allem, als mir klar wird, dass ich keine Rückfahrgelegenheit habe.

Meine Nase gibt ein Schniefen von sich.

Nein.

Ich werde nicht weinen.

Vergesst es.

Ich hole mein Telefon heraus und rufe einen Uber. Ich will es gerade wieder in meine Handtasche stecken, als es klingelt.

Mein Herz hüpft in meiner Brust. Könnte es sein, dass Michael anruft, um sich zu entschuldigen? Andererseits ist es wahrscheinlicher, dass er mich bittet, meine Sachen aus seinem Haus zu holen.

Aber es ist nicht Michael. Die Nummer hat eine 212er Vorwahl, die ich für New York halte.

»Hallo?« Ich räuspere mich, um sicherzugehen, dass das, was ich als Nächstes sage, nicht genauso miserabel klingt wie die erste Begrüßung. »Sie sprechen mit Kalliope.«

»Guten Abend, Kalliope. Hier ist Maximilian Bowman«, sagt eine dröhnende Stimme.

Maximilian Bowman? Ich zermartere mir das Hirn, bis mir einfällt, dass er der Ehemann von Sugar ist, der Frau, die bei Michaels Benefizveranstaltung als Erste nach meiner Visitenkarte gefragt und stattdessen eine Serviette mit meiner Nummer bekommen hat.

»Hallo«, sage ich. »Wir haben uns bei der Spendenaktion kennengelernt, richtig?«

»Richtig«, sagt Maximilian – oder heißt es Mr. Bowman? »Ich habe über Ihre herausragende Rattenshow nachgedacht, und als ein Platz in meinem Theater frei wurde, habe ich …«

»Sie besitzen ein Theater?«, platzt es aus mir heraus, und ich möchte mich ohrfeigen, weil ich den Mann unterbrochen habe.

»Entschuldigung«, sagt er. »Ich dachte, mein Name spricht für sich selbst. Mir gehört *The Jewel* zwar nicht ganz, aber ich bin der größte Anteilseigner und …«

The Jewel? Das ist eines der größten …

»Ist das ein guter Zeitpunkt zum Reden?«, fragt er. »Vielleicht per Videocall?«

Scheiße. Ich muss mich konzentrieren. »Ja, Mr.

Bowman. Solange es Sie nicht stört, dass ich gleich in ein Uber steige.«

»Das macht mir nichts aus, und bitte nenn mich Max. Ich schicke dir einen Zoom-Link. Es werden ich und einige andere beteiligte Parteien sein.«

Der Link kommt sofort, genauso wie mein Uber.

Sobald ich darinsitze, trete ich dem Gespräch bei, und es stellt sich heraus, dass es sich um ein Vorstellungsgespräch handelt. Und trotz des Vorfalls mit Michael schaffe ich es, jede Frage ruhig zu beantworten, die Show, die ich kreieren würde, ohne zu zögern zu beschreiben und insgesamt eine Professionalität und Zuversicht auszustrahlen, die ich nicht im Entferntesten spüre.

»Das hört sich alles gut an«, sagt Max und spricht für die ganze Gruppe. »Reden wir über dein Gehalt.« Er nennt mir eine Zahl, die dreimal so hoch ist wie das, was ich derzeit verdiene – trotz der Zuschüsse dafür, so zu tun, als würde ich mit Michael ausgehen.

Da ich nicht glauben kann, dass das hier echt ist, kontere ich mit einer Zahl, die fünfzehn Prozent höher ist, und Max stimmt zu.

»Wenn das so ist, nehme ich den Job an«, sage ich und zittere dabei innerlich.

Ich hätte ihn auch mit einer Gehaltskürzung angenommen, aber ich bin froh, dass sie das nicht wissen.

»Perfekt«, sagt Max. »Kannst du morgen anfangen?«

»Morgen?« Ich schlucke, während das

Unbegreifliche, was gerade passiert, endlich den Echsen-Teil meines Gehirns erreicht – und mich vielleicht Dinge hören lässt.

»Ich weiß, dass es ein Samstag ist«, sagt er. »Aber das Theater ist geöffnet.«

»Aber ... morgen?«

»Richtig. Entschuldigung, ich habe vergessen, die Dringlichkeit zu erwähnen. Der Grund, warum wir jetzt eine Stelle freihaben, ist, dass ein anderes Theater einen unserer Künstler abgeworben hat. Meine Frau hat mich an dich erinnert, und du warst die Erste, die ich angerufen habe.«

Die erste Person ... aber er hat noch mehr auf seiner Liste? »Ich muss meinem jetzigen Arbeitgeber mit einer Frist von zwei Wochen kündigen.« Zumindest nehme ich an, dass sie das wollen würden. Das haben sie nie mit mir besprochen, sondern nur die Tatsache, dass sie mich auf der Stelle feuern würden, wenn das alte Maskottchen Ted wieder auftauchen würde. Apropos Ted: Er ist eines Tages einfach nicht mehr zur Arbeit erschienen, und dem Team ging es gut. Andererseits hat Ted nicht so getan, als würde er mit einem der Spieler ausgehen.

Scheiße. Jetzt kann ich natürlich nicht mehr vortäuschen, Michael zu daten, da wir tatsächlich damit begonnen haben. Und einfach implodiert sind. Vor diesem Hintergrund klingen zwei Wochen, in denen ich ihm ständig über den Weg laufen müsste, wie eine Folter. Aber trotzdem ...

»Du bist ein Maskottchen«, sagt Max. »Dein

Gesicht ist nicht zu sehen. Das Team kann dich im Handumdrehen ersetzen.«

Gemein, aber wahr. Sie haben mich einen Tag, nachdem sie beschlossen haben, Teds Stelle neu zu besetzen, eingestellt, und ich war eine von zwanzig Bewerbern.

»Aber … morgen?« Ich werde nicht einmal die Chance haben, meine Familie zu sehen, bevor ich gehe, oder …

»Sieh das doch mal aus unserer Perspektive«, sagt Max. »Selbst wenn du morgen ankommst, musst du proben und dich vorbereiten, so dass wir schon jetzt die Einnahmen einiger Wochen verlieren.«

Eher einen Monat oder mehr, wenn wir realistisch sind, aber ich weise nicht darauf hin, weil ich diese Gelegenheit nicht verpassen will.

»Nur um das klarzustellen: Willst du damit sagen, dass du nicht warten wirst?«, frage ich.

Es hört sich verrückt an, aber andererseits löst die Eile eine Frage, die ich mir nicht zu stellen gewagt habe: Wo soll ich heute Nacht bleiben?

Nicht in Michaels Haus. Nicht nach …

»Tut mir leid, dass ich dich so unter Druck setze«, sagt Max. »Wir übernehmen alle deine Reisekosten, einschließlich eines Flugtickets für heute Abend und eines Hotelzimmers in der Nähe des Flughafens. Dann kannst du im …«

Er geht noch mehr ins Detail, aber ich höre nur halb zu.

Ich dachte immer, dass ich überglücklich wäre,

wenn ich den Job meiner Träume bekäme, aber deprimierenderweise fühle ich mich ganz und gar nicht so.

Stattdessen bin ich wie taub. Der Verlust von Michael, gefolgt von diesem Vorstellungsgespräch, ist einfach zu viel, um es in so kurzer Zeit zu verarbeiten.

»Wie hört sich das alles an?«, fragt Max und holt mich damit zurück ins Gespräch.

»Toll«, antworte ich und verleihe meiner Stimme die Fröhlichkeit, die da wäre, wenn nicht alles so durcheinandergeraten wäre. »Wir sehen uns morgen.«

Damit lege ich auf und wende mich Wolfgang zu. »Kannst du das glauben? Wir werden endlich unsere Show bekommen.«

Er reibt sich mit seinen Pfoten über sein Gesicht.

Meine Liebe, kann mein Künstlername Cheese sein?

KAPITEL 24
MICHAEL

Ein Ford Mustang Shelby GT 500 hat eine Höchstgeschwindigkeit von 290 km/h – eine Geschwindigkeit, die ich mindestens einige Male erreiche, während ich mich beeile, zum Haus des Stalkers zu kommen.

Ein Stalker, der sich ausgerechnet als mein verdammter Teamkollege entpuppt hat.

Als ich mit quietschenden Reifen vor seinem Haus zum Stehen komme, springe ich aus dem Auto und schlage mit der Faust gegen die Tür.

»Wer ist da?«, ruft Jack von der anderen Seite.

Ja. Es ist der verdammte Jack, was ich nie geglaubt hätte, wenn es nicht die Überwachungsvideos gäbe.

Ich hätte nicht gedacht, dass er die Eier hat, sich mit meiner Frau anzulegen.

Eier, die er gleich verlieren wird.

»Ich bin es, Michael«, antworte ich so ruhig wie möglich, was nicht sehr ruhig ist. »Mach auf. Jetzt.«

Ich rechne fest damit, dass er merkt, warum ich hier bin und mir den Zutritt verweigert, was auch in Ordnung wäre, denn es wäre mir ein Vergnügen, seine verdammte Tür einzutreten.

Aber er öffnet sie, und sobald ich sein Gesicht sehe, schlage ich mit der Faust hinein.

Mit einem schmerzhaften Stöhnen bricht Jack auf dem Boden zusammen, und ich hebe ein Bein, um ihn zu treten, als ich ein dumpfes Geräusch aus dem Inneren des Hauses höre.

Es klingt, als würde jemand *Hilfe!* schreien.

»Wer ist das? Ist das die letzte Person, die du gestalkt hast?«, will ich von Jack wissen, aber er liegt immer noch auf dem Boden und stöhnt, während er seinen Kiefer umfasst.

Der Hilferuf wird wiederholt, und die Stimme kommt mir irgendwie bekannt vor.

»Bleib hier – oder du bist tot«, knurre ich Jack an und laufe hinein, um der Stimme zu folgen.

Es dauert einige Minuten, bis ich herausfinde, woher das Geräusch kommt: aus einem mit einem Vorhängeschloss gesicherten Raum auf der Rückseite des Hauses.

Ich ziehe an dem Schloss und teste seine Stärke, während ich rufe: »Hey! Wer ist da?«

»Medvedev, bist du das?« Die Stimme klingt jetzt noch vertrauter, obwohl ich sie weiterhin nicht zuordnen kann.

»Ja, warte!«

Das Vorhängeschloss gibt nicht nach, also suche ich

meine Umgebung ab, bis ich einen Schlüssel auf dem nahen Couchtisch entdecke. Ich schnappe ihn mir, öffne das Schloss und erkenne endlich denjenigen hinter der Stimme.

Es ist Ted, der Typ, der unser Maskottchen war, bevor Kalliope seinen Job übernommen hat. Er ist unrasiert und schmutzig, aber er ist es definitiv.

Einen Augenblick mal.

Der Grund, warum wir ein neues Maskottchen brauchten, war, dass Ted spurlos verschwunden war. Ist er die ganze Zeit hier gewesen?

Seinem Aussehen nach zu urteilen, ist das ziemlich wahrscheinlich.

Aber warum?

Hat Jack eine seltsame Besessenheit von Leuten, die in einem Bärenanzug stecken? Hat er ihn deshalb in unserem Hotelzimmer zerstört?

»Was ist passiert?«, will ich wissen und schaue Ted an. »Warum hat der Wichser dich hier eingesperrt?«

Ted schaut mit großen Augen durch den Raum. »Wo ist er?«

Oh Scheiße.

Ich laufe zur Haustür.

Kein Jack.

»Verdammte Scheiße.« Ich kehre zurück und ergreife Ted an der Schulter. »Hilf mir, den Wichser zu fangen.«

Wir rennen aus dem Haus und suchen einige Straßen in der Umgebung ab, aber erfolglos.

»Steig ins Auto«, befehle ich Ted, als wir wieder am

Haus sind. »Wir werden herumfahren und nach ihm suchen.«

Ted gehorcht, und wir fahren durch die Nachbarschaft, weiterhin erfolglos.

Scheiße. Wo könnte er sein?

Scheiße. Könnte er hinter Kalliope her sein?

Alles in mir gefriert.

»Schnall dich an«, knurre ich Ted an, gebe Gas und fahre zurück zum Zirkus.

»Wo willst du hin?« Ted keucht, als wir mit halsbrecherischer Geschwindigkeit über eine Kreuzung nach der anderen rasen.

Mein Kiefer zuckt. »Er könnte hinter meiner Freundin her sein. Sie ist das neue Maskottchen.«

»Hm«, sagt Ted verständnislos. »Warum sollte er hinter ihr her sein?«

»Aus demselben verdrehten Grund, aus dem er dich in diesem Zimmer eingesperrt hat?«

»Oh?« Ted sieht verwirrt aus. »Hat sie auch ein Video von ihm gemacht, während er sich zu diesem Alligator einen runterholt?«

Seine Frage ist so verwirrend, dass ich das Auto tatsächlich abbremsen muss. »Wovon zum Teufel redest du?«

»Deshalb wollte er mich nicht gehen lassen«, klagt Ted. »Wir haben uns zusammen zugedröhnt und als er dachte, dass ich schlafe, hat er sich nach draußen geschlichen. Ich bin ihm gefolgt und habe ihn dabei erwischt, wie er am See gestanden und seinen Schwanz herausgeholt hat. Er hat den Alligator angestarrt, während er sich einen runtergeholt und dabei gestöhnt hat: ›Ja, diese Zähne. Diese Schuppen. Dieser fette, saftige Schwanz …‹«

Ich schaue ihn ungläubig an.

Will er mich verarschen? Ich verstehe ja, dass wir in Florida sind, aber ernsthaft?

»Du siehst also einen Typen, der sich einen auf einen Alligator runterholt, und deine erste Reaktion ist es, ein Video davon zu machen?«

»Ich war high, Kumpel. Und es war verdammt lustig. Aber Jack hat gesehen, wie ich ihn gefilmt habe. Er schien unglaublich wütend zu sein, also bin ich in mein Auto gesprungen, nach Hause gefahren und habe das Filmmaterial auf einem USB-Stick gespeichert. Dann habe ich Jack eine SMS geschickt und ihm gesagt, dass ich den Stick an den lokalen Fernsehsender schicken würde, wenn er mich verfolgt oder wenn er mich generell ärgert.« Ted reibt sich die Nase. Am nächsten Morgen hat er mich k. o. geschlagen, als ich mein Haus verlassen habe, und mich eingesperrt, bis ich ihm sage, wo *alle Sticks* sind. Er glaubt nicht, dass ich nur den einen habe, der unter einer Bodendiele in meiner Wohnung versteckt war. Ich sitze also fest. Gott sei Dank, dass du gekommen bist. Ich war kurz davor, verrückt zu werden.«

Scheiße. Plötzlich passt alles zusammen. Kalliope hatte recht, als sie dachte, dass sich jemand hineingeschlichen und unter die Dielen in ihrer – früher Teds – Wohnung geschaut hatte. Es war Jack, der nach dem einzigen Beweisträger gesucht hat. Aber Jack muss gedacht haben – und ich verwende diesen Begriff sehr locker –, dass Ted einen weiteren hypothetischen Stick in seinem Bärenanzug versteckt hat, also hat er ihn immer wieder gesucht, zuerst in Kalliopes Garderobe, dann im Hotel. Ich wette, deshalb hat er mich dazu gebracht, sie in den Pool zu schubsen, als sie den Anzug zum ersten Mal getragen hat – in der Hoffnung, dass der Stick beschädigt wird. Oder dass sie den Anzug trocknen und damit unbeaufsichtigt lassen würde.

Was für ein verdammter Idiot.

Ich korrigiere: Idioten, alle beide.

»Kannst du mir einen Gefallen tun?«, fragt Ted kläglich.

Ich beiße die Zähne zusammen. »Was?«

»Kannst du mich zum Büro des Sheriffs bringen?«

Ich will ihm gerade *Scheiße, nein* sagen, weil ich Kalliope retten muss, aber dann wird mir klar, dass Teds Geschichte bedeutet, dass Jack keine Gefahr für sie ist. Oder irgendein Stalker.

Es gab nie einen.

Ich sollte mich darüber freuen, und das tue ich auch, aber ein Teil von mir ist auch enttäuscht. Ohne die Gefahr gibt es für Kalliope keinen Grund mehr, bei mir zu bleiben. Es sei denn …

»Ich möchte wirklich eine Anzeige erstatten«, sagt Ted flehend. »Und eine einstweilige Verfügung gegen das Arschloch erwirken.«

Verdammte Scheiße. »Gut. Aber du schuldest mir was.«

Wenn die Polizei involviert ist, werde ich nicht so frei sein, mich an Jack zu rächen, aber andererseits ist es schon eine grausame und sehr ungewöhnliche Strafe, verhaftet zu werden, und die lächerliche Geschichte, die Ted mir gerade erzählt hat, in die Öffentlichkeit zu bringen.

Ich kann die Schlagzeile schon sehen: »Mann aus Florida masturbiert auf einen Alligator und entführt dann das Maskottchen des Hockeyteams.«

———

Zu meinem Entsetzen ist auf dem Gesicht des Sheriffs keine Spur von Heiterkeit zu erkennen, als Ted seine Geschichte herunterrasselt – als ob so etwas hier ständig passieren würde.

»Ich muss zurück zu meinem Abendessen«, sage ich, bevor der Sheriff mich fragt, wer ich bin und welche Rolle ich in dieser Geschichte spiele. Das Letzte, was ich will, ist, dass ich so lange aufgehalten werde, wie Ted braucht, um einen offiziellen Polizeibericht einzureichen.

»Wie soll ich dann nach Hause kommen?«, jammert Ted.

Soll ich ihm sagen, dass sein *Zuhause* an jemand anderen vergeben wurde?

Nein.

»Was geht mich das verdammt nochmal an?«, frage ich.

»Es ist in Ordnung«, sagt der Sheriff. »Wir werden ihn dorthin fahren.«

Wie auch immer. Ich renne zu meinem Auto und kehre zum Zirkus zurück, begierig darauf, Kalliope die ganze Geschichte zu erzählen. Zu meiner Erleichterung ist das Essen noch im Gange, aber Kalliope ist nicht auf ihrem Platz.

Und ihre Familie starrt mich während ihres Desserts mit tödlichen Blicken an.

Scheiße. Zum ersten Mal wird mir klar, dass ich ziemlich abrupt gegangen bin und sie damit wahrscheinlich beleidigt habe.

»Was machst du denn hier?«, fragt die Trapezschwester.

Scheiße. Ich habe es vermasselt. »Tut mir leid, ich musste wegen einer wichtigen Angelegenheit weg. Aber jetzt bin ich wieder da. Wo ist Kalliope?«

Die Schwester schaut mich finster an. »Hast du ihr deine wichtige Angelegenheit erklärt?«

Verdammte Scheiße. »Ich hatte es eilig, das Problem zu lösen, das aufgetaucht ist.«

Und mit *lösen* meine ich *einige Knochen brechen*.

»Na, dann hast du es ja richtig vermasselt«, sagt sie. »Meine Schwester denkt, du hasst unsere Familie.«

»Eure Familie hassen?« Ich schaue mich um. »Das Gegenteil ist der Fall.«

»Das Gegenteil?« Sie zieht eine Augenbraue hoch. »Das hieße, die Klaunbuts zu lieben, und das ist ein schweres Schwert zu schlucken, selbst für Onkel Bruin.«

»Vertrau mir«, sage ich ernsthaft. »Für jemanden, dessen Familie ihn verlassen hat, ist es eine Offenbarung, zu sehen, wie sehr ihr euch alle umeinander kümmert.« Und während ich diese Worte sage, wird mir klar, dass sie wahr sind, und noch etwas anderes.

Ich liebe nicht nur die Familiendynamik der Klaunbuts. Vielleicht liebe ich sogar einen Klaunbut ganz besonders, was verrückt ist, wenn man bedenkt, wie …

»Dann solltest du ihr hinterherfahren«, sagt die Schwester. »Und dich beeilen.«

Scheiße.

Sie hat recht.

Während ich zurück zu meinem Auto eile, rufe ich Kalliope an, aber sie antwortet nicht. Ich schreibe ihr auch eine SMS, aber bekomme keine Antwort, was kein gutes Zeichen ist.

Ich springe in mein Auto, gebe wieder Gas und einige Minuten später nähere ich mich meiner Haustür … nur um Kalliope dabei zu erwischen, wie sie mit ihrem Koffer und ihrer Rattentransportbox herauskommt.

Etwas in meiner Brust zieht sich zusammen, wie ein geplatzter Reifen. »Du ziehst aus? Einfach so?«

Ich weiß, ich sollte nicht wirklich überrascht sein, nicht nach all den anderen Menschen, die mich in meinem Leben schon im Stich gelassen haben, aber das hier ist eine andere Ebene. Kalliope weiß nicht, dass die Stalker-Situation kein

Problem mehr ist – was bedeutet, dass sie lieber in Gefahr ist, als eine weitere Minute mit mir zu verbringen.

»Natürlich ziehe ich aus«, fährt sie mich an. »Ich kann nicht mit jemandem zusammen sein, der meine Familie hasst …«

»Behaupte nicht, dass ich deine Familie hasse. Das habe ich verdammt nochmal nie gesagt.«

»Das musstest du auch nicht. Deine Taten sprechen Bände.«

Ich atme beruhigend ein. Wenn ich es richtig erkläre, verlässt sie mich vielleicht nicht. »Ich bin nicht gegangen, weil ich deine Familie hasse. Ich bin gegangen, weil ich erfahren habe, wer der Stalker ist – und es ist jemand, den ich kenne. Ich bin sehr wütend geworden und habe mich beeilt, mit ihm fertigzuwerden. Im Nachhinein betrachtet, hätte ich es dir sagen sollen, aber …«

»Du hast erfahren, wer der Stalker ist?« Ihre Augen sind groß.

Ich balle meine Hand zu einer Faust, löse sie wieder und bereue, dass ich ihn nur einmal geschlagen habe. »Ja. Es ist Jack.«

Sie blinzelt mir zu. »Känguru Jack?«

»Känguru?« Jetzt, wo sie es erwähnt, hat Jack eine gewisse Ähnlichkeit mit einem Känguru. »Ja. Dieser Jack. Wie sich herausgestellt hat, war er nicht hinter dir her. Er war hinter einem USB-Stick her, auf dem eine Aufnahme von ihm ist, wie er sich einen auf einen Alligator runterholt.«

Ihre Augen verengen sich. »Glaubst du, das ist ein guter Zeitpunkt für einen Scherz?«

»Das ist kein Scherz«, stoße ich hervor. »Ted – den Jack entführt hat – hat den Stick in seiner Wohnung versteckt, die dann zu deiner Wohnung wurde, daher die verrutschten Dielen.«

Zu diesem Zeitpunkt sind ihre Augen nur noch Schlitze. »Du erwartest von mir, dass ich diesen Schwachsinn glaube?«

»Warum zum Teufel sollte ich mir das ausdenken?« Mit einem weiteren beruhigenden Atemzug füge ich hinzu: »Ted erstattet gerade Anzeige. Sie sind in Florida öffentlich einsehbar. Du kannst nachschauen.«

Sie umfasst ihren Koffer fester. »Gut. Wenn dieser Irrsinn stimmt, habe ich sowieso keinen Grund, hierzubleiben.«

Ich atme erneut tief ein, und das ist alles andere als beruhigend. Ich zwinge die nächsten Worte heraus. »Geh nicht.«

Sie schluckt, und ihr Blick fällt auf meine Brust. »Ich … muss es irgendwie.«

»Was meinst du damit? Ich habe dir gesagt, dass das Stalker-Problem keins mehr ist.« Noch einmal zwinge ich mich, die Worte auszusprechen, die ich nie zu meinen Eltern sagen konnte. »Ich möchte, dass du bleibst. Bei mir. Ich weiß, wir daten uns erst seit …«

»Weniger als einer Woche.« Sie holt selbst tief Luft. »Es ist noch zu früh für einen Schritt wie das Zusammenziehen. Aber viel wichtiger ist, dass ich … ein Jobangebot angenommen habe. In New York.«

Ein Puck, der in meinen Bauch kracht, wäre weniger schmerzhaft gewesen als das hier. »Du hast was gemacht?«

Sie tritt zurück. »Ich dachte, du hättest Schluss mit mir gemacht. Ich dachte, du hasst meine Familie. Und das ist ein Job, den ich schon immer wollte.«

»Welcher Job?«

Als sie mir das erklärt, spüre ich, wie sich Übelkeit einstellt – zweifellos ist mir schlecht geworden, weil ich wie ein Verrückter Auto gefahren bin.

»Verstehe«, sage ich, als sie mich daran erinnert, dass die Rattenshow ihr Traum ist, solange sie denken kann. Mein Ton ist hohl, als ich sage: »In diesem Fall solltest du gehen. Jetzt.«

Sie eilt an mir vorbei und steigt in einen wartenden Uber ein.

Meine Übelkeit verschlimmert sich, als ich sehe, wie der Uber wegfährt und aus meinem Blickfeld verschwindet.

Ich drehe mich zu meiner Haustür und schlage mit der Faust dagegen, immer und immer wieder, bis das Holz knackt und der Schmerz in meinen Knöcheln mich von der Aufregung in meinem Kopf ablenkt.

Die Erleichterung hält jedoch nur kurz an.

Bald erinnere ich mich daran, was für ein Idiot ich gewesen bin.

Warum habe ich sie gebeten, zu bleiben? Warum habe ich geglaubt, dass es einen Unterschied machen würde?

Ich hätte es verdammt nochmal besser wissen müssen. Für mich ist noch nie jemand geblieben.

Nicht. Eine. Einzige. Seele.

KAPITEL 25
KALLIOPE

Ich weine den ganzen Weg nach New York, was dumm ist, denn eigentlich sollte ich ekstatisch sein – ich habe die Chance meiner Träume bekommen.

Als das Taxi mich vom Flughafen zum Hotel bringt, klingelt mein Telefon, und mein verräterisches Herz schlägt schneller, weil ich hoffe, Michaels Stimme zu hören.

Nein. Es ist Seraphina.

»Hi«, sage ich und gebe mein Bestes, um fröhlich zu klingen.

»Hat Michael dich gefunden?«, fragt sie statt einer Begrüßung. »Er kam zurück in die Cafeteria und …«

»Ja, er hat mich gefunden.« Wofür auch immer das gut war.

»Und?«, fragt sie.

»Und wir haben Schluss gemacht«, sage ich und kämpfe gegen einen Schluckauf an.

»Warum? Hat er es nicht erklärt? Er ...«

»Musste einer dringenden Angelegenheit nachgehen. Er hat es mir erklärt, aber da war es schon zu spät.«

»Was? Warum?«

Ich atme tief ein. »Ich habe tolle Neuigkeiten. Damit hätte ich eigentlich anfangen sollen. Ich habe einen Job in New York bekommen. Ich werde meine eigene Rattenshow bekommen, so wie ich es mir immer gewünscht habe.«

So. Als ich diese Worte ausspreche, verspüre ich ein kleines bisschen von der Aufregung, die ich schon die ganze Zeit spüren sollte.

»Warte. Nochmal ganz von vorn«, sagt Seraphina. »Wie ist das passiert?«

Ich erzähle es ihr und fühle mich wie eine Verräterin, als ich zu dem Teil komme, wo ich meinen neuen Arbeitgeber auf einer Veranstaltung kennengelernt habe, zu der Michael mich mitgenommen hat.

»Das ist toll«, sagt Seraphina, als ich fertig bin. »Aber was ist mit deinem Boo? Warum die Trennung?«

Ich zucke mit den Schultern und bemerke dann, dass sie mich ja gar nicht sehen kann. »Er wollte, dass ich bei ihm einziehe. Bei diesem Job kann ich das nicht.«

»Aber du warst doch schon eingezogen«, sagt sie.

»Das war zu meinem Schutz. Dieses Mal wäre es echt gewesen.«

»Und du hast Nein gesagt?«

Ich beiße mir auf die Lippe. »Das habe ich. Wegen des Jobs.«

»Ihr werdet also eine Fernbeziehung führen, richtig?«, fragt sie. »Oder so etwas in der Art?«

»Das glaube ich nicht.« So wie er aussah, als ich gegangen bin, bezweifele ich, dass er jemals wieder mit mir reden wird. »Und das ist auch gut so, wirklich. Mir ist klar, dass er nicht wegen unserer Familie gegangen ist, aber ich wette, er hat uns trotzdem gehasst.« Wie alle Jungs.

»Falsch«, sagt Seraphina. »Er hat mir gesagt, dass er unsere Familie liebt. Er meinte etwas in der Art, dass er es mag, wie wir uns alle umeinander kümmern.« Sie hält inne. »Bist du sicher, dass du die Probleme mit deinen Ex-Freunden nicht auf ihn projizierst?«

Ich schaue mit verengten Augen auf das Telefon. »Warum stellst du dich auf seine Seite?«

»Was? Das tue ich nicht.«

»Warum gratulierst du mir nicht, dass ich den Job bekommen habe? Warum sagst du mir nicht, dass ich ohne ihn besser dran bin? Warum nicht …«

»Hör zu, ich bin nicht diejenige, auf die du sauer bist«, sagt Seraphina.

»Sag mir nicht, auf wen ich sauer sein soll.«

»Weißt du was? Dieses Gespräch ist beendet«, sagt Seraphina. »Ruf mich an, wenn du bereit bist, dich zu entschuldigen.«

Ich will gerade etwas entgegnen, dass das an dem Tag passieren wird, an dem die Hölle zufriert, aber sie hat schon aufgelegt.

Bitch.

Ich bin den ganzen Weg zum Hotel wütend, aber dann reiße ich mich zusammen und probe mit meinen Ratten eine richtige Show – und fühle mich ein kleines bisschen besser. Aber nicht viel.

Am nächsten Tag rufe ich als Erstes Linda aus der Personalabteilung an, aber dann erinnere ich mich daran, dass heute Samstag ist und lege auf. Zu meiner Überraschung ruft sie mich zurück, also entschuldige ich mich für die kurzfristige Kündigung.

»Die erspart uns eine schwierige Entscheidung«, sagt sie.

»Oh?«

»Ted ist zurück«, sagt sie. »Und es hat sich herausgestellt, dass das Fehlen bei der Arbeit nicht seine Schuld war.«

Ah. Richtig. Dieser Teil von Michaels verrückter Geschichte ist also wahr.

»Toll«, sage ich. »Es freut mich, dass du mich nicht feuern musst.«

»Ich habe nicht gesagt, dass wir das getan hätten«, erwidert sie. »Du hast uns allen mit Honey und Boo Boo einen großen Gefallen getan, also ...«

»Das ist auch vorbei«, sage ich.

Michael würde auf keinen Fall so tun, als ob er mit mir zusammen wäre und umgekehrt.

»Die PR-Abteilung wird enttäuscht sein, aber ich verstehe das vollkommen«, sagt Linda. »Ich wünsche dir viel Glück bei deinen zukünftigen Plänen.«

Ich bedanke mich und lege auf. Irgendwie habe ich

immer noch ein schlechtes Gewissen, weil ich das Hockeyteam einfach so im Stich gelassen habe. Keine Verabschiedung von Coach. Kein Sayonara für Dante oder einen der anderen.

Scheiße. Ich habe noch nicht einmal meinen Eltern von meinem Umzug erzählt – obwohl sie es schon wissen werden, weil ich es Seraphina erzählt habe. Meine Schwester ist wie ein Klaunbut-Internet.

Trotzdem rufe ich sie an, um es ihnen offiziell mitzuteilen, und mein Herz zieht sich zusammen, als sie mir sagen, wie sehr sie sich für mich freuen.

»Das mit Michael ist so traurig«, sagt Mom, als ich ihr gerade von diesem Teil erzählen wollte. »Deine Schwester hat uns erzählt, dass ihr euch getrennt habt.«

»Ja«, sagt Papa. »Ich mochte ihn viel lieber als Wie-hieß-er-noch.«

Die meisten meiner anderen Verflossenen werden von allen so genannt, und ich glaube, das liegt daran, dass die Abneigung in diesen Fällen gegenseitig war.

»Ich muss los«, sage ich, da ich nicht bereit bin, über Michael zu sprechen.

»Klar«, sagt Mama. »Hals- und Beinbruch.«

Ich lege mit einem Lächeln auf, das sich in ein Stirnrunzeln verwandelt, als ich mein Telefon auf Anrufe, SMS oder E-Mails von Michael überprüfe.

Es gibt keine.

Genau wie ich es gedacht habe. Es ist vorbei. Ich werde nie wieder etwas von ihm hören.

Hatte Seraphina recht? Es stimmt, dass jeder Freund, den ich je hatte, mit mir Schluss gemacht hat, nachdem er meine Familie kennengelernt hat. Habe ich mit Michael so schnell Schluss gemacht, weil ich Angst hatte, dass es wieder passieren würde, obwohl er gesagt hat, dass er meine Familie mag und mich behalten will?

Nein. Ich habe getan, was ich tun musste. Er hat sie nur ein einziges Mal getroffen und ist nicht einmal für das ganze Abendessen geblieben. Wer weiß, was passiert wäre, wenn wir unsere Beziehung fortgesetzt hätten?

Eigentlich weiß ich das. Er hätte mich abserviert, wie alle anderen auch.

Es war nur eine Frage der Zeit.

Trotzdem ist meine Brust schmerzhaft angespannt, als ich mich auf den Weg zum Theater mache, wo Max und alle anderen vom Vorstellungsgespräch auf mich warten. Es gibt auch eine große Gruppe von unbekannten Leuten, die sich als Theaterpersonal und ihre Familien herausstellen.

»Wir haben eine Tradition«, sagt Max. »Jeder schaut sich die erste Probe an.«

Wow. Eine gute Übung zur Teambildung, aber nervenaufreibend für mich.

Ich baue den Projektor auf, gehe auf die Bühne und fange mit etwas Einfachem an: Ich ziehe den Ratten süße Outfits an, die nur auf diese Gelegenheit gewartet haben, und lasse sie wie Models auf einem Laufsteg herumstolzieren.

Die Ratten scheinen sich nicht an der Menge zu stören, die uns beobachtet, was toll ist. Das Gleiche kann man von mir nicht behaupten. Ich habe tatsächlich etwas Lampenfieber, obwohl die Gruppe nur ein Zehntel der maximalen Kapazität des Theaters ausmacht – ganz zu schweigen davon, dass ich schon einmal in einem ausverkauften Zirkus aufgetreten bin und ein Maskottchen bei einem überfüllten Eishockeyspiel war.

Ich schätze, die Tatsache, dass das hier wichtig ist, macht mich ein wenig nervös.

Aber hey. Alle jubeln, als die erste Nummer vorbei ist, und das gibt mir die Zuversicht, weiterzumachen. Ich habe das Gefühl, dass ich auch mit einer größeren Menschenmenge zurechtkomme – es wird nur etwas dauern, bis ich mich daran gewöhnt habe.

Als ich wieder in meinem Hotelzimmer bin, klingelt mein Telefon. Genau wie vorhin macht mein Herz einen Sprung, weil ich denke, dass es Michael sein könnte, nur um dann enttäuscht festzustellen, dass es wieder Seraphina ist.

»Tut mir leid«, sagt sie ohne Vorrede. »Ich hätte dir zu dem Job gratulieren sollen.«

»Nein. Mir tut es leid. Ich weiß, dass du nur das Beste für mich willst.«

»Genau.«

»Und das ist dieser Job«, sage ich und wünschte, ich wäre mir so sicher, wie ich vorgebe, es zu sein. Ich weigere mich, mich meinem Unwohlsein hinzugeben, und erzähle ihr von meiner ersten Probe und dem unerwarteten Lampenfieber.

»Ja, da würde ich mir keine Sorgen machen«, sagt sie. »Du bist eine Klaunbut. Egal, wie voll der Zirkus ist, wir können Schwerter schlucken und unseren Kopf in den Rachen eines Löwen stecken. Was ist schon eine kleine Rattennummer im Vergleich dazu?«

KAPITEL 26
KALLIOPE

Im Laufe des nächsten Monats – und nicht nur einige Wochen, wie Max gehofft hatte – sind meine Ratten und ich so sehr mit den Vorbereitungen für unseren ersten richtigen Auftritt beschäftigt, dass ich kaum Zeit habe, Trübsal zu blasen. Das heißt, ich weine nur noch ein oder zwei Stunden am Tag, überprüfe stündlich mein Telefon auf eine Nachricht von Michael und fantasiere jedes Mal davon, wie wir uns unter den lächerlichsten Vorwänden küssen, wenn ich zwei Tauben sehe, die dicht beieinander auf einem Ast sitzen. Oder wenn ich irgendwelche Vögel sehe, die irgendetwas tun, sogar auf Autos kacken.

Als meine erste Show ansteht, habe ich kaum noch Lampenfieber, was toll ist. Die Ratten übertreffen sich selbst, besonders bei der Einradnummer. Als die Vorführung vorbei ist, erhebt sich das Publikum tatsächlich, während wir einen tosenden Applaus bekommen.

Als ich mich verbeuge, möchte ich mir einen Tritt verpassen, weil ich diesen Höhepunkt in meinem Leben nicht uneingeschränkt genieße. Mehr als alles andere möchte ich, dass Michael in dieser Menge ist. Ich will, dass er mich danach umarmt. Ich will, dass er …

Als ich merke, dass ich mich immer noch verbeuge, obwohl der Vorhang bereits gefallen ist, gebe ich meinen kleinen Lieblingen tolle Leckereien und mische mich dann unter meine Familie, die für die Show eingeflogen wurde und in der ersten Reihe saß.

»Also«, sagt Seraphina, als wir allein sind. »Wie schlimm war das Lampenfieber?«

»Gar nicht schlimm«, antworte ich ihr. »Sag ruhig ›Ich hab's dir ja gesagt‹.«

»Ich hab's dir ja gesagt.« Sie grinst wie wahnsinnig, aber dann wird ihr Blick ernst. »Hast du von ihm gehört?«

Sie muss mir nicht erklären, wen sie mit *ihm* meint.

»Nein. Und das habe ich auch nicht erwartet.« Ich habe es gehofft. Und darum gebetet, aber …

»Hast du ihn angerufen?«, fragt sie.

Ich runzele die Stirn. »Warum sollte ich?«

»Ähm, weil du diejenige bist, die gegangen ist?«

Meine Brust zieht sich zusammen. »Ich habe getan, was ich tun musste.«

»Hast du das? Warum? Hast du überhaupt die

Möglichkeit einer Fernbeziehung in Betracht gezogen?«

Die Wahrheit ist, dass ich das nicht getan habe. Zumindest nicht in dem Moment, als Michael mich gebeten hat, zu bleiben. Noch wenige Minuten zuvor war ich mir so sicher gewesen, dass er mich aus den üblichen Gründen verlassen hatte, dass ich die Tatsache, dass er es nicht getan hatte, nicht ganz verarbeiten konnte. Es war, als ob meine Gedanken festgesteckt hätten, und das Einzige, woran ich denken konnte, war, dass jeder andere Freund mit mir Schluss gemacht hat.

»Du solltest ihn anrufen«, sagt Seraphina, als ich schweige.

Ich schlucke. »Ich glaube, ich würde es nicht ertragen, wenn er nicht antwortet.« Was er nicht tun wird.

Sie runzelt die Stirn. »Warum sollte er nicht antworten?«

»Warum hat er nicht mich angerufen?«

»Weil du diejenige bist, die gegangen ist«, wiederholt sie.

Verdammt seien sie und ihre dummen guten Argumente. Ich weiß, dass sie recht hat. Michael hat mich gebeten, zu bleiben. Er hat gesagt, dass er meine Familie mag, aber ich habe ihm nicht wirklich geglaubt.

Warum nicht?

Liegt es daran, dass jeder meiner anderen Freunde

mich verlassen hat, sobald sie meine seltsame Familie kennengelernt hatten?

Oder … vielleicht war es nie meine Familie, die sie seltsam fanden.

Vielleicht war es die Vorstellung, dass ich die Verrückte bin, vor der sie weggelaufen sind, die mir wirklich Angst gemacht hat.

»Seraphina …« Meine Stimme stockt. »Ich glaube, ich habe es vermasselt. Wie du gesagt hast, mochte er unsere Familie und das hat er bewiesen, indem er mich gebeten hat, bei ihm einzuziehen. Indem er mich gebeten hat, zu bleiben. Und was habe ich getan? Ich bin gegangen. Ich habe nicht einmal versucht …«

Sie legt mir eine Hand auf die Schulter. »Wünschst du dir, du wärst geblieben?«

Ich schlucke den Kloß in meinem Hals hinunter. »Ja. Nein. Vielleicht. Du hast die Show gesehen. Ich musste hierherkommen. Aber ich wünschte, wir hätten uns nicht gestritten, bevor ich gegangen bin. Ich wünschte, wir hätten uns entschieden, es zu versuchen. Ich meine, ich hätte nach Florida fliegen können, um ihn zu sehen, und er hätte nach New York fliegen können, um mich zu sehen.«

In diesem Moment stößt mein Bruder zu uns, so dass wir nicht weiter darüber reden können.

Doch dieses Gespräch geht mir den ganzen Abend und bis tief in die Nacht hinein nicht aus dem Kopf. Am nächsten Morgen wache ich müde und herzkrank auf, aber mit einer Erleuchtung.

Ich kann nicht mehr so weitermachen.

Ich muss versuchen, die Dinge mit Michael in Ordnung zu bringen, und wenn er mir sagt, dass ich mich zum Teufel scheren soll, ist das ein Preis, den ich zahlen muss – aber zumindest weiß ich dann, dass ich es versucht habe.

»**D**u gehst in den Ruhestand?« Dante nimmt seine Torwartmaske ab und blendet alle mit der Blässe seiner Haut. »Nach all dem harten Training?«

Der Rest des Teams sieht genauso geschockt aus, und ich kann verstehen, warum. In letzter Zeit war ich eine Bestie auf dem Eis, aber es war die einzige Möglichkeit, mich von Kalliope abzulenken. Außerdem habe ich dem Trainer einen Gefallen getan, indem ich das Team vor meiner Verabschiedung auf Vordermann gebracht habe.

»Ich habe mich zunehmend auf meine Stiftung konzentriert«, erkläre ich. »Und für die nächste Phase muss ich überall persönlich hinreisen.«

»Überall schließt auch New York ein, oder nicht?«, fragt Dante mit einem Augenrollen. »Schließlich wohnt dort Tugev, dein größter Spender.«

»Genau.« Dantes Tugev-Spruch kommt nicht an, weil ich dieses überhebliche Arschloch nicht mehr als meinen Feind ansehe. Eigentlich ist fast das Gegenteil der Fall, denn wir haben überraschend viele Gemeinsamkeiten.

»Wenn ich darf.« Der Trainer klopft mir auf die Schulter. »Wir werden dich hier vermissen, Michael.«

»Ohne dich wird es sicher nicht dasselbe sein«, sagt Isaac, und ich weiß, was er meint: Es wird viel einfacher für mich sein, meine Rolle als Kapitän zu spielen, ohne dass ein Arschloch wie du mich bei jedem Schritt untergräbt.

»Ja«, sagen mehrere der Spieler unisono.

»Aber du kannst nicht gehen, bevor wir dich nicht mit einigen Drinks verabschiedet haben«, fügt Coach hinzu.

Dieser Vorschlag wird von allen Seiten bejubelt.

Scheiße. Irgendwann haben diese Arschlöcher aufgehört, mich so sehr zu hassen wie früher, und ich glaube, ich kann es fast ertragen, sie um mich herum zu haben. Verdammt, vielleicht muss ich dieses Drecksloch sogar sporadisch besuchen – nur weil sie alle sentimentale Idioten sind.

»Kann ich mit dir unter vier Augen sprechen?«, fragt mich Dante mit einem ernsten Blick.

Als wir außer Hörweite sind, fragt er: »Wenn du im Big Apple bist, willst du dann ein bestimmtes Theater besuchen?«

Ich werfe ihm einen so finsteren Blick zu, dass er

eine weitere Nuance erblasst, was ich nicht für möglich gehalten hätte. »Geh zum Schwanz.«

»Gut. Das geht mich nichts an. Ich habe es verstanden.«

Er läuft mit gebeugten Schultern davon. Trotzdem möchte ich ihm folgen und ihm in die Nieren schlagen, weil er mir den Gedanken wieder in den Kopf gesetzt hat.

Nicht, dass er nicht schon seit über einem Monat darin kreisen würde, wie eine kaputte Schallplatte. Egal, wie hart ich auf dem Eis gearbeitet habe oder wie viele Fortschritte ich mit der Stiftung gemacht habe, verräterische Was-wäre-wenn-Gedanken sind immer wieder aufgetaucht, wie Splitter von einem billigen Hockeyschläger.

Was wäre gewesen, wenn ich das Essen höflicher verlassen hätte? Was wäre gewesen, wenn ich etwas hartnäckiger gewesen wäre, bevor sie gegangen ist?

Scheiße … was wäre, wenn ich sie jetzt anrufen würde? Ihr schreiben würde? Sie besuchen würde?

Die letzten drei sind die Killer, und es hat mich all meine Willenskraft gekostet, der Versuchung nicht nachzugeben … aber in letzter Zeit habe ich vergessen, warum ich ihr so sehr widerstehe.

Bin ich ein verdammter Masochist?

Mein Telefon klingelt.

Oh verdammt. Das ist der Typ, den ich über eine Freelancer-Seite angeheuert habe.

Ich verlasse das Eis, setze mich auf eine Bank und überlege, ob ich mir das Video ansehen soll, das ich in

Auftrag gegeben habe. Ein Video, das die Was-wäre-wenn-Situation wahrscheinlich noch viel schlimmer machen wird.

Verdammt. Wem mache ich etwas vor? Meine beschissene Möchtegern-Willenskraft ist nutzlos. Wenn es nicht so wäre, hätte ich den Mann gar nicht erst beauftragt.

Ich spiele also das Video von Kalliopes erster Show ab und bin froh, dass ich sitze – und dass ich weit von meinen schwachsinnigen Teamkollegen entfernt bin. Falls meine Augen am Ende feucht sein sollten – was sie ganz und gar nicht sind –, ist das Letzte, was ich will, dass ich jemanden töten muss, weil er mich damit aufzieht.

Kalliope war großartig. Sie und ihre Ratten. Und das war die erste Show. Von hier an kann es nur noch besser werden. Um ehrlich zu sein, konnte ich mir nicht vorstellen, dass die Ratten *so* unterhaltsam sein könnten, aber sie waren es, vor allem, als sie ihr kleines Fußballspiel spielten, das viel ausgefeilter geworden ist, seit ich es das letzte Mal gesehen habe.

Scheiße. Ich bin ein echter Masochist. Der ganze Schmerz, den ich gefühlt habe, als sie gegangen ist, ist wieder da. Genauso wie der verzweifelte Wunsch, mit ihr in Kontakt zu treten oder ihr zu folgen, oder …

Ehrlich? Verdammt. Ich kann diesen Scheiß nicht mehr ertragen.

Ich werde sie anrufen, und wenn sie mir sagt, dass ich zur Hölle fahren soll, dann soll es so sein. Ich bezweifele, dass ich mich noch beschissener fühlen kann, als ich mich die ganze Zeit über ohne sie gefühlt habe.

Mein Herz hämmert wie wild in meiner Brust, und ich wähle ihre Nummer – und höre ein Telefon in der Nähe des Eingangs zur Eishalle klingeln. Der Klingelton ist *The Hockey Song* von Stompin' Tom Connors.

Seltsam.

Während ich darauf warte, dass sie abnimmt, ertönt der Klingelton immer wieder. Meine Brust zieht sich zusammen, als ich auf den Anrufbeantworter weitergeleitet werde.

Scheiße.

Ich lege auf und rufe sie noch einmal an – nur um direkt hinter mir den gleichen Klingelton zu hören.

Nein.

Das kann nicht sein.

Ich stehe auf, drehe mich um und runzele die Stirn.

Das Geräusch kommt von einer Person, die das Maskottchenkostüm einer anderen Mannschaft trägt – zumindest glaube ich, dass es das ist. Andererseits … Welches Team hat schon einen gelben Vogel als Maskottchen? Er hat einen riesigen Kopf, riesige Augen und clownähnliche orangefarbene Füße.

Moment einmal.

Auf der Schulter des Vogels … ist das eine Ratte?

»Kalliope?«, rufe ich aus.

Die Antwort des Vogelmenschen ist gedämpft, also kann ich mir nicht sicher sein, dass sie es ist, aber ich gehe trotzdem zu dem Maskottchen.

Der gelbe Vogel hebt seine Arme und zieht den riesigen Kopf ab, so dass Kalliopes schönes Gesicht zum Vorschein kommt.

Ich starre sie an. Ist das ein Traum? »Ich wollte dich gerade anrufen.« Wie ein Idiot zeige ich ihr mein Telefon.

»Ich weiß«, sagt sie strahlend. »Aber ich wollte das hier nicht verderben.« Stolz zeigt sie den Kopf des Maskottchens.

»Was ist das?«, schaffe ich zu fragen – obwohl ich sie am liebsten in meine Arme nehmen und küssen will, bis sie keine Luft mehr bekommt.

Kalliope runzelt die Stirn. »Ist das nicht offensichtlich?«

»Nein?« Ich schaue Wolfgang an, in der Hoffnung, dass er mir helfen kann, aber alles, was ich als Antwort bekomme, ist ein Quieken.

»Ich bin ein Kanarienvogel«, sagt sie. »Ein Vogel.«

»Richtig …« Ich glaube, ich erkenne diesen Vogel jetzt sogar wieder. Es war in einem Zeichentrickfilm, und es gab eine Katze, die …

»Ich bin dein Vögelchen«, sagt sie schroff. »Und du magst Vögel. Also habe ich meine alten Verbindungen zu Freizeitparks genutzt, um mich als Tweety zu verkleiden, der der Inbegriff eines Vögelchens ist.«

Oh. »Ist das eine große Geste?« Mein Herzschlag beschleunigt sich. »Willst du damit sagen, dass du mich zurückhaben möchtest?«

Sie nickt feierlich. »Wenn du mich willst. Wenn du

mir verzeihst.« Sie atmet tief durch. »Es tut mir so leid, wie ich gegangen bin. Ich war mir so sicher, dass du vor meiner Familie weggelaufen bist, als du das Abendessen verlassen hast, und selbst als ich herausgefunden habe, dass du es nicht getan hast, konnte ich nicht schnell genug schalten. Alle meine Verflossenen haben mich abserviert, nachdem sie meine Familie kennengelernt hatten, und ich war mir so sicher, dass du das auch tun würdest, dass ich die Wahrheit nicht ganz glauben konnte, als du sie mir gesagt hast.«

»Kalliope, ich habe deine Familie geliebt …«

»Nein, hör zu.« Sie nimmt einen weiteren tiefen Atemzug. »Ich habe gemerkt, dass ich nicht wirklich Angst davor hatte, dass du meine Familie zu seltsam finden würdest. Genauso wie meine Verflossenen mich nicht ihretwegen abserviert haben, wird mir klar, jetzt, wo ich darüber nachdenke. Ich meine, dass Voldemort ihre Schlange während des Abendessens gestreichelt hat, könnte der letzte Tropfen gewesen sein, aber die Realität ist, dass sie mich meinetwegen verlassen haben. Denn ich bin die Seltsame. Ich bin wahrscheinlich die klaunbutischste Klaunbut von uns allen, mit meinen Ratten und meinen Haaren und …«

Ich nehme ihre Hand in meine. »Ich liebe deine Ratten. Und deine Haare. Und all deine wunderbar schrägen Verwandten.« Ich meine … Was zum Teufel raucht sie? Sie und ihr ganzer Clan sind großartig. Ich füge schroff hinzu: »Und ich bin derjenige, dem es leidtut. Ich hätte das sehr wichtige Abendessen mit deiner Familie nicht so abrupt verlassen sollen. Wenn …«

»Stopp.« Sie drückt meine Hand. »Mehr brauchst du nicht zu sagen.«

»Wenn das so ist …« Ich höre auf zu reden und küsse sie leidenschaftlich, weil ich die Zeit, die wir getrennt waren, unbedingt wiedergutmachen will.

In der Ferne hört man nervige anzügliche Bemerkungen und sogar Klatschen.

Scheiße. Ich habe meine Arschloch-Kollegen vergessen.

Kalliope zieht sich zurück, blickt auf das Eis und errötet.

»Lasst uns allein!«, brülle ich. »Oder lebt mit den Konsequenzen.«

Zu meinem Entsetzen gehen sie weg, aber sie lachen untereinander, wahrscheinlich auf unsere Kosten.

»Tut mir leid«, sage ich verlegen. »Wo waren wir?«

Sie befeuchtet ihre rosafarbenen, vom Kuss geschwollenen Lippen. »Ich denke, wir hätten gehen sollen, nicht sie … damit wir uns ein Bett suchen können.«

Und einfach so bin ich härter als je zuvor in meinem Leben. Aber … »Es gibt etwas, das ich dir sagen muss. Etwas, was ich an jenem Abend sagen sollen hätte. Etwas, was die Dinge wieder durcheinanderbringen könnte, aber wenn …«

»Was ist es?« Sie lässt Tweetys Kopf auf den Boden fallen.

Das ist es. Ich bekomme eine zweite Chance für das größte Was-wäre-Wenn, das mich die ganze Zeit über gequält hat.

Ich wiege Kalliopes Gesicht in meinen Handflächen. »Ich liebe dich, *ptichka*.« Ich schaue ihr tief in die Augen. »Ich habe begonnen, mich in dich zu verlieben, als du den Bärenkopf abgenommen hast und ich zum ersten Mal deine grünen Augen und dein rosa Haar gesehen habe. Dann bin ich noch ein wenig tiefer gefallen, als du die Handschuhe ausgezogen hast und ich deine glitzernden Nägel gesehen habe. Und noch tiefer, als ich die Ratte sah …«

»Darf ich endlich antworten?«, fragt sie gespielt mürrisch, aber ihre Augen glänzen glücklich. Zumindest hoffe ich, dass es das ist, was ich sehe.

Ich nicke.

»Ich liebe dich auch«, sagt sie atemlos. »Du bist der Erpel zu meiner Ente und die Taube zu meinem Täuberich.«

Glüht meine Brust? Denn genau so fühlt sich das an. »Weißt du, Enten sind nicht die romantischsten Vögel für eine Liebeserklärung«, kann ich mir nicht verkneifen. »Sie bleiben nicht ihr ganzes Leben lang zusammen, und sie haben sehr aggressiven Sex.« Ganz zu schweigen von einer noch weniger romantischen Tatsache: Erpelschwänze sind wie Korkenzieher geformt. »Oh, und eine Taube ist keine weibliche Taube, und ein Täuberich keine männliche, wie du angedeutet hast. Sie sind technisch gesehen derselbe

Vogel, aber mit leichten chromosomalen Unterschieden.«

Sie rollt mit den Augen. »Ich liebe dich trotz allem, was du gerade gesagt hast. Ich liebe dich, als wäre ich …«, sie hält inne und sucht nach Worten, »als wäre ich der Puck zu deinem Schläger.«

Und als Antwort auf diese brillante Analogie küsse ich sie wieder.

EPILOG
KALLIOPE

»Danke«, sage ich zu den jubelnden Esten in ihrer Muttersprache – wenn auch gebrochen. »Und bitte … für die Zukunft hoffe ich, dass ihr es in euren Herzen findet, Ratten freundlich zu behandeln.«

Dann fällt der Vorhang, und ich gebe allen meinen Ratten ihre Leckerbissen, vor allem Lenin, der gerade einen Hochseilakt vollführt hat, fast so gut wie meine Großmutter.

Towarischtsch, ich kann nicht glauben, dass du mich in ein Land gebracht hast, das es wagt, zu gedeihen, nachdem es den Ruhm der Sowjetunion aufgegeben hat.

Ich packe meine Sachen zusammen und gehe hinter die Bühne, wo ich einige der VIPs treffe und ihnen ein Autogramm gebe – etwas, worum ich in letzter Zeit immer häufiger gebeten werde.

Als die Autogrammstunde beendet ist, gehe ich zu Michael und einer Gruppe von Kindern, die dank

Michaels immer weiter wachsender Stiftung eine Karriere in einer Sportart ihrer Wahl beginnen werden.

»Kinder, das ist meine Frau, Kalliope«, sagt Michael stolz. »Kalliope, das sind die Kinder.« Vermutlich sagt er dann dasselbe auf Russisch, der beliebtesten Minderheitensprache in diesem Land.

Mit Michael als Dolmetscher erfahre ich all ihre Namen, während sie mir erzählen, wie sehr ihnen die Show gefallen hat.

Als die Zwillinge – auch bekannt als zwei meiner liebsten Menschen auf der ganzen Welt – zu uns hinter die Bühne kommen, strahlt Michael sie an und sagt: »Das sind unsere Kinder, Sascha und Filipp.« Genau wie vorhin wiederholt er das Ganze auf Russisch.

Seine Schützlinge betrachten die Zwillinge mit unverhohlener Neugier und ein Mädchen sagt etwas auf Russisch zu mir, was Michael so übersetzt: »Du scheinst zu jung zu sein, um so große Kinder zu haben.«

Das ist nicht wahr. Die Zwillinge sind neun, also hätte ich sie zur Welt bringen können … theoretisch.

Michael hält einen ganzen Monolog auf Russisch, in dem er wahrscheinlich erklärt, dass Sascha und Filipp biologische Geschwister sind und dass wir sie in einem russischen Waisenhaus kennengelernt und kurz darauf adoptiert haben.

Hoffentlich tut er, worum ich ihn gebeten habe, und überspringt den Teil, in dem seine Stiftung den Zwillingen nicht helfen konnte, weil sie keinen Sport mögen. Und dass ihre Geschichte besonders herzzerreißend war: Ihre Eltern waren Feuerwehrleute, die im Dienst gestorben sind. Und dass die Zwillinge im Waisenhaus gemobbt wurden, weil sie – hauptsächlich Sascha – eine Ratte als Haustier hatten, Lariska, die jetzt auch zu unserem Haushalt gehört.

»Mama«, sagt Sascha. »Kann ich ihnen unsere Ratten zeigen?«

Ich lächele. »Natürlich, Süße.«

Sascha sagt ihren neuen Freunden etwas auf Russisch und eilt mit ihrem Bruder und den anderen Kindern auf den Fersen weg.

Michael sagt einem seiner Angestellten, er solle auf die Kinder aufpassen, und dann fragt er mich, was ich über die Veranstaltung denke.

»Sie war unglaublich«, sage ich. »Sag Mason – ich meine Tugev –, dass ich ihm zu großem Dank verpflichtet bin, weil er vorgeschlagen hat, dass wir sein Vaterland bereisen.«

»Ich werde nichts dergleichen tun«, knurrt Michael. »Das Ego dieses Wichsers ist bereits gigantisch, und ich weigere mich, es weiter zu füttern.«

Hmm. Wo wir gerade von gigantischen Dingen sprechen …

»Boo«, sage ich zaghaft. »Es gibt da etwas, was ich dir sagen wollte.«

Er neigt seinen Kopf. »Möchte noch jemand in deiner Familie jemanden adoptieren?«

Das ist eine berechtigte Frage, denn einige meiner

Verwandten sind unserem Beispiel gefolgt und haben einigen der Kinder, denen Michaels Stiftung nicht helfen konnte, ein Zuhause gegeben. Ganz zu schweigen davon, dass meine ganze Familie Michael mit einer solchen Begeisterung aufgenommen hat, dass man meinen könnte, Hockey zu spielen – oder mich mit Orgasmen zu überschütten – gehöre zu den Kernkompetenzen des Zirkus.

»Nein«, antworte ich. »Aber du bist nahe dran. Es hat mit Zuwachs für unsere Familie zu tun.« Ich lege meine rechte Hand auf meinen noch flachen Bauch. »Ich bin offiziell eine VIP-Lounge für einen bohnengroßen Hybriden aus einem Clownhintern und einem Bären.«

Scheiße. Ich hätte den Bärenwitz nicht in einem kritischen Moment wie diesem machen sollen. Als ich den Nachnamen Medvedev angenommen habe, habe ich verfügt, dass ich anstelle von Witzen über Clowns und Hintern Bärenwitze machen darf, und Michael hat gelächelt, als er einige von ihnen gehört hat, aber …

Michael umarmt mich wie ein Bär und brummt mir aufgeregt in einer Mischung aus Englisch und Russisch ins Ohr.

Als er mich endlich loslässt, glänzen seine Augen. »Ich hätte nicht gedacht, dass ich mich so über die Nachricht freuen könnte. Danke, *ptichka*.«

»Danke?« Ich rolle mit den Augen. »Heb dir den Dank für den Moment auf, wenn die Bohne – die so groß wie ein kleiner Kürbis werden wird – aus meinem rosa Panther herauskommt.«

Er nickt ernst. »Ich werde dir danken, wenn das passiert. Und ich danke dir *jetzt*. Und ich werde dir bei jedem Schritt auf dem Weg danken.«

Meine Lippen zucken. »Der beste Dank wäre eine Fußmassage.«

»Betrachte es als erledigt.«

Ich grinse. »Wie wäre es mit hausgemachten Wareniki mit Pilzen?«

»Ich mache sie dir jederzeit, wenn du einen Heißhunger darauf hast«, verspricht er. »Auch andere Füllungen.«

»Apropos Füllung«, sage ich. »Es gäbe da noch eine Sache.«

Er wölbt eine Augenbraue. »Ja?«

»Bei einer ihrer viel zu privaten Geschichten hat mir meine Mutter erzählt, dass alle Frauen in unserer Familie einen erhöhten Sexualtrieb haben, wenn sie schwanger sind.«

Seine Nasenlöcher blähen sich. »Erhöht? Höher als jetzt bereits?«

Ich schlage leicht auf seine Brust. »Wenn das passiert, möchte ich, dass du …«

»Ich werde dich immer wieder kommen lassen«, sagt er heiser. »Und dann noch einige Male mehr.«

»Das klingt gut«, sage ich atemlos. »Gib mir die Hand darauf.« Ich strecke meine Hand aus.

Er umfasst die dargebotene Hand und streichelt sie sanft. »Ich habe eine bessere Idee.« Er zieht mich zu sich heran und flüstert: »Wie wäre es, wenn wir in deine Garderobe gehen und diese Dankbarkeit ins Rollen bringen?«

Ich drücke seine Hand ganz fest. »Ich dachte, du würdest nie fragen.«

Damit ziehen wir uns zurück, entledigen uns unserer Kleidung und Michael demonstriert mir, welche Art von Pflege ich für den Rest der Schwangerschaft erwarten kann.

Und für den Rest meines Lebens.

LESEPROBEN

Danke, dass Sie an Kalliopes und Michaels Reise teilgenommen haben! Um über meine zukünftigen Bücher informiert zu werden, melden Sie sich für meinen Newsletter auf www.mishabell.com.

Blättern Sie um und lesen Sie Kostproben aus *Der Milliardär mit dem Puck* und *Billionaire Grump – Ein stacheliger Milliardär!*

AUSZUG AUS DER MILLIARDÄR MIT DEM PUCK

Sophia
Unerwartet Erbin zu werden, hätte alle meine
Probleme beseitigen sollen, aber stattdessen habe ich
drei neue, riesige: zwei riesige Schildkröten und einen
schlanken, gemeinen, zweihundert Pfund schweren
Hockeyspieler namens Mason. Er ist ebenso heiß wie
unausstehlich und hätte einen guten Wikinger
abgegeben, wenn er nicht im falschen Jahrhundert
geboren worden wäre.

Er will mein Hockeyteam kaufen, akzeptiert kein Nein
als Antwort und ist bereit, alles zu tun, um seinen
Willen durchzusetzen – egal, wie schmutzig er spielen
muss.

Mason
Alles, was ich wollte, war, mein Team zu kaufen, aber

was eine einfache geschäftliche Transaktion sein sollte, wurde schnell kompliziert – und alles nur, weil ich versehentlich eine Frau beleidigt habe, die sich als neue Besitzerin entpuppte … und als Naturgewalt. Jetzt lösen sich alle meine sorgfältig ausgearbeiteten Pläne in Luft auf, und ich stehe vor einer lebensverändernden Entscheidung.

Will ich immer noch das Team, oder will ich eher die Besitzerin des Teams?

———

Ich bin immer noch wie benommen, als ich meine Umgebung betrachte.

Hier warten zwei Männer: ein schnauzbärtiges, korpulentes Exemplar, das eine Zeitschrift liest und mit den Knöpfen an seinem Hemdkragen spielt, und ein hochgewachsener, grüblerischer, breitschultriger Mann, der sein Telefon fest umklammert.

Oh Mann.

Diese Faust.

Nicht das schon wieder.

Aber ja. Und schon werde ich allein von dem Anblick feucht, erregt und voller Verlangen.

Was stimmt nicht mit mir? Man sollte meinen, dass ich nach alldem, was ich gerade in diesem Büro erlebt habe, nicht gerade an Sex denken würde, aber es scheint, als ob das blöde Faust-Ding nie wegfallen wird.

In Wirklichkeit bin ich ein friedlicher Mensch – eine Pazifistin sogar – und nicht besonders pervers, soweit ich das beurteilen kann, also habe ich keine Ahnung, warum der Anblick einer Männerfaust bei mir das bewirkt, was Viagra bei einem geilen männlichen Teenager bewirken würde. Oh, und die Faust, die an einem so schönen Mann hängt, macht die Situation noch viel schlimmer.

Der Typ hat stechend graue Augen, eine starke – wenn auch in der Vergangenheit gebrochene –Nase, einen kräftigen Kiefer und Wimpern, für die ich meine Seele verkaufen würde. Und aus irgendeinem Grund trägt er einen Trainingsanzug, der ihn wie einen Old-School-Rapper oder Mafioso aussehen lassen sollte. In meinen Augen ähnelt er jedoch einem Wikinger. Vielleicht liegt es an den langen, blonden Haaren? Oder der Wildheit, die er ausstrahlt?

Wenn wir schon dabei sind, unzusammenhängende Fragen zu stellen: »Wie funktioniert eigentlich Anziehung?« Ist *heiß sein* objektiv oder subjektiv? Haben wir alle eine Wahl, wen wir *heiß*, finden, oder ist das nur eine andere Art, die Frage nach dem freien Willen zu formulieren?

Wie auch immer. Ich schlucke die überschüssige Flüssigkeit, die sich in meinem Mund sammelt, hinunter, und wünschte, es gäbe ein weibliches Äquivalent zum Schlucken. Es ist genau wie bei den Fäusten: Obwohl ich Gewalt und alles, was Wikinger repräsentieren, verabscheue, finde ich sie unendlich faszinierend. Und ich bin nicht stolz darauf, aber manchmal stelle ich mir vor, wie es wäre, mich mit einem von ihnen im Heu zu wälzen ... und beim Orgasmus Odins Namen zu schreien.

Na gut, vielleicht habe ich ja eine Macke/Schwäche. Oder zwei.

»Das ist auch das Büro meines Anwalts«, knurrt der Wikinger sexy. »Ein Stalker würde in ihrer Wohnung warten.«

Wer ist diese sie, und warum bin ich eifersüchtig?

»Oh, bitte«, antwortet der Wikinger auf das, was er am anderen Ende der Leitung hört, und seine grauen Augen glänzen stählern. »Sie hat ihn all die Jahre gemieden, aber sobald er krank wurde, war sie da.«

Einen Augenblick einmal. Ist es mein schlechtes Gewissen, das da spricht, oder ist er ...

»Denkst du, sie war an einer Versöhnung interessiert?«, fährt er fort. »Auf keinen Fall. Sie ist nicht einmal zu seiner Beerdigung gekommen.«

Scheiße. Der Wikinger spricht über mich. Aber ...

»Alles, was sie wollte, war das Geld, wie ein goldgieriger Aasgeier.«

Ein Keuchen entweicht meinen Lippen, und alle Spuren von Erregung verfliegen, so dass ich trockener bin als eine Pflaume in der Wüste.

Der Arschloch-Wikinger nimmt Blickkontakt zu mir auf, und eine Achterbahn der Gefühle durchfährt seine Züge, aber kein einziges davon sind Schuldgefühle wegen dem, was er gesagt hat.

Er scheint vor allem enttäuscht darüber zu sein, dass er erwischt wurde.

Aus reinem Instinkt heraus schließe ich die Lücke zwischen uns, stoße mit meinem Zeigefinger auf seine breite Brust und zische: »Wie kannst du es wagen?«

———

Für mehr Informationen, melden Sie sich für meinen Newsletter auf www.mishabell.com/de.

AUSZUG AUS BILLIONAIRE GRUMP – EIN STACHELIGER MILLIARDÄR

Juno

Als ich zu spät zu einem Vorstellungsgespräch komme und im Aufzug mit einem nervtötend sexy, vom alten Rom besessenen Griesgram feststecke, erwarte ich auf keinen Fall, dass er der Milliardär ist, dem das Gebäude gehört. Ich erwarte auch nicht, dass ich ihn fast umbringe ... aus Versehen, natürlich.

Die Stelle in der Pflanzenpflege, für die ich mich beworben habe, bekomme ich zwar nicht, aber ich bekomme ein interessantes Angebot.

Lucius muss der Öffentlichkeit (und seiner Großmutter) vortäuschen, dass er eine Beziehung hat, und ich brauche Studiengeld für meinen Abschluss in Botanik. Unsere Vereinbarung ist für beide Seiten vorteilhaft - zumindest bis ich anfange, Gefühle für ihn zu entwickeln.

Wenn ich als Kaktusliebhaberin eine Sache gelernt habe, dann, dass man sich mit großer

Wahrscheinlichkeit verletzen wird, wenn man ihm zu nahe kommt.

Lucius
Nach dem Vorfall im Aufzug bleiben mir drei Dinge: meine Lieblingswasserflasche voller Urin, eine lebensbedrohliche allergische Reaktion und Paparazzi-Fotos von meiner "Freundin" und mir, die meine Oma zur glücklichsten Frau der Welt machen.

Natürlich ist mein nächster Schritt, dieses (zugegebenermaßen süße) Mädchen zu erpressen - ich meine, zu überreden -, so zu tun, als würde sie mit mir ausgehen. Auf diese Weise bleibt meine Oma glücklich, und als Bonus kann ich mir die Goldgräberinnen vom Leib halten.

Leider macht sich meine Erzfeindin, die Biologie, bemerkbar, und es wird immer schwieriger, den Teil unserer Vereinbarung einzuhalten, der besagt, dass wir auf körperliche Nähe verzichten. Schlimmer noch: Je länger ich mit Juno zusammen bin, desto mehr schmilzt mein fein säuberlich aufgebautes eisiges Äußeres dahin.

Wenn ich nicht aufpasse, wird Juno meine Mauern komplett einreißen.

———————

»Wollen Sie damit sagen, dass ich dumm bin?«, fahre ich ihn an. Jeder könnte Probleme mit diesen verdammten Tasten haben, nicht nur eine Person mit Legasthenie.

Er schaut demonstrativ auf die Knöpfe. »Dumm ist, wer Dummes tut.«

Ich knirsche schmerzhaft stark mit den Zähnen. »Sie sind ein Arschloch. Und Sie haben zu oft Forrest Gump gesehen.«

Seine Lippen werden schmal. »Der Film war nicht der Ursprung dieses Sprichworts. Es kommt aus dem Lateinischen: Stultus est sicut stultus facit.«

Ich rolle mit den Augen. »Was für ein überheblicher *stultus* zitiert Latein?«

Der Stahl in seinen Augen ist so kalt, dass ich wette, meine Zunge würde daran kleben bleiben, wenn ich versuchen würde, seinen Augapfel zu lecken. »Ich weiß es nicht. Vielleicht der Idiot, der zufällig alles mag, was mit Rom zu tun hat, einschließlich der Zahlen.«

Mir klappt die Kinnlade herunter. »Sie haben diese Entscheidung getroffen?« Ich deute in Richtung der Aufzugsknöpfe.

Er nickt.

Scheiße. Er hat mich wahrscheinlich vorhin gehört, was bedeutet, dass ich mit den Beleidigungen angefangen habe. Zu meiner Verteidigung: Er hat eine idiotische Entscheidung getroffen.

Ich stoße einen frustrierten Atemzug aus. »Wenn Sie sich so gut mit römischen Zahlen auskennen, hätten Sie mir auch sagen können, welchen Knopf ich drücken muss.«

Er verschränkt seine Arme vor der Brust. »Sie haben mich nicht gefragt.«

Meine Nackenhaare richten sich wieder auf. »Sie fragen? Sie sahen aus, als würden Sie mir gleich den Kopf abreißen, nur weil ich existiere.«

»Das liegt daran, dass ich mich Ihretwegen zu spät ...«

Der Aufzug bleibt ruckartig stehen, und die Lichter um uns herum werden schwächer.

Wir starren beide auf die Türen.

Sie bleiben geschlossen.

Er dreht sich zu mir um und verengt seine Augen anklagend. »Was haben Sie jetzt gedrückt?«

»Ich? Wie? Ich habe Ihnen gegenübergestanden. Leider.«

Mit einem verärgerten Kopfschütteln geht er auf die Tafel mit den Knöpfen zu, und ich muss wegspringen, bevor ich zertrampelt werde.

»Sie haben wahrscheinlich vorhin etwas gedrückt«, murmelt er. »Warum sollten wir sonst festsitzen?«

Warum ist es illegal, Menschen zu würgen? Nur ein paar Sekunden meine Hände um seinen Hals zu legen, wäre eine beruhigende Übung.

Stattdessen starre ich auf seinen Rücken, der mir die Sicht darauf versperrt, was er tut. »Der arme Aufzug hat wahrscheinlich gerade Selbstmord wegen dieser römischen Ziffern begangen. Er wusste, dass jemand, wenn er Dinge wie L und XL sieht, an T-Shirt-Größen für Neandertaler wie Sie denkt. Und lassen Sie mich nicht mit dem XXX-Button anfangen, der eine klare Anspielung auf Pornos ist. Das schafft ein feindliches Arbeitsumfeld …«

»Können Sie die Klappe halten, damit ich uns hier rausholen kann?«, fährt er mich an.

Seine Worte verdeutlichen die Realität unserer Situation: Es ist schon über eine Minute vergangen, und die Türen sind immer noch geschlossen.

Lieber Saguaro, sitze ich hier wirklich fest? Mit diesem Kerl? Was ist mit meinem Vorstellungsgespräch?

»Endlich Ruhe«, sagt er zufrieden und geht zur Seite, so dass ich sehe, wie er mit dem Finger auf den *Hilfe*-Knopf drückt.

»Es ist ein Wunder, dass der nicht auf Latein ist«, kann ich mir nicht verkneifen. »Oder Klingonisch.«

»Hallo?«, ruft er in den Lautsprecher unter dem Knopf, und seine Stimme trieft vor Irritation.

Keine Antwort, nicht einmal ein Rauschen.

»Ist da jemand?« Seine Verärgerung steigt eindeutig in neue Höhen. »Ich bin spät dran für ein wichtiges Meeting.«

»Und ich bin spät dran für ein Vorstellungsgespräch«, füge ich hinzu, falls das wichtig ist.

Er hält inne, schaut in meine Richtung und zieht eine dicke Augenbraue hoch. »Ein Vorstellungsgespräch? Für welche Position?«

Ich stelle mich gerader hin. »Ich bin sicher, dass Sie

das nicht wissen, aber die Pflanzen in diesem Gebäude kümmern sich nicht um sich selbst.«

Moment. Habe ich zu viel gesagt? Könnte er mein Vorstellungsgespräch torpedieren – vorausgesetzt, das Aufzugschaos hat es nicht schon getan? Was macht er hier eigentlich – lächerliche Aufzüge entwerfen? Das kann doch kein Vollzeitjob sein, oder?

»Eine Baumumarmerin«, murmelt er vor sich hin. »Das passt.«

Was für ein Arschloch. Ich habe noch nie in meinem Leben einen Baum umarmt. Ich bin zu sehr damit beschäftigt, mit ihnen zu reden.

Mit finsterer Miene wendet er sich wieder dem *Hilfe*-Knopf zu – obwohl ich jetzt denke, dass er eigentlich *Keine Hilfe* heißen müsste.

»Hallo? Können Sie mich hören?«, ruft er. »Antworten Sie jetzt – oder Sie sind gefeuert.«

Ich rolle mit den Augen. »Ist es eine gute Idee, der Person, die uns retten kann, zu drohen?«

Er stößt einen hörbaren Atemzug aus. »Das ist egal. Der Knopf muss eine Fehlfunktion haben. Sie würden es nicht wagen, mich zu ignorieren.«

Ich ziehe mein zuverlässiges Telefon heraus, ein schönes und einfaches Nokia 3310. »Sind Sie sehr von sich eingenommen?«

Er starrt ungläubig auf meine Hände. »Deshalb ist der Aufzug also stecken geblieben. Er ist in eine Zeitschleife geraten und hat uns ins Jahr 2008 gebracht.«

Ich runzele die Stirn über den mangelnden Empfang meines Nokia. »Diese Version wurde 2017 herausgebracht.«

»Es sieht trotzdem dümmer aus als ein hirntoter Crashtest-Dummy.« Stolz holt er ein iPhone aus seiner Tasche. »So sollte ein Telefon aussehen.«

Ich schnaube. »So sieht ständige Ablenkung aus. Wie auch immer, wenn Ihr *iNotSoSmartPhone* – markenrechtlich geschützt – so toll ist, sollte es doch Empfang haben, oder nicht?«

Er wirft einen Blick auf seinen Bildschirm, aber ich kann sagen, dass er die Wahrheit schon kennt: Auch für seinen Liebling gibt es keinen Empfang.

Trotzdem kann ich nicht widerstehen. »Sehen Sie? Ihr geniales Telefon ist genauso nutzlos. Das Einzige, wozu es gut ist, ist, dass es die Leute zu Social Media checkenden Zombies macht.«

Er steckt das Gerät wie ein beschützendes Elternteil weg. »Zusätzlich zu all Ihren anderen liebenswerten Eigenschaften sind Sie auch noch technikfeindlich?«

Ich überlege, ob ich ihm mein Nokia an den Kopf werfen soll, aber ich beschließe, dass es sich nicht lohnt, fünfundsechzig Dollar für ein neues Gerät auszugeben. »Nur weil ich nicht abgelenkt werden will, heißt das nicht, dass ich ein Technikmuffel bin.«

»Eigentlich ist mein Handy gut geeignet, um Ablenkungen auszublenden.« Er zieht sich die Kopfhörer wieder über die Ohren. »Sehen sie?« Er drückt auf Play, und ich höre die leisen Riffs von Heavy Metal.

»Sehr erwachsen«, sage ich zu ihm.

»Tut mir leid«, sagt er übermäßig laut. »Ich kann keine Ablenkungen hören.«

Gut. Wie auch immer. Wenigstens hat er einen guten Musikgeschmack. Mein Kaktus und ich sind große Fans von Metallica, und ich glaube, das ist es, was er gerade hört.

Ich fange an, hin und her zu laufen.

Ich stecke fest und bin spät dran. Wenn sich diese Blockade nicht in den nächsten ein oder zwei Minuten auflöst, kann ich mich von meinem neuen Job verabschieden – und damit auch von meinem Studiengeld. Kein Studiengeld bedeutet kein Botanikstudium, was in den letzten Jahren mein Traum war.

Bei Saguaros Säften, das ist echt ätzend.

Ich werfe einen Blick auf den Hottie – das Arschloch, meine ich.

Was würde er über jemanden mit Legasthenie sagen, der einen Hochschulabschluss machen will? Wahrscheinlich, dass ich eine Universität bräuchte, die Malbücher verwendet. Um ehrlich zu sein, würden auch Malbücher nicht viel helfen – ich kann nie innerhalb dieser blöden Linien bleiben.

Ich seufze, schaue weg und werde immer besorgter. Ganz abgesehen von meinen Träumen: Was ist, wenn der Aufzug eine Weile stecken bleibt?

Das unmittelbarste Problem ist mein wachsendes Bedürfnis, auf die Toilette zu gehen – aber paradoxerweise wird eine längerfristige Sorge sein, Flüssigkeiten zum Trinken zu finden.

Ich frage mich … Wenn man durstig genug ist, nimmt der Körper dann das Wasser aus der Blase wieder auf? Könnte ich mit dem, was ich bei mir habe, einen Filter basteln, um das Wasser in meinem Urin zurückzugewinnen? Vielleicht durch Katzenhaare?

Ich erzittere, aber nur zum Teil wegen der verrückten Klimaanlage, die mich sogar hier drin erreicht. Kurzfristig wäre es so viel besser, wenn sie heiß statt kalt wäre. Ich würde die Flüssigkeit ausschwitzen und müsste nicht pinkeln, obwohl ich vermutlich eher verdursten würde. Ich werfe einen neidischen Blick auf den großen Fremden. Ich wette, er hat eine Blase so groß wie ein Luftschiff. Er hat auch eine Edelstahlflasche, die wahrscheinlich mit Wasser gefüllt ist, das er nicht teilen wird.

Dann ist da noch die Frage nach dem Essen. Ich habe nichts Essbares bei mir, abgesehen von einer Dose Katzenfutter … und, theoretisch, auch die Katze selbst.

Nein. Eher würde ich diesen Fremden essen als die arme Atonic.

Wie von Geisterhand knurrt der Magen des Fremden.

Mist. Da der Kerl so groß und gemein ist, würde er wahrscheinlich die Katze fressen. Danach würde er sich auf mich stürzen ... und das nicht auf eine Art und Weise, die für beide Seiten Spaß bedeutet.

Ich bin so, so am Arsch.

———

Für mehr Informationen, melden Sie sich für meinen Newsletter auf www.mishabell.com/de.